ALAN ISLER

GOETZENS BILDER

ROMAN

Aus dem Englischen von
Heidi Zerning

BERLIN VERLAG

Die Originalausgabe erschien 1996 unter dem Titel
Kraven Images
bei Jonathan Cape, London

Umschlaggestaltung:
Nina Rothfos und Patrick Gabler, Hamburg
Gesetzt aus der Sabon
Druck & Bindung:
Druckerei Friedrich Pustet, Regensburg
Printed in Germany 1998
ISBN 3-8270-0257-5

Gedruckt auf chlor- und säurefreiem Papier

GOETZENS BILDER

Ach! Innig Lieb ist nur ein Wahn:
Luftig Fleisch fürs Denkorgan.
Der Geistesmensch wird so zum Harung
Aus Mangel an lebendger Nahrung.

Nicholas Goetzen, *Picobello*

VORSPIEL

Leeds, England
April 1941

Die Männer standen um das offene Grab und schauten auf den Sarg hinunter. Nicko, fast sieben, verstand, daß sein Vater, Felix Goetzen, darin lag. Großvater Goetzen, Nickos Opa, stand dicht hinter dem Jungen, gestützt von Onkel Koko und Onkel Gusti. Dem alten Mann fiel das Atmen schwer. Tränen liefen ihm über die Wangen in den Bart, und Schluchzer schüttelten ihn. Onkel Ferri, der auch zitterte und wimmerte, stand neben Nicko, dessen Pflicht es war, das Kaddisch zu sprechen. Auf der anderen Seite der Grube standen sein Vetter Marko, Rabbi Himmelglick und Großpapa Blum. Der Rabbi hatte eine Hand auf Markos Schulter gelegt. Nicko gefiel das gar nicht, obwohl er Himmelglick bereits nicht ausstehen konnte. Der Rabbi war ein dünner, buckliger alter Mann mit weicher, fleischiger, von zahllosen Mitessern übersäter Nase. Wenn er redete, sammelte sich Schaum in seinen Mundwinkeln. Nicko hätte die Hand gewiß nicht auf *seiner* Schulter haben mögen. Hinter Großpapa Blum standen ein paar der guten Freunde seines Vaters, solche, die in der Lage gewesen waren, sich kurzfristig auf den Weg nach Norden zu machen. *Die* wußten bestimmt alle, wie wichtig Nicko heute war, der Haupttrauernde, der Sprecher des Kaddisch, viel wichtiger als der olle doofe blöde Marko.

Das Geräusch eines von einem Kricketschläger getroffenen Balls (pock!) und gedämpfter höflicher Applaus erreichten

die Ohren der Trauergesellschaft, geisterhaft wie aus weiter Ferne. Irgendwo hinter dem Friedhof mußten eine Schule und Sportplätze sein. Im Sonnenschein war es warm, aber sobald eine Wolke über den Himmel zog und das Land verdunkelte, machte sich die wahre Kühle der Luft bemerkbar. Die Wolken begannen sich im Norden zusammenzuballen. In den feuchten schwarzen Seitenwänden der Grube waren weiß schimmernde Punkte zu sehen, vom Spaten durchtrennte Wurzeln. Würmer ringelten sich in der lockeren schwarzen Erde am Kopfende des Grabes. Nicko versuchte, sich auf sie zu konzentrieren. Marko hatte ihm mal gezeigt, was mit einem Wurm passiert, auf den man Salz streut. Igitt! Willie, der Gärtner, hielt an diesem Nachmittag auf dem Stray seine Wehrübungen zum Schutz der Heimatfront ab. Erst vorige Woche hatte er versprochen, Nicko zum Zugucken mitzunehmen. Aber bei dem Tempo waren sie auf keinen Fall rechtzeitig zurück, und außerdem ließen sie ihn wahrscheinlich sowieso nicht gehen. Papa hatte das alles verdorben. Laut Marko mußte Nicko sieben Tage lang sitzen und zittern. Onkel Ferri war schon dabei. Vielleicht war es Zeit für Nicko, auch damit anzufangen. Niemand wußte, was Nicko gemacht hatte, außer Mami, und die würde es nie verraten. Nicko betrachtete die Würmer.
Die Fahrt von Harrogate zum Jüdischen Friedhof am Rande von Leeds war ihm lang vorgekommen. Nicko war der den Damen vorbehaltenen Limousine zugeteilt worden, was ihm ekelhaft weibisch erschien. Wenigstens durften er und seine Kusine Tillie sich auf die Klappsitze setzen, so daß Nicko sehen konnte, wo er herkam, aber nicht, wo er hinfuhr, ein komisches Gefühl in einem Auto. Die glückliche Tante Cicely hatte es geschafft, neben dem Fahrer Platz zu finden. Die Frauen waren alle ganz in Schwarz, mit roten Augen, die

ganze Eimer voll weinten. Na ja, Tante Cicely war ziemlich ruhig geblieben. Von Zeit zu Zeit drehte sie sich um, um Mami zu rüffeln. »Sei schon still, Victoria. Hysterie bringt nichts.« Immer wieder warf sie einen Blick auf den Fahrer. Offensichtlich wollte sie ihm zu verstehen geben, daß *einige* Juden ihre Gefühle beherrschen konnten, eben wie normale Menschen. Und Tillie hatte sich auch ganz gut gemacht. Sie hatte versucht, mit Nicko Rings-um-den-Garten zu spielen, um ihn einfach ein bißchen aufzumuntern. Nicko hatte nichts dagegen gehabt, obwohl es ein Kleinkinderspiel war und er lieber nicht an den Garten denken mochte. Ob Mami was verriet? Vielleicht würde die Polizei sie dazu zwingen. Nicko schaute durch das Rückfenster zur ersten der Limousinen hinter ihnen. Marko saß neben dem Fahrer.

Nur wenn Nicko den Hals reckte, konnte er die Straße vor ihnen und den Leichenwagen sehen. Der armen Mami blieb keine Wahl. Das war ja das Schlimme. Der Leichenwagen war direkt vor ihr auf der Straße, direkt zwischen Tante Cicelys Kopf und dem des Fahrers, der Sarg so sichtbar, wie es nur ging. Mami hielt aber die meiste Zeit den Kopf gesenkt, die Augen geschlossen, weinte ununterbrochen, schluchzte hin und wieder auf. Sie hatte die Arme verschränkt und wiegte sich vor und zurück. Wie unglücklich sie war!

In der Gebetshalle des Friedhofs begrüßte Rabbi Himmelglick die Trauernden. Die Gebetshalle war ein schlichtes Backsteingebäude; sie hätte auch ein Lagerhaus oder eine große Garage sein können. Die Luft im Innern war kalt und feucht. Sie schien unbeeindruckt von dem Ofen in der hinteren Ecke, dessen Deckplatte in der Düsternis rot glühte. Es roch nach Holzfäule und nassem Zement. Klappstühle waren um einen Mittelgang aufgestellt worden, wie in Erwartung eines Vortrags. Der Platz des Rednerpults wurde vom

Sarg eingenommen, der auf einer Bahre ruhte. Zwei schwache Glühbirnen hingen nackt an langen Leitungen von der Decke. Die Fenster waren schwarz überstrichen worden, als Luftschutzvorkehrung.

»Wer von euch wird Kaddisch sagen?« fragte Himmelglick auf jiddisch. Onkel Ferri brachte Nicko nach vorne. Der Rabbi zog eine Schere aus einem Brillenetui, nahm Nickos schwarze Samtweste für die Hohen Feiertage zwischen den blutleeren Daumen und den Zeigefinger und schnitt einen kleinen Schlitz in den V-Ausschnitt des Kleidungsstücks direkt über dem Herzen. Nicko war entsetzt: seine Samtweste! Himmelglick bleckte die Zähne, nicht um zu lächeln, sondern um zu sprechen, und der Schaum sammelte sich. »Nu, nu«, sagte er ungeduldig, »zerreiß sie, zerreiß sie.« Seine Zähne waren lang, gelb und krumm und standen weit auseinander. Sein Atem stank nach ihrer Fäulnis. Nicko sah ungläubig zu Onkel Ferri auf, der nickte. Der Junge wandte dem verhaßten Himmelglick den Rücken zu und versuchte, seine Weste zu zerreißen, aber die wollte nicht. Der Rabbi beugte sich über ihn und drückte Nickos Kopf nach hinten in den schmutzigen Bart, dicht bei dem ekelhaften Mund. Er packte die Schnittkanten mit seinen Erwachsenenfingern und zerrte. Die Frauen kreischten, als der Stoff riß. Der Rabbi ließ Nicko los, der angeekelt und angsterfüllt von ihm fortrannte, seine Mutter erspähte und sich in ihre Arme warf. Himmelglick ging in aller Ruhe im Raum umher und schnitt die Kleidung der Goetzen-Männer ein. Marko, der Glückspilz Marko, lediglich ein Neffe, blieb verschont.

Am Grab, von dem er die Frauen verbannt hatte, bleckte Rabbi Himmelglick wieder die Zähne. »Möge er in Frieden ruhen«, sagte er auf hebräisch.

Plötzlich hörte man Bellen und Jaulen, Knurren und Winseln

und das hohe Heulen gequälter Hunde. Und dann kullerten zwei Hunde, gemeine Straßenköter, hinter einem großen Familiengrabstein hervor, kullerten und versuchten dabei, auf die Beine zu kommen, standen endlich, Rumpf an Rumpf hängend, zerrten in verschiedene Richtungen und quieksten, bellten und jaulten wie wahnsinnig. Der größere von beiden setzte sich durch und zerrte den anderen Zentimeter um Zentimeter hinter sich her. Die Hinterbeine des Köters berührten kaum den Boden, aber das arme Viech versuchte immer wieder, Halt zu finden. Die Hunde liefen im Zickzack, hielten an, rückten vor, wichen zurück, taumelten, kamen näher und veranstalteten die ganze Zeit über einen Irrsinnslärm. Und schließlich, während die Trauernden wie gelähmt standen, purzelten die Hunde mit einem markerschütternden Aufheulen ins offene Grab. Dort scharrten sie auf dem Sarg herum, jaulend, winselnd, bestrebt, in entgegengesetzte Richtungen in die Freiheit zu entkommen.
In gebührender Entfernung, hinter dem am Kopfende des Grabes aufgeschaufelten Erdhaufen, standen die Totengräber, ein zahnloser Alter und seine Gehilfen, zwei stämmige junge Burschen, die sich knufften und zuzwinkerten. Der Alte kicherte ganz unverhohlen und hob den Spaten, um zu zeigen, wie die Hunde vorankamen.
Was tun? Wie sie herausbekommen? An den Rand des Wahnsinns getrieben, ließen sie keinen an sich heran. Rabbi Himmelglick wandte sich an den alten Totengräber. *Der* mußte es wissen. Schließlich war er Christ! Der Rabbi zeigte auf das Grab und zuckte bedeutsam die Achseln.
Der Totengräber hob den Kopf, um seine Stimme besser über den Erdhaufen zu schicken, und ließ einen kurzen Schwall breitesten Yorkshire-Dialekts vom Stapel, in dem nur ein Wort verständlich war (aber Himmelglick ohnehin

nichts sagte): »Wotter«. Er gab sich keinerlei Mühe, seine Belustigung zu verbergen. Jetzt zeigte er mit dem Spaten auf das Grab, aus dem immer noch das jämmerliche Jaulen und rasende Knurren, das Scharren und Plumpsen zu hören waren. Er versuchte es noch einmal, sprach diesmal langsam, brachte aber wieder nur unbegreifliche Laute hervor: »Jie mött Wotter uff dee gehten.«

Himmelglick wandte sich zu den Trauernden um und hob Hände und Schultern eben genug, um Ratlosigkeit anzudeuten. »Was sagt er da, der Schwachkopf?« fragte er, die Zähne bleckend. »Eine Schande«, fügte er hinzu.

Nicko konnte als einziger in der ganzen Trauergesellschaft den Anspruch erheben, im Lande der Totengräber geboren worden zu sein. Allein von ihm durfte man erwarten, daß er die Worte des alten Mannes verstand. Aber natürlich konnte man nicht ein Kind fragen, ein *kaddischl*. Onkel Ferri konnte sich nicht mehr halten und fing an zu lachen, aber dann, erschreckt vom eigenen Gelächter, verschluckte er sich, begann zu husten und wäre fast erstickt. Alle taten so, als merkten sie überhaupt nicht, daß etwas mit ihm los war. Opa sagte mit zitternder Stimme: »Genug, genug. Ich kann nicht mehr. Sage mir, Gott, was habe ich getan? Ich kann nicht mehr.« Er weinte unaufhörlich.

Großpapa Blum hatte den Ärmelkanal eine ganze Weile vor der Jahrhundertwende überquert. Abgesehen von dem alten Totengräber konnte er den Anspruch erheben, länger als jeder andere Anwesende in England gelebt zu haben. Sein Englisch war tatsächlich fast ohne jeden ausländischen Akzent. So war es vielleicht ganz natürlich, daß er es auf sich nahm, die Worte ins Jiddische zu übersetzen.

»Ich glaube, er sagt uns, wir sollen kaltes Wasser auf sie gießen.«

»Nu und?« sagte Himmelglick. »Holt Wasser!«
Onkel Ferri, jetzt einem Lachkrampf gefährlich nahe, ergriff die Gelegenheit, sich zu entfernen. Die Hunde waren inzwischen still geworden, winselten nur noch, als wüßten sie, daß Hilfe nahte. Onkel Ferri kehrte nach ein paar Minuten mit einem Eimer zurück, dessen Wasser ihm über Hosen und Schuhe schwappte. Sein Husten war zum Glück vorbei. Er machte Anstalten, das Wasser ins Grab zu schütten. Alle drängten vor und reckten neugierig die Hälse.
»Halt!« kreischte Himmelglick. Er hatte sich im letzten Moment besonnen. »Wartet!« Er hielt sein Gebetbuch empor, als riefe er es zu seinem Zeugen an. »Erde! Der Sarg muß zuerst mit Erde bedeckt werden!« Seine Zähne blieben gebleckt, ein Zeichen seiner Bestürzung.
»Wir werden so tun, Rabbi«, sagte Großpapa Blum grimmig, »als hätte es die ganze Zeit geregnet. Der Sarg ist eben naß geworden. Ferdinand, gieß!«
Himmelglick senkte das Haupt. Onkel Ferri schüttete das Wasser auf die Hunde, die einstimmig aufjaulten, sich wie durch Zauberei trennten, aus der Grube schossen, in entgegengesetzte Richtungen davonjagten, freudig bellend über Gräber sprangen und endlich verschwanden.
Himmelglick bleckte die Zähne und fuhr da fort, wo er aufgehört hatte. »Möge er in Frieden zur Ruhe kommen.«
Alle schaufelten der Reihe nach rasch ein wenig Erde ins Grab. Es hörte sich schrecklich an, wenn sie den Sarg traf, lauter hohle Rumser. Nicko sprach das Kaddisch-Gebet der Trauernden, sprach es Opa nach, dessen Stimme beim Vorsagen zitterte.
Dann war es vorbei. Onkel Koko und Onkel Gusti, blaß und benommen, stützten Opa, einer links, einer rechts, als der alte Mann vom Grab fortwankte. Onkel Ferri hielt Nickos

Hand und führte ihn hinterher. Die Füße vom armen Onkel Ferri quatschten beim Gehen, und seine Schuhe bekamen eine immer dickere Schlammkruste. Nicko schaute sich zum Grab um. Die Totengräber schaufelten es bereits von dem Erdhaufen zu.

»Es ist schwer«, sagte Opa, »nein, es ist nicht leicht für einen Sohn, den Vater zu beerdigen. Aber den Sohn zu beerdigen ist für einen Vater eine bittere Pille, eine bittere, bittere Pille.«

Trotz allem, und obwohl er es gewiß besser wußte, baute Nicko halb darauf, daß sein Vater ihn erwarten würde, wenn er nach Hause kam.

1. TEIL

New York
Anfang Frühjahr 1974

EINS

Nicholas Marcus Goetzen stand an seinem Rednerpult auf dem Podium des Hörsaals. Von den ansteigenden zweihundert Sitzen vor ihm waren etwa dreißig besetzt, und das an verstreuten Stellen. Ein kleines Knäuel Studenten hier, ein anderes dort, ein Pärchen weiter hinten in leidenschaftlicher Umarmung, eine Strickerin, ein Döser, der verirrte Revolutionär, ein verwelktes Blumenkind, ein zwanghafter Kritzler, eine krankhafte Lächlerin: kurzum, eine vollkommen normale Hörerschaft. Man schrieb das Jahr 1974, und in den letzten Jahren hatten heftige Winde der Veränderung durch die Haine der akademischen Welt geweht, den einst kräftigen Baum des Wissens entwurzelt, seine Früchte verstreut und ihn auf ungastlichem Grund der Fäulnis überlassen. So jedenfalls kam es Goetzen vor.

Er veränderte seine Stellung, denn er merkte, daß die Haltung eleganter Eindringlichkeit, die er gewählt hatte – Beine leger gekreuzt, Schultern vorgebeugt über seine Vorlesungsnotizen, Finger um die hohe Kante des Rednerpults –, ihm nicht nur den erwarteten Blick unter Miss Anstruthers hochgerutschten Rock schenkte, sondern auch einen unerwarteten Schmerz, wo die Unterkante des Pults in sein Zwerchfell schnitt. Antonia Anstruther trug kein Höschen. Dreimal in der Woche zwischen zwölf und zwölf Uhr fünfzig war sie anzutreffen, unbewegten Gesichts, Arme verschränkt über üppigen Brüsten, immer auf einem Platz in Augenhöhe, ein wenig links von der Mitte, die Beine gespreizt, eine Hacke erhoben und auf der Rücklehne des Platzes unter ihr verankert. Sie bewegte sich weder, noch sprach sie, sondern starrte gleichmütig auf einen Punkt gut sechs Zoll über seinem Kopf. Einmal, kurz nach Beginn des Semesters, hatte er versucht, ihre unerträgliche Gemütsruhe zu stören, indem er eine harmlose Frage an sie richtete. Sie hatte einfach die Augen geschlossen und zubehalten, bis ihm die sich in die Länge ziehende Stille peinlich wurde und er die Frage der gesamten Hörerschaft stellte.

Goetzen trat vom Pult zurück und massierte sich geistesabwesend das Zwerchfell. »Wir kommen jetzt zu einem entscheidenden Punkt.« Er umrundete das Pult und lehnte sich mit dem Rücken an den Tisch, auf dem es stand, eine elegante Haltung, eine seiner besten. »Ich meine natürlich das Maß von Lears Begreifen in den Augenblicken vor seinem Tod. Wie wir diese Textstelle interpretieren, wird darüber entscheiden, wie wir das Stück interpretieren. Wir sollten erwarten, eine Antwort auf die Frage zu erhalten, mit der wir begonnen haben: Welcher Art ist das Lear-Universum?«

Goetzen legte eine Pause ein und erlaubte seinem Blick, ernst über die Gesichter der Studenten vor ihm zu schweifen. Was scherte die das Maß von Lears Begreifen? Es reichte gewiß, wenn sie sich am Ende des Semesters alle auf eine einheitliche Namensschreibweise des wahnsinnigen Königs geeinigt hatten.

Es wäre unzutreffend, anzunehmen, daß Goetzen sich seiner Pose nicht bewußt war. Er stand sozusagen neben sich und beobachtete weniger einen aufrichtig verachtenden Goetzen, der das Wort an die Söhne und Töchter des Antiintellektualismus auf seinem revolutionären Vormarsch richtete, als vielmehr sich selbst dabei, wie er diese Rolle spielte. Inzwischen hatte er seine akademische Laufbahn in Theater verwandelt, eine Privatvorstellung, in der er die Hauptrolle spielte und so mit diesen ungewissen Zeiten zu Rande kam. Der Tisch verlagerte sich unter seinem Gewicht und gab dabei ein ungehöriges Geräusch von sich. Gabriel Princip* grinste ihn von seinem Platz am Fenster an. Princip, ein Aktiver im Ortsverband des SDS, der »Studenten für eine Demokratische Gesellschaft«, spielte seine eigene Rolle mit einer Begeisterung, die der Goetzens gleichkam. Sein Aufzug demonstrierte seine Solidarität mit der Bewegung, ein T–Shirt mit gelb verfärbten Achseln, ein Denimoverall, auf den grobe Friedenszeichen und die Parole »SCHLACHTET DIE BULLEN!« gemalt waren, und verlatschte Turnschuhe. Er trug einen Bart, und die wallende Sturzflut seines von der Friseurschere unberührten Haupthaares war gefaßt in ein scharlachrotes Tuch von der Art, die in Goetzens Kindheit eine Kopfschmerzbinde genannt wurde. Da hinein hatte Princip eine kecke Vogelfeder gesteckt und bekundete so sein Mitgefühl für die mißliche Situation des amerikanischen Indianers. Goetzen verlagerte das Gewicht wieder auf die Füße und kehrte zu seinem Standort hinter dem Pult zurück.

»Wenden wir uns Lears letzten Worten zu, seiner letzten Äußerung, bevor er stirbt. ›Seht ihre Lippen‹, ruft er, ›seht hin! seht hin!‹« Goetzen gestattete seinen Augen zu blitzen. »Zweifellos haben Sie sich gefragt, meine Damen und Herren, was Lear da wohl sah.«

* A. d. Ü.: Name des Attentäters von Sarajevo 1914.

Er lächelte, um zu zeigen, welch sanfte, freundliche Ironie da am Werke war. Er wußte, so verhieß sein Lächeln, daß sie vor diesem Augenblick die Frage nicht einmal erkannt hatten. Aber das machte nichts, keine Sorge, keine Spur von Groll seinerseits – solange sie sich dieser Frage jetzt zuwandten. All das lag in seinem Lächeln. Ungefähr dreißig Gesichter erwiderten leer seinen Blick, nur ein Augenpaar war noch immer auf einen Punkt über seinem Kopf gerichtet. Er fragte sich, nicht zum ersten Mal, ob Antonia Anstruther an Tunnelblick litt.

Goetzen erwartete in diesem Stadium keine Antwort. Er schaute auf die Uhr an der gegenüberliegenden Wand. In zehn Minuten würde er auf dem Weg zurück in sein Büro sein, der Arbeitstag beendet. »Denken Sie nach, meine Damen und Herren, denken Sie nach. ›Ich bitt' euch, löst diesen Knopf‹, sagt Lear. Wessen Knopf? Seinen eigenen? Den der toten Cordelia? Haben wir hier einen Hinweis darauf, was der alte König sieht?« Goetzen hatte seinen Stimmfall verändert, um anzuzeigen, daß er diesmal eine Antwort wünschte. Der Augenblick für scherzhaftes Geplänkel war vorüber.

Mr. Feibelman, weißbärtig und zwergenähnlich, ein Rentner, hob die Hand. Goetzen übersah sie. Feibelman war ein Mann von abseitiger Belesenheit und folglich eine Nervensäge. Der Diskussionsgegenstand mochte sein, was er wollte, immer führte Feibelman ihn irgendwie auf eins zurück: das Judenproblem.

Als Goetzen sich anderswo nach einem passenden Freiwilligen umsah, beugten sich Köpfe über Stücktexte, begannen Hände hastig in Kolleghefte zu schreiben. Dieses vorhersagbare Verhalten gefiel Goetzen, auch wenn es ihn gleichzeitig ärgerte. Nur Giulietta Corombona begegnete gelassen seinem Blick. Jetzt schürzte sie die Lippen, befeuchtete sie mit der Zunge und zwinkerte ihm zu. Goetzen war entsetzt. Sie hatte gegen die oberste Regel verstoßen: *Studentinnen durften* niemals *in der Öffentlichkeit zeigen, welches wie auch immer geartete »besondere Einvernehmen« sie mit ihren Professoren hatten oder zu haben hofften.*

»Mr. Princip, vielleicht wären Sie so gut, Ihre Gedanken mit uns zu teilen. Was sieht Lear?«

Princips Kommilitonen, für diesmal verschont, sahen auf. Feibelman ließ traurig die Hand sinken. Inzwischen war das Lächeln von Princips fleischigen Lippen gewichen.

»Na, es is doch so, Sie ham uns gesagt, daß der Lear, als er sagt, sein Narr is tot, nich den Narr gemeint hat, nee, er hat die Cordelia gemeint.«

»Das habe ich in der Tat gesagt. Obwohl ich es sicherlich nicht ganz so treffend formuliert habe.«

Die Hörerschaft kicherte gehorsam. Jemand anders saß auf dem elektrischen Stuhl.

»Na ja, ich meine, woher wissen Sie das? Der Mann sagt, sein Narr is tot, klar? Ich meine, warum soll man ihm nich glauben?«

Fürwahr, warum nicht? Goetzen hatte keine Ahnung. Es stimmte zwar, daß jeder Herausgeber jeder modernen Ausgabe des Stückes, die Goetzen gesehen hatte, bei *Narr* anmerkte: *Cordelia (ein Kosename).* Aber warum mußte das Wort hier diese Bedeutung haben? Es war Goetzen bisher nie eingefallen, sich das zu fragen. Der Fehler seiner Generation, vermutete er, diese fraglose Hinnahme von Autorität. Trotzdem erkannte er Princips Kunstgriff für das, was er war, ein defensiver Gegenangriff. Bei seinem gedankenlosen Umsichschlagen hatte Princip einen deutlichen Treffer erzielt. Goetzen bot seine Streitkräfte auf.

»Ich nehme an, Mr. Princip, Sie sind darauf vorbereitet, klarzulegen, welche Bedeutsamkeit Ihre Frage für die meine hat?«

Princip witterte den Sieg jetzt nicht mehr. Er sah ziemlich kleinlaut aus. Der Bengel war offensichtlich ein Piesepampel, ein Piesepampel reinsten Wassers. (Ja, Goetzen war recht zufrieden mit dieser zweifelhaften Metapher.) Ein heiserer Summer ertönte. Satz und Sieg.

»Von der Glocke gerettet, wie, Mr. Princip? Es scheint, Ihnen bleibt das Wochenende, um über eine Antwort nachzudenken.« Goetzens Lächeln ließ keinen Zweifel an seiner wohlwollenden Launigkeit. »Wir werden am Montag da fortfahren, wo wir aufgehört haben. Bis dahin, meine Damen und Herren, möchte ich Ihnen nahelegen, mit der Lektüre von *Macbeth* zu beginnen.«

Er sammelte seine kostbaren Vorlesungsnotizen ein und schritt triumphierend aus dem Hörsaal. Princip, das wußte er, würde in der Vorlesung am Montag fehlen.

Goetzen begann ein Summliedchen, wobei sich das äußerlich hörbare Geräusch innerhalb seines Schädels wundersamerweise in Gesangsstimme mit Orchester verwandelte. So drängte er sich in eine Gruppe junger Frauen, die den Korridor entlangströmten. Als die Menge sich der Treppe näherte, verlangsamte und verdichtete sie sich. Goetzen ignorierte gut gelaunt das Geschubse der Mädchen, versank tiefer in Gesumm und Gedanken und wurde so angenehm die Stufen hinunter und hinaus in den heißen Aprilsonnenschein gekitzelt. Er machte sich auf den Weg über den Campus zu seinem Büro, setzte ein Lächeln auf und summte sein Summliedchen. »*Sapro, sapro …*«

* * *

Das Mosholu College befand sich dort, wo ein unverschämter Finger der Bronx nach den Geschlechtsteilen von Westchester griff. Der Campus war einmal eine »Besserungsanstalt« für straffällig gewordene Mädchen gewesen. Noch immer ragten die Suchscheinwerfertürmchen und Wachtürme auf den älteren Gebäuden um den Großen Hof und bezeugten Mosholus trostlose Anfänge. Zu Beginn der fünfziger Jahre jedoch wurde aus der (1867 gegründeten) Anstalt zur Umerziehung und Wiedereingliederung gestrauchelter Frauen das Mosholu College zur Bewahrung, Pflege und Verbreitung der Geisteswissenschaften. Diese Aufgabe hatte das College auch getreulich ausgeführt, bis Ende der sechziger und Anfang der siebziger Jahre die landesweiten Eruptionen an den Universitäten endlich seinen Frieden zerstörten. Tatsächlich waren die Studenten von Mosholu beklagenswert spät zu den Barrikaden geschlendert. Jetzt tollten und tanzten Studenten und Studentinnen auf den Grünflächen herum, einige waren in keuchende Umarmungen verschlungen, andere warfen Frisbeescheiben, machten Handstandüberschläge, beharkten Gitarren, kratzten sich am Schritt, tauschten Seminararbeiten, johlten, lachten, schrien. Sie machten Mädchen an und knutschten. Die Bullen mit ihren Schlagstöcken waren längst wieder verschwunden. Nur das eine oder andere in Gedanken versunkene Mitglied des Lehrkörpers – ein solches war Goetzen im Augenblick – suchte sich geistesabwesend einen Weg um sie herum und zwischen ihnen hindurch, den gesunden jungen Körpern, auch gesund an Geist.

»Huuuhuuu, Professooor!«

Es war Feibelman. Goetzen schritt rascher aus.

»Professor Goetzen«, keuchte Feibelman, nun neben ihm, »haben Sie eine Minute Zeit?«

»Sicher.« Goetzen schaute mit bedenklicher Miene auf die Uhr.

»Ihre Sprechstunde heute um zwei, können Sie mich da vielleicht noch unterbringen?«

»Ausgeschlossen, leider. Bedaure.« Goetzen rief sich aber eine vor kurzem getroffene Entschließung des Akademischen Senats ins Gedächtnis, eines Gremiums, das inzwischen von studentischen Aktivisten-Nihilisten und ihren Speichelleckern unter den Dozenten infiltriert war: von nun an waren die Beförderungskommissionen des College gehalten, die studentischen Bewertungen der Dozentenleistungen mit zu berücksichtigen. »Aber wenn Sie mich zu meinem Büro begleiten wollen, können wir vielleicht unterwegs Ihr kleines Problem lösen.«

»Die Sache ist so. Der Wettbewerb um die Leistungspreise, ja? Ich arbeite da an was, eigenständige Forschung, kann's große Los sein.«

»Schön, schön.«

»Kann aber auch ne Niete sein, wenn Sie wissen, was ich meine?«

»Worum geht's, Mr. Feibelman?«

»Wenn Sie also so gut sein würden, bevor ich zu tief einsteige ...«

Goetzen machte eine ungeduldige Geste.

»Ich hab über König Artus nachgelesen. Na, und jemand wie Sie, ein gebildeter Mensch, auf Ihre Meinung gebe ich ne Menge. Was ist mit Merlin? Meinen Sie, so einen Merlin hat es vielleicht gegeben?«

»Reine Erfindung. Merlin gehört ins Reich keltischer Mythen.«

Feibelman feixte vergnügt. »Mann, habe ich eine Überraschung für Sie! Ich kann nicht nur beweisen, daß es einen

Merlin gegeben hat, sondern, kurz und gut, Merlin war Jude.«

Goetzen blieb unvermittelt stehen. »Großer Gott, Feibelman, sind Sie verrückt geworden?«

Die Sonne spiegelte sich strahlend auf Feibelmans Schädel.

»Mit anderen Worten, Sie sagen mir, darüber ist noch nicht gearbeitet worden?«

»Natürlich nicht!«

Studenten tollten um sie herum. Goetzen ging wieder weiter, mit dem hoppelnden Feibelman im Gefolge. Der alte Mann war geistesgestört, so viel war klar; harmlos vielleicht, aber gestört. Sollte man ihn an einen der Berater verweisen, an einen der College-eigenen Psychotherapeuten? Gab es einen Rabbi auf dem Campus?

»Klar, jemand wie Sie, ein Wissenschaftler, braucht ein paar Unterlagen, was Sie so Beweise nennen, hab ich recht? Wer glaubt heutzutage an Zauberer? Nur Bekloppte. Also was geben Sie darauf, wenn ich Geoffrey von Monmouth erwähne, Gildas oder Nennius dazulege? Ein Haufen Abergläubische, Sie müssen den Ausdruck entschuldigen, Affenärsche aus grauer Vorzeit, werden Sie sagen. Nennius? Der hat im *neunten* Jahrhundert gelebt, Blödmann, werden Sie mir sagen. Und falls ich erwähnen sollte, daß Gildas Merlins Zeitgenosse war? Na wennschon? Macht doch nichts, daß alle beide von einem Zauberer namens Myrrdin reden, was wußten die schon?« Feibelman hielt inne, als erwartete er eine Antwort. Goetzen beschleunigte nur seine Schritte. Der Atem des alten Mannes ging pfeifend, aber seine Beine hebelten ihn voran, er hielt Schritt. »Wie kommen wir von Myrrdin zu Merlin? Ganz einfach. Geoffrey hat den Namen geändert. Warum? Wenn Sie mich fragen, um einem möglichen Wortspiel aus dem Weg zu gehen.« Er warf Goetzen einen wissenden Blick zu. Goetzen hob die Augenbrauen. »Auf französisch«, sagte Feibelman. »*Merde*? Scheiße? Kapiert?« Er pflügte weiter. »So, und jetzt kommen wir zu den *Annales Cambriae*. Na was haben wir denn da? Da ist ja Merlin wieder! Schwachkopf, werden Sie mir sagen, die *Annales* sind dreizehntes Jahrhundert.«

Goetzen hustete.

»Aber was erzählen uns die *Annales*? Aufgepaßt: Als die Schlacht von White Chapel vorbei war, ist ein Bursche namens Merlin, ›ein Dichter und Prophet‹, voll durchgedreht, meschugge geworden, was ihr Briten durchgeknallt nennt. Das ist bloß Hintergrund, das ist nichts. So weit, so gut. Bis hierhin nichts Umwerfendes. Aber es bringt mich zu meiner Entdeckung.«

Es brachte sie auch zu dem Gebäude, das den Fachbereich Englisch beherbergte, eigentlich eine Wellblechbaracke, die früher einmal eine Reihe von Einzelhaftzellen enthalten hatte. Jetzt folgte Feibelman ihm bis zu seiner Tür und wartete, während er sie aufschloß. Würde er diesen Mann denn nie loswerden?

»Ich nehme an, das war's, Mr. Feibelman.«

Listig legte Feibelman sich eine zitternde Hand aufs Herz. »Wenn ich mich bloß eine Minute hinsetzen könnte.« Er folgte Goetzen hinein.

Das Büro maß dreieinhalb mal zweieinhalb Meter. Es war früher der Verbindungsraum der Aufseher mit dem zentralen Gefängniskomplex gewesen; es war das einzige Büro im Fachbereich, abgesehen von dem des Fachbereichsleiters, das ein richtiges Fenster besaß. Goetzen war dieses wertvolle Stück kurz nach seiner Einstellung zugefallen, als er einer mitleidigen Mrs. Trutitz, der Chefsekretärin des Fachbereichs, erklärt hatte, daß er schwer an Klaustrophobie litt.

Trotz des Fensters blieb das Rouleau stets diskret geschlossen.

Goetzen besaß einen Schreibtisch, einen bequemen Sessel (in einem sorglosen Sommersemester aus dem Büro des Dekans drüben im Verwaltungsgebäude entfernt: eine offene Tür, ein leerer Korridor, und der Sessel, praktischerweise mit Rollen ausgestattet, war sein), einen überfüllten Papierkorb, einen Aktenschrank, in dem seine kostbaren Vorlesungsnotizen gesammelt waren, ein Bücherregal, einen grauen Metallklappstuhl für Sprechstundenbesucher und eine Chaiselongue, das Geschenk einer Hermione Gumm vor fünf Jahren, deren Mutter sie zugunsten von etwas »Modernererem« ausgesondert hatte. (Miss Gumm, eine absolute Einser-Studentin, hatte – das mußte man ihr lassen – sofort deren Möglichkeiten erkannt.)

Die Wände waren unterschiedlich geschmückt: ein Druck von Sarah Bernhardt als Hamlet; ein Shakespeare-Kalender, wobei dieser Monat eine deutsche Radierung aus dem neunzehnten Jahrhundert von einem Othello zeigte, der wie ein schwarz geschminkter Erich von Stroheim aussah, dessen linke Hand himmelwärts wies, während seine rechte offenbar an seinen Geschlechtsteilen nestelte; die Vorjahresliste der Campus-Ereignisse; ein vergrößertes Photo von Dame Edith Sitwell in melancholischer Trauergewandung; eine Abreibung von einem pseudo-gotischen College-Kamin, die besagte: »vroeliches muotes wolde er lernen unde leren«.

Der Schreibtisch, die Bücherborde und ein großer Teil des Fußbodens waren mit Papieren überhäuft: Fachbereichsrundschreiben, College-Ankündigungen, Verlagskataloge, Taschenbücher, Einladungen, Prüfungsbroschüren, Seminararbeiten, Sandwichtüten, Reklame, Bitten um Empfehlungsschreiben. Es war Goetzens Taktik, all diesen Müll am

Ende eines jeden Semesters hinauszuwerfen. So bereitete er sich auf das neue vor. Nur die Chaiselongue und sein bequemer Schreibtischsessel waren ablagerungsfrei.
Feibelman beäugte sehnlich die Chaiselongue. Goetzen fegte einen Stapel neuerer Prüfungsarbeiten und anderer Papiere von dem Metallstuhl auf den Boden.
»Setzen Sie sich, Feibelman. Ich kann Ihnen noch zwei Minuten gewähren.«
Feibelman sank ermattet auf den Metallstuhl. Er zog ein Taschentuch hervor und tupfte sich Augen und Schläfen ab, wischte sich als letztes die Glatze. Sein weißer Bart hing in glitzernden, tropfenden Strähnen. Er hielt sein durchnäßtes Taschentuch an zwei Ecken, zwirbelte es rasch zu einem festen Schlauch und legte es sich um den Hals.
»Ein paar Sekunden, mehr nicht.« Der pfeifende Atem des alten Mannes ging nach und nach von schweren in normale Züge über. »Oi.«
Goetzen trommelte mit den Fingern auf die Schreibtischplatte.
»Also zu meiner Entdeckung. Natürlich haben Sie von Gryllus' *Apologia pro vita sua* gehört?«
»Vor ein paar Jahren entdeckt – hinter einem Schornstein in Podsnap Parva, wenn ich mich recht entsinne.« Goetzen war bestens informiert. Er hielt sich auf dem laufenden. »Nach dem Vorbild der *Confessiones* des Augustinus. Was ist damit?«
»Sie haben's gelesen, Professor!« Was für ein Mann! sagte Feibelmans Gesichtsausdruck. Da hab ich ja ein Aas auf der Baßgeige erwischt!
»Nun, das wird wohl warten müssen, bis es an der Reihe ist.« Goetzen deutete leichthin auf sein Bücherregal. »Nicht direkt mein Gebiet, wissen Sie. Ja, wirklich, warum gehen

Sie damit nicht zu den Historikern, reden mit einem Mediävisten. Dillinger ist der richtige Mann für Sie.«

»Wenn ich Ihnen sage, was ich habe, werden Sie vielleicht verstehen, warum ich damit nicht zu den Historikern kann. Das ist Dynamit. Denken Sie etwa, ich kann dem ersten besten trauen?«

Goetzen seufzte.

»Kurz und gut, Gryllus *kannte* Merlin. Woher ich das weiß? Ganz einfach. Er sagt, sein Kloster bot einem Meschuggenen namens Myrrdin Zuflucht. Diesen Meschuggenen nennt er auch *poeta, vates, magus*. Also, wenn das nicht Merlin ist, würden Sie mir bitte sagen, wer das sonst sein könnte? Klar ist das Merlin. So, und nun kommt es. Gut, daß Sie sitzen. Direkt da in der *Apologia* verzeichnet Gryllus tatsächlich eine Beschwörungsformel von diesem Myrrdin, einen mächtigen Zauberspruch, sagt er, den der Meschuggene immer über dem Meßwein murmelte. Solch ein Angsthase ist dieser Gryllus, daß er uns erzählt, wie er sich bekreuzigt, während er die Worte in seinen Bericht schreibt. Sie müssen verstehen, das war ein Goi aus einer langen Ahnenreihe von Gojim. Schließlich ein Mönch. Und wie ging dieser Zauberspruch? Einmal dürfen Sie raten. Los, seien Sie kein Spielverderber.«

»Keine Ahnung. Und jetzt, da Sie wieder bei Atem sind, muß ich wirklich …« Goetzen wies auf die Papierstapel auf seinem Schreibtisch.

»Ein Stück Papier, seien Sie so gut.« Feibelman streckte die Hand aus. Goetzen griff wahllos nach einem Blatt Papier. Der alte Mann zerriß es in zwei Hälften und begann eifrig zu schreiben. »Hier. So fängt er an.« Er hielt Goetzen die eine Hälfte vor: BOREASQUE TAURUS ADONAIS. »Nu, was halten Sie davon?«

»Überhaupt nichts.«
»Machen Sie Witze, Professor? Gut. Gut. Hier.« Er beschrieb die andere Hälfte. »So hört er auf.« Triumphierend warf er sein Geschreibsel Goetzen hin: BOREAS PYRRHI HOC OPINIUM. »Na, was sagen Sie jetzt?«
»Ich kann Ihnen nicht folgen, Feibelman.«
Feibelmans Gesicht drückte deutlich sein basses Erstaunen aus. »Aber da steht er, direkt vor Ihrer Nase, der hebräische Segen über Wein! *Baruch atta adonai*, und so weiter. Natürlich muß man Konzessionen machen. Als er die *Apologia* schrieb, war Gryllus kein junger Spund mehr. Sein Gedächtnis, na, Sie können sich vorstellen. Außerdem, was verstand er, der Goi, schon von Hebräisch?«
Für einen Augenblick empfand Goetzen Mitleid. Der arme traurige alte Zausel. Er mußte mit ihm reden, ihm noch ein paar Minuten seiner Zeit widmen. Falls nötig, war Goetzen bereit, diesen Funken Mitleid zu einer lebendigen Flamme anzufachen.
»Sie sind zu mir um Rat gekommen, und Sie sollen ihn erhalten. Leider, leider ist Judaismus zu Ihrer Marotte geworden. Sie drehen einen literarischen Stein um, und darunter finden Sie einen Juden oder einen Antisemiten. Das geht einfach nicht.«
»Sie meinen, mein Beweismaterial ist Mist, ja? Gildas, Geoffrey, Gryllus, die bedeuten nichts?« Feibelman war den Tränen nahe.
»Welches Beweismaterial verbindet Geoffreys Merlinus mit Gryllus' Myrrdin? Oder auch den Wahnsinnigen von Gryllus mit dem in den *Annales*? Wunschdenken, Feibelman.«
»Und der Zauberspruch?« Er saß jetzt wieder vorgebeugt, die schwieligen Finger fuhren nervös durch den Bart.
»Das ist nichts weiter als eine zufällige Lautübereinstim-

mung. Nur mal zum Beispiel, hat sich das *shut the door* eines Brooklyners für Sie nie angehört wie das *je t'adore* eines Parisers? Sie sagen, wir müssen bei Gryllus Konzessionen machen wegen seines fehlerhaften Gedächtnisses, seiner abergläubischen Angst, seiner Unkenntnis des Hebräischen. Müssen wir da nicht auch Konzessionen bezüglich Ihrer Marotte machen?«

Goetzen schwieg. Eine Träne lief Feibelman über die Wange. Sein Unterkiefer zitterte und brachte seinen Bart ins Flattern. Goetzen, voller Mitleid, sprach sanfter.

»Wer von uns, frage ich mich, hat nicht zumindest einmal in seiner Laufbahn einen *ignis fatuus* quer durch die literarische Landschaft verfolgt? Darin liegt keine Schande. Aber der wahre Forscher muß seine Erkenntnisse am strengsten der intellektuellen Maßstäbe messen: an der wahrscheinlichen Wahrheit. Nur weil ich Achtung vor Ihrer wissenschaftlichen Integrität habe, rate ich Ihnen jetzt, diese aberwitzige Idee von einem jüdischen Merlin fallenzulassen.«

Ein Schluchzer entrang sich Feibelmans Kehle. Er bebte.

»Der Weg des Forschers«, fuhr Goetzen fort, jetzt in den Rillen eines einstudierten Vortrags, »ist mit Hindernissen übersät. Die Wahrheit kann durchaus gefunden werden, sie ist da, auf dem Gipfel eines ›hohen Berges, schrundig und steil‹. Aber zuerst müssen Sie ihn erklimmen, mit schmerzenden Muskeln, über gewaltige Felsblöcke in einer wüsten Landschaft, und müssen, so gut Sie können, den sanften, trügerischen Pfad vermeiden, der uns hinabführt in Irrungen und Wirrungen.«

Feibelman sank auf dem Metallstuhl zusammen.

»Als Mitglied der Preisjury muß ich Ihnen freimütig sagen, auch wenn ich persönlich einer Arbeit über dieses hirnrissige Thema eine unvoreingenommene Lektüre zukommen lassen würde, so ist es doch außerordentlich zweifelhaft, ob irgendeines der übrigen Jurymitglieder mehr als den ersten Absatz lesen würde.«

Goetzen brachte seine Armbanduhr zum Vorschein und sah bedeutungsvoll nach der Zeit.

Ein geschlagener und verzweifelter Feibelman erhob sich mühsam. »Also, es läuft darauf hinaus, ich soll das Artus-Thema vergessen?«

»Ganz ohne Frage. Machen Sie dem Irrsinn hier und jetzt ein Ende.«

Ein gramgebeugter Feibelman humpelte zur Tür. »Auf jeden Fall, vielen Dank für Ihre Zeit.«

»Aber nicht doch. Wir müssen bald mal wieder plaudern.«

Goetzen stand auf und schloß die Tür ab. Die Besprechung war anstrengend gewesen. Er brauchte jetzt, was er »Wertzeit« nannte, Zeit für seine Lieblingsbeschäftigung – die mit sich selbst. Er legte sich auf die Chaiselongue und versank zufrieden in seine Gedanken.

* * *

Goetzen war keiner, der seinen Stammbaum bis in den Urschlamm zurückverfolgen konnte. Von den Goetzens wußte er, daß sie Mitte des vorigen Jahrhunderts von irgendwo in Polen nach Wien gegangen waren und in diesem Jahrhundert von Wien nach London; von den Eltern seiner Mutter wußte er nur, daß sie als junges Brautpaar aus Krakau nach London gekommen waren, rechtzeitig zu Königin Victorias diamantenem Thronjubiläum*. Aber es waren die Wiener Goetzens, denen er sich verbunden fühlte. Alle Wiener

* A. d. Ü.: 1897

Goetzens ließen dem Geld gegenüber Leichtsinn walten und zeigten nichts als Verachtung für Pfennigfuchser. So unterschieden sie sich nach Nickos Meinung vorteilhaft von den Blums, denen die Flüchtlinge aus Wien nur Geringschätzung entgegenbrachten und für die der Höhepunkt irdischer Weisheit in einem Sprichwort zu finden war wie »Wer den Pfennig nicht ehrt, ist des Talers nicht wert«.
Aus der Familie seines Vaters hatte er sich jenes bittersüße Gefühl für die österreichische Hauptstadt angeeignet – in einem Maße, daß er oft meinte, dort gelebt zu haben. Die Abbilder seiner Ahnen waren auf Dutzenden von Photographien bewahrt, sepiagetönt, steif, statuarisch, in selbstsicheren Posen, jetzt alle in Goetzens Besitz. Eine Anekdote von Opa, von Onkel Ferri, und diese seit langem toten Goetzens erwachten noch einmal zu Leben, für Nicko fast so leibhaftig wie jene Goetzens, die er kannte, Goetzens, die ihn getätschelt hatten, die ihn in die Wange gekniffen und ihn mit Schokolade gefüttert hatten.
Was er als Kind als unverbrämte Tatsachen aufgesogen hatte – den Goetzen-Salon zum Beispiel, den Stolz von Wien, wo sich Maler und Dichter, Musiker und Literaten, hübsche ehrgeizige junge Damen und ihre feschen Begleiter versammelt hatten –, waren schließlich die Erinnerungen von Exilanten, Flüchtlingen, verloren und, hätten sie nicht einander gehabt, allein in einer fremden Stadt. So hatten sie zusammengehalten, Kraft geschöpft aus geteilten Erinnerungen an früheres Glück, Erinnerungen, aus denen all das, was nicht ans Fabelhafte heranreichte, sorgfältig herausgefiltert war. Im nachhinein sah der erwachsene Goetzen sie zu seinem Leidwesen als ziemliche Banausen, die bloß in Rührseligkeit schwelgten und zu dem, was sie gern Kultur nannten, eher hinstrebten als es zu besitzen. (Vetter Marko, ein geborener

Pawlowist, hatte einmal eine Aufnahme von Tauber mit »Wien, Wien, nur du allein« auf den Plattenteller gelegt, nur um zu beweisen, wie rasch sich in den Augen seiner Mutter Tränen bildeten. »Hab's dir doch gesagt, Nicko, unter dreißig Sekunden!«) Sicher, die Goetzens hatten eine gewisse Großspurigkeit, einen gewissen Stil besessen, was sie abhob von den um Unauffälligkeit bemühten englischen Juden, unter denen sie sich wiederfanden. Was aber den berühmten »Salon« aus Wiener Tagen anging, so bezweifelte Goetzen inzwischen mit Fug, daß er ein höheres Niveau intellektueller Regsamkeit erreicht hatte als die öden Cocktailpartys, die er selbst gelegentlich in New York besuchte.

Die Goetzen-Flüchtlinge waren in Felix' Londoner Heim 1938 eingefallen und hatten es umgestaltet, nicht nur im Charakter, sondern auch in der Möblierung, denn sie hatten ihre besten Stücke mitgebracht. Die Umgangssprache wurde Deutsch. Die Küche änderte sich, um auf Opas Vorlieben und Abneigungen einzugehen. Felix war entzückt, seine Frau weniger. Es war etwas, ein Goetzen zu sein, Mitglied einer von einem Wallgraben umfriedeten Enklave, zu der der kleine Nicko durch Geburtsrecht Zutritt hatte; die arme Mami jedoch war ganz einfach keine von ihnen. Die Goetzens standen gegen die Welt zusammen, ein fester Verteidigungskern gegen feindliche Streitmächte. Und wie konnte es Nickos Mutter damit aufnehmen? Sie wurde nach ihrer Ankunft in England zu einem fremden Eindringling in ihrem eigenen Zuhause.

* * *

Goetzen mußte eingeschlafen sein. Ein Klopfen an der Bürotür brachte ihn so rasch auf die Beine, daß er eine

Büchersäule auf dem Boden umwarf. Schlaftrunken stieß er sich einen Weg durch sie frei. Was er dann jedoch, als die Tür offen war, vor sich sah, rüttelte ihn vollends wach. Denn da, mit einem Stirnrunzeln gewinnender Ratlosigkeit auf dem engelhaften Gesicht, stand eine junge Frau von überirdischer Schönheit. Rank war sie und schlank. Ihr blondes Haar – vielmehr ihre flachsenen Flechten fielen auf ihre Schultern. Ihre makellose Haut war leicht gebräunt, ihre dunklen Augen riesig, ihre Lippen ein entzückendes Schmollmündchen. Sie steckte in stark gebleichten Jeans, die sich liebevoll an sie schmiegten. Eine Hummel tanzte auf ihrem Oberschenkel auf eine Rose zu, die aus ihrem Schritt erblühte. Sie trug eine ärmellose weiße Bluse, die ihren kleinen Busen eng umfloß, auf dem sich, gemäß der glücklichen Mode des Tages, ihre Brustwarzen behaupteten. In der Hand hielt sie ein Bündel Papiere. Goetzen war bezaubert.

»Sind Sie Englischprof oder so was?«

»Allerdings.«

»Dann schätz ich mal, Sie wissen alles über Lürick, oder?«

»Stellen Sie mich auf die Probe, meine Liebe, nur voran. Fragen Sie mich irgend etwas von Homer und Vergil bis Eliot und Molesworth. Prüfen Sie mich über Pastorale, Petrarca, Ploke oder Prosodie. Wenn Sie Poesie im Sinn haben, ist Goetzen die richtige Adresse.«

»Wow!« sagte sie. »Mann, Sie reden vielleicht komisch, echt ausgeflippt, ja?«

Seltsam, dachte Goetzen. Die linguistischen Stigmata ihrer Generation, gegen die er so oft wetterte, träufelten mit liebenswerter Süße von ihren Lippen, weniger Schandmale als Schönheitsflecke.

»Schätze mal, Sie sind okay. Ich brauch nämlich Hilfe. So was wie 'n Rat.«

Goetzen wies sie in sein Büro und schloß die Tür. Schleunig raffte er einen Stapel Papiere vom Schreibtisch und häufte ihn auf den Klappstuhl. »Wollen Sie nicht Platz nehmen?« sagte er. Sie setzte sich auf die Chaiselongue und verwandelte diese augenblicks in einen Thronsessel. Goetzen drehte ihr seinen Sessel zu und setzte sich ebenfalls. Die Rose, sah er, war kurzstielig. Es war eine Wildrose, kräftig dornenbewehrt.

»Sprechen Sie nur«, sagte er. »Wie kann ich Ihnen helfen?«

»Ich studiere Sport.« Sie errötete vor Verlegenheit. »Aber ich schreib Gedichte, ich mein, eigene.« Sie senkte den Blick. »Woher soll ich jetzt wissen, ob die echt was sind, verstehen Sie? Oder ob ich meine Zeit verschwende?« Sie hielt ihm das Papierbündel hin. »Ich hab gedacht, vielleicht werfen Sie mal 'n Blick drauf und sagen mir, was Sie davon halten. Einfach so.«

Goetzen hatte es sich zur unumstößlichen Regel gemacht, niemals studentische Schriftwerke außerhalb der Erfordernisse seiner Seminare und seiner bedauerlichen Pflichten in der Preisjury zu lesen. Von dieser Regel war er nie mehr abgewichen seit jenem unglücklichen Vorfall am Anfang seiner Laufbahn, als er das Werk eines Studenten verdammt und verspottet hatte, dem keine zwei Jahre nach seinem Collegeabschluß der National Book Award zuerkannt wurde.

»Mit größtem Vergnügen, Miss … äh, Miss?«

»Berkowitz. Nimuë* Berkowitz.« Sie warf den Kopf zurück und verbreitete Tageslicht. »Super, danke!«

»Nun, Nimuë, warum wählen Sie nicht das aus, was Sie für das allerbeste halten, und geben mir das zu lesen?«

Sie durchforstete sorgfältig die Bögen auf ihrem Schoß, biß

* A. d. Ü.: Nimuë ist eine Gestalt aus dem Artus-Sagenkreis.

sich auf ihre herrliche Unterlippe, während sie sich dieser Aufgabe widmete, wählte aus, verwarf, verwarf, wählte aus. Goetzen beobachtete sie. Wie die Dichter aus der Zeit seines Spezialgebiets gesagt haben könnten, saß er da wie »versteint«. Schließlich reichte sie ihm ängstlich ein Blatt Papier. Und darauf stand in fester runder Handschrift folgendes:

»Beziehungen«
von Nimuë Berkowitz

Auf des Lebens Autobahnen
  Wirst du oft verzweifelt sein,
  Doch bedenk auf allen Straßen,
  Niemals bist du ganz allein.
Wird der Weg auch lang und länger,
  Läufst du Blasen dir am Zeh,
  Niemand ist ein Einzelgänger,
  Liebend lindre ich dein Weh.
Auf den Bergen, in den Tälern,
  An des Meeres glühndem Strand
  Schau doch einfach mal nach rückwärts,
  Und du findst mich bei der Hand.
Wo du hingehst, da will auch ich hingehn,
Wohin uns auch des Lebens Stürme wehn.

»Nimuë«, sagte Goetzen feurig, »Sie sind eine Dichterin.«
»Wow!«
»Natürlich bleibt einiges daran zu tun, ein wenig Feilen, ein paar kleine Änderungen hier und da. Milton hat sogar Shakespeare ›ein wildes, ungebildetes Talent‹ genannt. Aber an Ihrer großen Begabung besteht kein Zweifel.«
»Wow!«

»Vielleicht sollte ich meine Bewertung und meine Kritik doch genauer fassen?«

»Au ja!«

Goetzen verließ seinen Sessel und setzte sich neben sie aufs Sofa, wobei sein Bein wie versehentlich fest das ihre berührte, als er das Gedicht zwischen sich und sie hielt.

»Zunächst einmal möchte ich auf die grandiose Geschlossenheit der zentralen Metapher hinweisen, das Leben als eine Reise. Hier schreiben Sie in der großen europäischen Tradition und führen kühn ein Bild aus, das selbst Dante, sieben Jahrhunderte vor Ihnen, nicht verschmähte.«

Sie wand sich vor Wonne.

»Darüber hinaus bin ich auch stark von der listigen Einführung der vier Elemente beeindruckt, wobei hier besonders geschickt auf das alte ptolemäische Weltbild angespielt wird: die Berge und die Täler, die Stürme, der glühende Meeresstrand – eine besonders feinsinnige Verschmelzung von drei Elementen in einem, Feuer, Wasser und Erde, poetische Sparsamkeit von der Qualität eines Oxymorons. Nun, was bedeutet das alles für den feinsinnigen Leser? Zuerst einmal gelingt es Ihnen glänzend, zugleich die Zeitlosigkeit und die Allgemeingültigkeit der Erfahrung anzudeuten, zum zweiten fassen Sie die ganze Schöpfung in einem einzigen harmonischen Ganzen, einer einheitlichen poetischen Vision zusammen. Aber *Ihnen* brauche ich das ja kaum zu sagen.«

»Wow!«

»Das Metrum ist klug gewählt. Es ist munter und optimistisch, zuversichtlich und liebenswürdig. Darüber hinaus sind die Rhythmen stark und beharrlich, ganz regelmäßig durch drei Stanzen, aber deutlich verändert im abschließenden Reimpaar, wo der unerwartete Wechsel die Aufmerksamkeit auf eine biblische Anspielung lenkt.«

»Biblische Einspielung?«
»Wo du hin gehst, da will auch ich hin gehen.«
»Das hab ich von ner Parfümflasche; es heißt Mond von Galiläa, und da steht drauf ›Wo du hingehst‹ und so. Hier, riechen Sie mal.«
Das entzückende Geschöpf hielt Goetzen ein erlesenes Handgelenk unter die Nase. Er ergriff ihre Hand und atmete ein. Alle Düfte der fruchtbaren Mondsichel mischten sich mit einem Hauch von Turnhalle. Er behielt ihre Hand in der seinen.
»Altes Testament oder Neues?«
»Wie bitte?«
»Na, die biblische Einspielung.« Sie runzelte die Stirn. »Mein Dad, der ist liberal und so. Ich meine, er mischt sich nicht groß ein. Leben und leben lassen, sagt er immer. Aber in manchen Sachen ist er komisch. Er hat keine Ahnung von Gabe, meinem Freund, wissen Sie. Ich meine, der würde mich glatt in meinem Zimmer einschließen. Und dann die Bibel, Mann, der würde an die Decke gehen.«
»Altes Testament, Nimuë. Aus dem Buch Ruth.«
»Klasse!«
Goetzen streichelte zerstreut ihre Hand. »Vor allem fühle ich mich angezogen von der Innigkeit Ihres Gedichts. Es ist zugleich aufrichtig und emotionsgeladen, offen leidenschaftlich und unaufdringlich gefaßt.«
»Kein Scheiß?«
»Für mich wird deutlich, daß Sie selbst gelitten haben, daß Sie wissen, was es heißt, allein zu sein, von allen mißverstanden.«
»Weiter.«
»Und natürlich, wie Ihr Gedicht enthüllt, kennen Sie den Wert der Kameradschaft für den nackten Menschengeist,

den Wert der Gegenwart einer, einer einzigen mitfühlenden Seele, die mit den Nöten einer anderen mitschwingt. *Agape*, Nimuë, *agape* und *caritas*, in einem Augenblick selbstlosen Gebens verwandelt, vergöttlicht, sozusagen, zu *eros*.«

»Echt, ey!«

»Es gibt, wie ich schon angedeutet habe, noch einiges zu tun an ›Beziehungen‹. Und zweifellos sind Ihre übrigen Bemühungen, wie hervorragend auch immer, in Kleinigkeiten ein wenig ungeschickt. Aber wenn wir zusammen daran arbeiten würden ...«

»Sie meinen, das würden Sie tun?«

»Nicht für jede Studentin natürlich. Ich habe andere Obliegenheiten, andere Verpflichtungen. Aber für eine wahrhafte Dichterin ...«

»Ey, super.«

»Leider kann ich während meiner offiziellen Sprechstunden kein Lyrik-Tutorium abhalten. Aber warten Sie ... Haben Sie montags, dienstags und donnerstags um elf Uhr Zeit?«

»Nein, so 'n Mist, da hab ich Keulengymnastik, die gehört zu meinem Hauptfach.« Sie zog einen Flunsch. »So ne Kacke!«

»Macht nichts, wir finden schon eine Lösung. Haben Sie Telefon? Lassen Sie mir Ihre Nummer da, schreiben Sie sie auf das Gedicht. Seien Sie versichert, ich werde mich bei Ihnen melden.«

Goetzen half ihr auf die Beine und geleitete sie zur Tür.

»À bientôt.«

»Wow!«

Er beobachtete ihren Abgang den Flur entlang. Er bemerkte die köstlich schwenkenden Pobacken. Was war das? Auf der rechten Jeansbacke zeigte ein gebogener Leuchtfarbenpfeil

nach außen, darüber stand NEIN; auf der linken ein weiterer gebogener Pfeil, JA.
Wow!

* * *

Goetzen stand an seiner Bürotür und schnupperte vergeblich nach den letzten Spuren des Mondes von Galiläa, da klingelte das Telefon auf seinem Schreibtisch. Er ging zurück in seine Zelle und schloß die Tür.
»Goetzen.«
»Hallo, Liebling.« Die Stimme war verführerisch, kehlig, einladend.
»Ich wollte gerade gehen.«
»Heute abend?«
»Sicher.«
»Bei mir?«
»Lieber bei mir, wenn's dir nichts ausmacht.«
»Gegen neun?«
»Gegen neun. Äh, Stella, der Kühlschrank ist, ehrlich gesagt, ziemlich leer. Klar, ich könnte was holen …«
»Sicher, mal was anderes. Ich mache Lasagne und bring sie dann runter.«
»Und einen Salat? Ich besorg den Wein, den du so magst, den Cetonese.«
»Auch etwas italienisches Brot. Austern als Vorspeise?« Sie lachte verrucht.
Goetzen schauderte. Wie er diese schleimigen Ekeldinger haßte, die sie ihm so oft vorsetzte.
»Was hast du, Nicko? Keinen Bock? Hast du auch schön deine Vitamine genommen, deine Eier gegessen und so weiter?«

»Ich bitte dich, Stella.«
»Was denn dann?«
»Ach, nichts, ein Zusammenstoß mit einem aufsässigen Studenten.«
»Denn heute abend wirst du eine ganze Flasche voll Vitamine brauchen. Ich habe mir heute vormittag total umwerfende Höschen besorgt, auf der East Sixtieth, bei Knickers Unlimited, Ltd. Weißt du noch? Ich hab's dir mal gezeigt, westlich von der Second.«
Sie liebte es, ihre Höschen vor ihm zur Schau zu stellen. Dann paradierte sie vor seinem erstaunten Blick auf und ab, in nichts als den kürzesten Slips, schwenkte die Hüften, während ihre vollen, festen Brüste sich zu einer schwarzen, unhörbaren Musik bewegten. Ihr Körper war exquisit, und sie war stolz darauf. Sie war jetzt Mitte Vierzig, und die schartige Hand des Winters hatte Stellas Lieblichkeit noch nicht entstellt. Die Furchen der Zeit, winzige gekreuzte Schraffuren auf ihrem Gesicht, kaum sichtbar selbst auf geringste Entfernung, vermehrten nur ihre Schönheit. Ihr dunkles, kurzgeschnittenes Haar war mit Grau durchsetzt, bei Stella ein Augenschmaus, ein sexuelles Stimulans. Oft hatte sie kaum seine Wohnung betreten, da lupfte sie schon den Rock, um ihm ihre neueste Erwerbung zu zeigen. Allein die Erinnerung erregte ihn.
»Du hörst dich nicht allzu scharf an.«
»Es wird dich einiges Stöhnen kosten, um meiner Schneide die Schärfe zu nehmen. Sagen wir doch halb neun.«
»Nein, neun.« Aber es freute sie hörbar. »Du weißt ja, was die Briten sagen, Nicholas. Halt den Schwengel steif.«
Goetzens Affäre mit Stella trat nun in ihr zweites Jahr. Sie lebte mit ihrem Mann Robert in einer großen, elegant eingerichteten Wohnung zwei Stockwerke über ihm. Robert

Poore-Moody, ein Amerikaner mit englisch klingendem Namen, war ein Mann, dessen Beschäftigung, soweit Goetzen wußte, darin bestand, Vorständen vorzusitzen. Goetzen war ihm ein paarmal in der Eingangshalle oder im Fahrstuhl begegnet. Sie standen jetzt auf Nickfuß, da New Yorker Sitten zum Glück keine verbale Begrüßung erforderten. Goetzen – und zweifellos auch Poore-Moody – bedauerte inzwischen die erste dieser Begrüßungen, denn sie erzwang sofort ein Muster, von dem abzuweichen jetzt unmöglich schien.

Poore-Moody war eine untersetzte Kropftaube von einem Mann und Mitte sechzig, das Ebenbild des verstorbenen Mussolini. Wer hätte geahnt, daß diese kurzen dicken, stark behaarten Finger die Fähigkeit zur feinsten Petit-point-Stickerei besaßen? Und doch war dem so. Goetzen hatte Beispiele seiner Arbeit in der Poore-Moody-Wohnung gesehen. Und Stella hatte ihm, bei einer der seltenen Gelegenheiten, als sie mit ihm über ihren Mann sprach, erzählt, daß Poore-Moody jahrelang eine herzliche Korrespondenz mit einem in Paris lebenden englischen Herzog unterhalten hatte, auch er ein ungemein fingerfertiger Petit-point-Amateur.

An Donnerstagabenden jedoch lenkte Poore-Moody seinen Bentley mit einer Regelmäßigkeit, die nur von einer notwendigen Geschäftsreise, einer gelegentlichen Krankheit und natürlich dem Urlaub unterbrochen wurde, hinaus nach Westchester für ein Pokerspiel mit »den Jungs«. Goetzen konnte sich ihn wesentlich leichter beim Pokerspiel als bei Nadelarbeiten vorstellen. Seine niedrige Stirn schrie förmlich nach der Verlängerung, die ein grüner Augenschirm gewährte. Jedenfalls war Poore-Moody von ungefähr acht am Donnerstagabend bis vier oder fünf am Freitagmorgen fort. Das von seiner Abwesenheit verursachte Vakuum, der Natur ein Greuel, wurde von Goetzen gefüllt.

Und dieser ordinäre kleine Mann war seit mehr als zwanzig Jahren glücklich verheiratet mit der herrlichen Stella. Was konnte sie bloß in ihm gesehen haben (immer noch sehen)? Nicht Geld, denn Stella war selbst mit Geld gesegnet, eine Tochter der Bostoner Devereux. Wenn nicht Geld, was dann? Sex? Goetzen zog es vor, diese Möglichkeit nicht zu erwägen. Außerdem hatte er gemerkt, daß sie ihrem Mann auch eine warme Zuneigung entgegenbrachte – und eine verbissene Loyalität, die Goetzen verbot, mit ihr über ihn zu reden, und ihr verbot (außer vereinzelt und dann nur lobend), mit Goetzen über ihren Mann zu sprechen.

Auch war diese beständige Liebe zu ihrem Mann, zumal angesichts ihrer leidenschaftlichen Ehebrüche, nicht die rätselhafteste von Stellas Eigenarten. Ihre Erziehung, ihre Schulbildung und ihr soziales Umfeld waren schließlich reinsten WASP-Kalibers, weiß, angelsächsisch und protestantisch. Sie war ein Produkt der besten Hochschulen der Ostküste, mit einem BA von Bryn Mawr und einem MA von Harvard. Ihre Harvard-Magisterarbeit hatte einen Universitätspreis gewonnen und war unter dem Titel *Pikarisches bei Parzival: Protofilmische Aspekte in Wolfram von Eschenbachs Fortsetzungsversroman* veröffentlicht worden. Darüber hinaus tat sie gute Werke, besuchte wohltätige Abende, kurzum, sie lebte den kultivierten Liberalismus und das soziale Gewissen jener, die aus freien Stücken Hungerkuren machten. Manchmal, wenn Goetzen klopfenden Herzens auf der Poore-Moody-Couch lag, hörte er Stella am Telefon mit Mitgliedern ihrer Gesellschaftsschicht reden. Dann waren sie nicht zu verkennen, der kultivierte Umgangston, das sichere, standesgemäße Auftreten, das Zugehörigkeitsgefühl, die vertrauten Anspielungen auf Leute mit so absurden Namen wie Muffin und Bunny, Lolly und Wills.

Und doch wurde diese amerikanische Adlige, diese Tochter der historischen Elite der Nation, bei Goetzen zur Dirne, zur Küchenmagd, zur Spießgesellin. Sex wurde zu ihrer *raison d'être*, Essen ein wichtiges Vorspiel zur Unzucht, das Vulgäre ihr Modus. Aus Stolz auf ihre Kochkunst weigerte sie sich, einen Koch einzustellen. Goetzen hatte auf den wöchentlichen Menüplänen an der Küchenpinnwand das Versprechen solch feinschmeckerischer Genüsse wie *bœuf Wellington, truite amandine, pigeonneau à la crapaudine* gesehen. Für ihn jedoch bereitete sie Leber mit Zwiebeln, Corned beef und Kohl oder (wie zum Beispiel heute abend) Lasagne.

Was sie dazu bewegte, bei ihm diese Rolle zu spielen, vermochte er nicht zu sagen. Sie hatte ihn in eine Art Lawrencesche Triade gezogen, eine groteske Parodie, in der Lady Chatterley tatsächlich mit dem primitiven Mellors verheiratet war, hingegen suchte sie ihr sexuelles und seelisches Heil in einer ehebrecherischen Beziehung mit ... wem? O nein, die Rolle eines Impotenten war nachweislich nichts für einen Goetzen. Die Hypothese hielt nicht stand. Einmal hatte er Stella geradeheraus gefragt, warum sie sich einzig mit ihm fürs Vulgäre entschied. Merkte sie nicht, daß daran etwas psychosexuell Krankes war, etwas Perverses? Was trieb sie dazu, die Herrlichkeit ihres Liebesaktes in niedere Paarung zu verwandeln, das Tier mit den zwei Rücken, etwas Schmutziges und Gemeines? Aber es war ihm nur gelungen, bei ihr unerklärliches Gelächter auszulösen, Welle über Welle, bis sie zuletzt nach ihm gegriffen und mühsam herausgebracht hatte: »Kommst du noch mal?« Weiteres Gelächter, und dann, ihm gut zuredend: »Komm noch mal, ja?« Er hatte natürlich das Thema fallengelassen. Trotzdem fing er manchmal einen schrägen Blick von ihr auf, als wäre *er* das

Kuriosum und nicht sie. Und einmal hatte sie ihn unterhalb des Herzens äußerst schmerzhaft gekniffen und seine Rippen mit ihren Fingernägeln traktiert, bis das Blut kam, nur um herauszufinden, so hatte sie erklärt, ob er auch noch mit etwas anderem fühlen konnte als nur mit seinem Schwanz. Vielleicht war sie verrückt.

Goetzen kramte in den Papieren und Büchern auf seinem Schreibtisch. War da etwas, was er nach Hause mitnehmen mußte? Ach ja, da war das Gedicht, das er selbst am Morgen auf dem Weg zum College verfaßt und sofort nach seiner Ankunft niedergeschrieben hatte, der neueste Beitrag zu *Picobello*, seiner überquellenden Privatanthologie frivoler Gedichte. *Picobello* war in letzter Zeit rasch angewachsen, hatte realiter im selben Maße zugenommen, in dem die Zahl seiner wissenschaftlichen Veröffentlichungen abgenommen hatte. Jetzt schrieb er nur noch Lyrik oder jedenfalls frivole Gedichte, und auf alle Fälle nur für die eigenen Augen. Er warf einen Blick auf die Bemühung dieses Morgens.

An Stella

Ein Bauch, des weiche Rundung lockt,
Ein praller Po – der Atem stockt;
Ein Busen fürwitzig und spitz,
Findt im BH kaum seinen Sitz;
Ein Fleisch wie weißer Wonnemond,
Des Schönheit enges Kleid betont;
Ein *mons veneris*, dessen Quell
Entspringen süße Bächlein hell;
Ein Zünglein, das sich reckt und streckt
Und eifrig mir den Gaumen schleckt;
Ein Schoß, der ruft nach süßer Qual,

Der Hoden stummem Madrigal,
Beweisen, daß Poore-Moodys Weib
Verwöhnt gar lieblich meinen Leib.

Nicht schlecht, gar nicht schlecht, dachte er. Das letzte Reimpaar sollte vielleicht verbessert werden in:

Beweist mir, eines Geldknechts Weib
Schafft angenehmsten Zeitvertreib.

Möglich. Vorläufig würde es Platz finden bei einem kurzen Zyklus, der angeregt worden war von Stellas neuester, vollkommen ungerechtfertigter Besorgnis, daß sie zugenommen hatte.

Er steckte das Gedicht in seine altehrwürdige und ansonsten leere Aktentasche. Sonst noch was? Ja, natürlich: Nimuës Reisepaß zum Parnaß. Er durfte das Brot und den Cetonese nicht vergessen – und Tabletten gegen Magensäure: die Gewürze in Stellas Lasagne waren raffiniert; man bemerkte ihre Tücke erst, wenn es zu spät war. »*Questa*«, summte er fröhlich, »*o quella* …« Wie immer kamen ihm seine besten Summliedchen ohne Vorbedacht.

ZWEI

Gegen zehn Uhr am nächsten Morgen kam Goetzen langsam zu Bewußtsein, wohlig, Schicht für Schicht, streckte die Muskeln, ohne daß sie sich regten, mochte noch nicht die Augen öffnen. Er genoß die Weigerung seiner Glieder, dem Befehl des Gehirns Folge zu leisten, genoß sogar die Panik, die ihre Weigerung auslöste. Versuchsweise konzentrierte er seinen Willen auf die Zehen, erhöhte die Dringlichkeit des Befehls, noch einen Grad, noch einen, und, o Wunder, die Zehen zuckten, sie regten sich, widerwillig, gewiß, aber mit letztlichem Gehorsam gegenüber der Obrigkeit. Er war doch nicht gelähmt. Vielleicht hatte seine Wiedergeburt in Amerika die Familiendämonen verwirrt, hielt sie in Schach. Goetzen schlug die Augen auf.

Ins Licht blinzelnd, das zu den Fenstern hereinstrahlte, bemühte er sich, die in Bettücher gehüllte Gestalt auf der anderen Seite seines Bettes zu erkennen. Es war Stella, auf dem Rücken liegend, die Decke bis zu den Schultern hochgezogen. Stella, seine geliebte ... Er lächelte ihr warm zu. Gestern nacht war sie eine Katzenfrau gewesen, eine Avatara der unsublimierten Libido. Kein Wunder, daß ihm jetzt alles weh tat.

Stella! Er setzte sich auf. Es war heller Tag, sie hätte schon

vor Stunden gehen müssen. Er sah auf die Uhr: viertel nach zehn. Großer Gott!
»Stella!«
Er wollte schreien, aber seine Stimmbänder waren der Aufgabe noch nicht gewachsen. Der Schrei war ein Krächzen, kaum mehr als ein Flüstern. Er wollte sich über sie beugen, erstarrte aber vor Entsetzen. Ihre Augen standen weit offen, doch die Pupillen waren so weit verdreht, daß sie nicht mehr zu sehen waren. Ihr Unterkiefer hing schlaff. Er sprang aus dem Bett, machte einen Satz durchs Zimmer und drehte sich um, starr vor Entsetzen. Sie hatte sich nicht geregt. Das Licht von den Fenstern glitt an der wächsernen Blässe ihrer Wange ab, glitzerte auf dem gräßlichen Weiß ihrer Augen, glänzte auf den entblößten Zähnen. Sein Herz verkrampfte sich in seiner Brust. Sie atmete nicht, das Bettuch, das sie bedeckte, lag vollkommen still. SIE WAR TOT!
Was tun, o Herr, was tun? Die Polizei rufen, das war's. Aber vielleicht hatte Poore-Moody sie schon gerufen, vielleicht waren sie jetzt schon in der Poore-Moody-Wohnung. »Ich gerate nicht so leicht in Panik, meine Herren, aber ich kenne meine Frau. Sie würde nie weggehen, ohne einen Zettel zu hinterlassen, irgendeine Nachricht. Ihr ist etwas zugestoßen, etwas Schreckliches, ich fühle es.« – »Dann durchsuchen wir am besten das Gebäude, Sir.« Goetzen stürzte ans Fenster und sah auf die Straße hinunter. Nichts. Kein Polizeiauto in Sicht. Clarence, der Portier, bohrte in der Nase.
Er mußte einen Arzt rufen. »Diese Frau ist nicht Ihre Ehefrau? Aber sie ist verheiratet? Haben Sie ihren Ehemann benachrichtigt? Verstehe. Es wird eine Autopsie geben müssen, das ist offensichtlich ein Fall für die Mordkommission.«
Alles würde herauskommen. Die Zeitungen, das Fernsehen. Seine Laufbahn zerstört. Nein, er durfte sich jetzt nicht sei-

nem privaten Leid überlassen. Dafür gab es noch Zeit genug. Stella, seine Stella, war jenseits aller Hilfe. Seine erste Pflicht galt den Lebenden. »Hallöchen, hier ist Smedlow von der *Post*. Redaktion für Verbrechen. Wir würden unseren Lesern gern Ihre Version der Geschichte liefern.« BIZARRER TOD PROMINENTER SOCIETY-LADY IN COLLEGE-PROFESSORS SEXNEST. Staatsanwalt gelobt der Presse rücksichtslose Untersuchung! Interviews mit Nachbarn des mutmaßlichen Täters. »So vom Sehen würde man sagen, der Mann ist so normal wie Sie oder ich.« – »Man hat gleich gesehen, das ist ein Spinner, einer von der stillen Sorte, irgendwie unheimlich.« – »Er hat mich mal im Fahrstuhl gekniffen, fragen Sie mich nicht, wohin, aber das ist eben New York. Mann, die da oben, das hätte ich sein können.« *Sonderbericht auf Seite 27: Im kranken Kopf eines Sexualunholds!*

Vielleicht war es das Richtige, ihr ihre Sachen anzuziehen, sie ins Wohnzimmer zu tragen und sie dort auf der Couch zurechtzusetzen. Ja, ja! Sie hatte nur auf einen Schluck englischen Frühstückstee vorbeigeschaut. Nichts als eine nachbarliche Begegnung, bar aller Bedeutung. Und dann, ganz plötzlich, war es passiert, ein Herzanfall, was auch immer ... Lächerlich. Wenn er sich nicht einmal dazu überwinden konnte, sie anzuschauen, wie wollte er dann fähig sein, sie anzufassen? Ein Schauder überlief ihn. Er war selbst nackt. Erst anziehen, dann nachdenken.

Immer mit dem Rücken zum Bett, bewegte er sich wie eine Krabbe durchs Zimmer zu den Stellen, wo er gestern abend von Geilheit getrieben seine Sachen abgeworfen hatte. Er steckte ein Bein in seine verknautschte Hose, dann das andere, hopste, stolperte, stieß sich fast den Kopf an einer Kante des Nachttischs. Ruhig, ganz ruhig. Als er die Schuhe anzog, war er wieder dem Bett zugewandt. Er zwang sich, sie anzuschauen. O Gott, sie schien zu grinsen. Er fühlte den Wahnsinn in sich aufsteigen, *hysterica passio*, hinab, du aufschwellende Mutter! Goetzen lief aus dem Zimmer.

Es war unerträglich, einfach nicht fair. Was hatte er getan, welches Verbrechen begangen? Ehebruch? Eine Alltäglichkeit des zwanzigsten Jahrhunderts, so amerikanisch wie Kirschkuchen. Dies war das Zeitalter der offenen Ehe, 1974, um Himmels willen, wo man, wie im Supermarkt, sich die Sorte Lifestyle aussuchte, die am besten zum Geschmack und zum Geldbeutel paßte. Von Zeit zu Zeit wechselte man die Marke, griff in ein anderes Regal, das war alles. Angesichts der Abartigkeit, die da draußen schamlos vor sich ging, war ein schlichter Fall von Ehebruch banal geworden, nahezu liebenswert altmodisch, ein kurioses Relikt aus einer schlichteren, vergangenen Epoche. Gewiß, in jener »schlichteren, vergangenen Epoche« hatte sein eigener Vater den einen oder anderen Seitensprung genossen, wie alle Männer jener Goetzen-Generation. Aber diese Wahrheit bestätigte nur seine Ansicht aus einer anderen Perspektive: Ehebruch zu begehen war menschlich. Ehebruch war Bestandteil der menschlichen Beschaffenheit. Natur machte hierin alle Menschen gleich. Ja, man brauchte Poore-Moody nur zu erklären, daß Stella sie beide geliebt hatte, und er konnte gar nicht anders als verstehen.

Goetzen tigerte zwischen der Couch und dem Eßtisch hin und her in einem Zimmer, das immer noch die stummen Zeugen des Abendvergnügens enthielt. Auf dem Tisch waren die Trümmer der Mahlzeit, die Teller voll angetrockneter Tomatensoße, die Krümel vom Knoblauchbrot, die Salatreste, die Weingläser, die leeren Cetonese-Flaschen, die niedergebrannten Kerzen. Vor der Couch bot der Couchtisch verstreute Cracker an, die Reste von einem Meerrettich-Dip

und eine kleine Schale dieser in ihrem klebrigen Öl schwimmenden abscheulichen Austern. Es war erstaunlich, wie der Verstand unter solchem Druck unerhebliche Einzelheiten festhalten konnte. Von den Dutzenden Photographien an den umgebenden Wänden beobachteten ihn tote Goetzens. Opa zeigte mit seinem Zauberstock auf den Polstersessel am Fenster. Goetzen sah hin. Dort, wo Stella sie vor ihrer Panty-Parade deponiert hatte, lagen ihre Sachen in einem säuberlichen Stapel. Er raffte sie bestürzt an sich und rannte zum Schlafzimmer. Er öffnete die Tür gerade so weit, um den Arm hineinstrecken zu können, und warf sie hinein. Sein Herz schlug wieder wie wahnsinnig. Er mußte sich in die Gewalt bekommen. Leise schloß er die Tür und nahm sein Umhertigern wieder auf.
Schlichter Ehebruch war schließlich nicht das Problem. Poore-Moody war immerhin kein Kind mehr. Er war Mitte sechzig. Sie waren alle erwachsen. Aber es war eine Frage des Feingefühls. Poore-Moody war das Opfer eines doppelten Kummers. Wie brachte man einem angejahrten Hahnrei bei, daß seine Frau tot im Bett ihres Liebhabers lag, daß sie in und an ihrem Körper untrügliche Zeichen ihrer Untreue trug? In panischer Angst vor Bloßstellung, vor Verdammung oder, schlimmer noch, vor Lächerlichkeit gelang es Goetzen, sein privates Leid zu unterdrücken. Stella war ihm entrissen. Er würde um sie trauern, sobald er konnte.
In seinen inneren Aufruhr hinein erscholl mit lautem Summen die Türklingel. Goetzen schrak zusammen, stand dann stockstill. Die Polizei? Also hatte Poore-Moody sie doch gerufen. Er hörte das Geräusch eines Schlüssels im Türschloß. Das mußte der Hausmeister sein, der sie einließ. Dann war alles vorbei? So sei es.
»Ham Sie was an, Professor?«

Early Byrd*, Goetzens Putzfrau, hatte die Tür aufgesperrt. Auf seiner Stirn stand kalter Schweiß. Er hörte sie auf dem kurzen Flur zum Wohnzimmer murmeln und ihre Einkaufstasche mit ihren Utensilien hinter sich her zerren. Jetzt erschien sie in der Tür und setzte ihre Last ab.

Early hatte einmal gestanden, daß sie die siebzig nie wiedersehen würde, aber Goetzen hätte ihr jedes Alter über vierzig abgenommen. Sie trug ihr blauschwarzes Haar in einem festen Knoten. Ihr gelbes Gesicht war faltenfrei. Sie war klein, massiv, wie eine Kompaktversion für optimale Leistung. Goetzen war in ihren Augen einer ihrer Pflegebefohlenen. Wie Miss Hudson aus seiner Harrogate-Schulzeit brachte sie wenig Geduld für seine Mätzchen auf. Jetzt stand sie da und ließ ihren Blick mit unverhohlenem Abscheu über das Durcheinander im Wohnzimmer schweifen.

»Guten Morgen, Early.« Goetzen bemühte sich um herzliche Natürlichkeit.

»Sie ham wohl gestern gefeiert.« Sie schüttelte den Kopf und machte Tz-tz-Geräusche. In seinem fahrigen Zustand hörte Goetzen nur Bruchstücke ihres Gebrummels: »... Mann, ein Professor, haust wie 'n Schwein ... dachte, ich hätt schon alles im Leben gesehn ... egal, ob schwarz, weiß oder grisegrün, Schwein bleibt Schwein ...«

»Tut mir leid wegen der Unordnung.«

»Wenn Sie helfen wolln, könn' Sie was vom Geschirr in die Küche bringen. Hab Angst, da reinzuschaun.«

Goetzen tat wie geheißen.

»Wo Sie schon auf sind, fang ich mal in der Schlafstube an.«

»Nein!« kreischte Goetzen. Mit der Austernschüssel in der Hand sprang er dazwischen, um ihr den Weg zu versperren.

* A. d. Ü.: Early Bird hieß der erste amerikanische Kommunikationssatellit 1965.

»Bleiben Sie gefälligst raus da!«
Early hielt sich die Hand vor den Mund; ihre Augen weiteten sich. Sie wich vor ihm zurück.
»Ich wollte Sie nicht erschrecken.« Goetzen senkte die Stimme. »Ich meinte damit nur, Sie brauchen das Schlafzimmer heute nicht zu machen. Das habe ich nämlich schon selber besorgt. Bin mit den Hühnern wach geworden, konnte nicht wieder einschlafen.«
»Sie wolln mich wohl auf den Arm nehmen. *Sie* ham die Schlafstube besorgt? Das muß ich sehn. So, wie Sie drin rummachen, bei so ner Schlafstube würde ne Nutte erröten.« Sie grinste und schüttelte den Kopf. »Sie sind mir ein muntres Kerlchen, da gibt's nix, ein muntres Kerlchen.«
Early wollte vorbei zum Schlafzimmer, aber Goetzen wich nicht vom Fleck und verstellte ihr den Weg.
»Sie ham eine da drin.«
»Aber nein, natürlich nicht.«
»Dann sind Sie plemplem. Lassen Sie mich das mal sehn. Ham Sie die Bettwäsche gewechselt? Die kraucht ja bald von alleine weg.«
Goetzen rührte sich nicht. »Später. Hören Sie, warum kochen Sie nicht Kaffee? Ich hab noch keinen getrunken. Ihnen wird's nach einem Täßchen Kaffee auch besser gehen.«
»Mir geht's bestens, brauch keinen Kaffe. Kaffe, hm? Hä-hä-hä.« Sie schüttelte den Kopf. »Klar mach ich Kaffe.« Sie drehte sich um und ging in die Küche. »Ein muntres Kerlchen is das, hä-hä-hä. Die Schlafstube selber geputzt! Der Mann hält mich für blöd, hä-hä-hä.«
Goetzen preßte in dem vergeblichen Bemühen, dessen Hämmern zu beruhigen, eine Hand ans Herz. Wie konnte er Early aus dem Schlafzimmer raushalten? Nun, schließlich war es seine Wohnung, oder? Er würde ihr einfach befehlen,

draußen zu bleiben. Ja, aber sollte die Leiche den ganzen Tag da liegen? Early war langsam und gründlich, sie ging nie vor dem späten Nachmittag. Er könnte sie natürlich für den Tag bezahlen und sie bitten, gleich wieder zu gehen, ihr sagen, es sei ein jüdischer Feiertag oder so was. Nein, das würde ihren Argwohn nur noch mehr schüren. Doch jede Minute, die verstrich, machte es unwahrscheinlicher, daß sich ihm eine Gelegenheit bieten würde, die Leiche loszuwerden. Sollte er gezwungen sein, bis zum Abend zu warten, sollte er gezwungen sein, schließlich selbst die Polizei anzurufen oder den Arzt oder Poore-Moody persönlich, wie konnte er dann die Verzögerung erklären?

Early streckte den Kopf ins Zimmer. »Soll ich Ihnen was zu essen machen?« Aber es klingelte an der Tür. »Ich geh hin. Sie wollten doch beim Geschirr helfen.«

Diesmal konnte es nur die Polizei sein.

Eine Minute später kam Early zurückgeschlurft. »Der Mann sagt, er heißt Auf Wiederschaun, behauptet, er is Rabbi. Sind Sie da?«

Auf Wiederschaun? Widerschein! »Nein, sagen Sie, ich bin verreist. Sie wissen nicht, wann ich wiederkomme.«

»Ah, Professor Goetzen, *schalom*. Wie geht's einem Juden so?« Menachem Widerschein tauchte aus dem dunklen Flur hinter Earlys Rücken auf, mit blitzenden Goldzähnen und zur Begrüßung ausgestreckter Hand. Goetzen schüttelte sie mißmutig. Dann sah Widerschein, dessen Augen sich an das Halbdunkel gewöhnten, Goetzen im ganzen, sah ihn zerrauft und unrein. Er riß seine Hand los und wischte sie an seinem langen Seidenmantel ab. »Ein Jahr ist das nun wieder her. Aber was weiß man schon.«

Tränen der Frustration brannten in Goetzens Augen.

»Der Talmud sagt, wie ich Ihnen nicht zu erzählen brauche:

›Der Weg führt hinaus, aber der Weg kehrt zurück.‹« Widerschein wiegte sich sanft vor und zurück. »Und Rabbi Akiba interpretiert diese Stelle: ›Wir vollenden das Jahr und beginnen von neuem.‹«

Menachem Widerschein erschien einmal im Jahr in Goetzens Wohnung, um Geld zu sammeln für die Kinder der Spanischen Inquisition, einem Waisenhaus, so sagte er, auf dem Berg des Bösen Rates in Jerusalem. Anfangs hatte Goetzen ihm erklärt, daß er ein weltlicher Jude sei, nach orthodoxen Maßstäben eigentlich überhaupt kein Jude. Widerschein hatte in einer Mischung aus Vorwurf und Mitleid den Kopf geschüttelt. »Ja, in Cordoba gab es auch solche wie Sie, in Cadiz, in Granada. Und wo sind sie jetzt? Fragen Sie Kardinal Ximenes, fragen Sie Leo X., fragen Sie Philipp II., mögen ihre Namen in ewiger Schande faulen, möge die Cholera ihre Seelen fressen. Die Kinder der Spanischen Inquisition ermöglichen es Ihnen, ein weltlicher Jude zu sein.«

Schon bei ihrer allerersten Begegnung hatte Goetzen seine Zweifel an Widerschein gehabt. Warum hatte er dann immer seinen Obolus entrichtet? Vielleicht war es die schiere Frechheit des Scharlatans, die es ihm angetan hatte, eine Art Reverenz vor *il miglior fabbro*, dem besseren Fabulierer.

Nun griff er wieder einmal in seine Tasche. Verdammter Mist, seine Brieftasche und seine Schecks waren im Schlafzimmer. »Es tut mir furchtbar leid, aber im Moment ...«

»Lassen Sie sich Zeit. Die erste Lektion, die ein armer Talmudist lernt, ist Geduld. ›Mildtätigkeit kommt nie zu spät.‹«

Earlys Grinsen steckte voller Bosheit. »Ich hör mein' Kaffe durchlaufen. Wetten, daß der Rabbi Durst hat? *Dem* geht's bestimmt nach 'm Täßchen Kaffe besser.«

Widerschein fuhr sich mit den Fingern durch den krausen roten Bart.

»Rabbi Widerschein hat noch viele Besuche zu machen. Wir dürfen ihn nicht aufhalten«, sagte Goetzen.
»Selbstverständlich ich will nicht sein wie eine Mühe.«
»Sie sind keine Mühe, Rabbi. Der Kaffe is sowieso fertig.«
»Kaffee, zwei Jahre jetzt, keinen Schluck mehr.« Er stieß sich mit dem gekrümmten Daumen an die Brust und entbot einen illustrierenden Rülpser. »Aber vielleicht ein Glas Tee? Könnte nicht schaden. Ein Scheibchen Zitrone, ein Stückchen Zucker.«
Early kehrte mit einem Tablett zurück, auf dem sich zwei Tassen Kaffee befanden, ein Glas Tee, eine Untertasse mit Zitronenscheiben, eine Dose mit Würfelzucker, Milch und passende Löffel. Sie stellte das Tablett auf den Couchtisch und setzte sich neben Widerschein. »Bedienen Sie sich.«
»*Du elender Mistkerl! Warum hast du mich nicht geweckt? Weißt du, wie spät es ist, Herrgott noch mal!*«
In der Schlafzimmertür stand Stella, splitternackt, und kratzte sich wütend die Hüfte. Goetzen fiel die Kinnlade herunter, seine Kopfhaut kribbelte. Widerschein hingegen hielt sich die Hände vor die Augen. Early grinste hocherfreut: »Was hab ich gesagt? Ein muntres Kerlchen.«
Stella sah, daß sie nicht mit Goetzen allein war. »Entschuldigen Sie mich.« Sie drehte sich mit feierlicher, gemessener Würde um, kehrte ins Schlafzimmer zurück und schloß leise die Tür.
»Wie ich das sehe, brauchen wir noch ne Tasse Kaffe.« Early stand auf. »Hat die Schlafstube selber geputzt, hä-hä-hä.«
Stella tot zu wissen und doch am Leben zu sehen! Mein Gott, schlief sie immer so? Goetzen wurde schwindlig. Seine Geliebte atmete noch, und er war aus der Todeszelle entlassen, in allen Anklagepunkten freigesprochen, seine Unschuld erwiesen! Die Familiendämonen, die in der sanft ver-

wirrten Phantasie seines verstorbenen Onkels Ferri immer angriffsbereit auf dem Sprung standen, mußten tatsächlich geschlafen haben.
Widerschein spreizte die Finger vor den Augen und spähte umher. Er senkte die Hände in den Schoß, seine Wangen brannten. »Ihre Frau, Professor Goetzen, Sie sind verheiratet?«
»Nein.«
»Wer sagt, daß mich das was angeht? Manchmal können wir auch aus der Unsittlichkeit eine Lehre ziehen. Und was ich gesehn hab, kann ja gut sein, ich hab's gar nicht gesehen. Ich weiß nur eins, wie ich immer sage, was weiß man schon. Aber klar ist, das hier sind private Dinge, heikle Dinge, wo man sich ungebetenen Rat verkneifen soll. Ein Fremder, ich meine mich, Menachem Widerschein, hat da keinen Platz. Der Tee ist trotzdem köstlich.« Er trank einen großen Schluck und schmatzte mit den Lippen.
Early kehrte aus der Küche mit einer weiteren Tasse Kaffee zurück. Sie setzte sich dicht neben Widerschein, der die Augen himmelwärts verdrehte, als suchte er Erlösung, ein Mann, der unverdientermaßen ins Tal des Schattens gestürzt war, wo Hurenböcke und Christen wohnten. Early schüttelte über Goetzen den Kopf. »Hä-hä-hä.«

* * *

»Nein, behalten Sie doch Platz.«
Stella sprach ohne jede Ironie. Es war für sie unvorstellbar, daß Goetzen und Widerschein sich nicht augenblicklich erheben würden. Eingeschüchtert beobachteten diese ihr majestätisches Herannahen. Sie war jetzt angezogen, makellos, kühl, königlich. Sie setzte sich auf den Polsterhocker zu

Goetzens Füßen, ihr Rücken blieb auch ohne Lehne anmutig gerade. Ihr Lächeln erfüllte den Raum mit Licht. Sie neigte den Kopf zu Goetzen und ergriff seine Hand.

»Was für ein schreckliches Chaos wir manchmal aus unserem Leben machen, finden Sie nicht auch?« Sie seufzte. Ihr Lächeln war sanft, bittersüß; ihr Blick arglos, vertrauensvoll, flehentlich. »Es hat keinen Sinn, Ihnen etwas vorzumachen. Offenkundig haben Mr. Goetzen und ich ein Problem. Es ist nicht Ihr Problem, ich weiß, aber durch unsere Unachtsamkeit haben wir Sie dem ausgesetzt. Das bedaure ich zutiefst. Es ist unverzeihlich. Dürfen wir es wagen, um Ihr Verständnis zu bitten, vielleicht sogar um Ihre Hilfe?«

»Bin dabei, Liebchen.«

»Rabbi?«

»Der Talmud sagt nur, daß der Olivenbaum sich in seinem Verlangen, den Schöpfer aller Dinge zu preisen, verbiegt, krumm und schief wird«, sagte Widerschein geheimnisvoll. Stella schwieg und wartete auf seine Erklärung, aber er schloß nur die Augen.

»Oben in meiner Wohnung, gerade in diesem Augenblick, ist mein Mann außer sich vor Sorge.«

Early kaute auf ihrer Unterlippe; Widerschein kaute auf seinen Nägeln.

»Mein Mann ist der liebste und beste Ehemann, der je gelebt hat. Ich liebe ihn sehr, das müssen Sie mir glauben. Aber ich liebe auch Nicholas ... Mr. Goetzen.«

Goetzen schrak zusammen. Liebe? Nie zuvor hatte sie von Liebe gesprochen. Sie war also doch eine Dilettantin, die ihre Rolle überzog, aus echtem Pathos hohles machte, aus einem Drama ein Melodrama. Wo war die Stella der winzigen Höschen, die Stella, die keuchte und stöhnte und drängte, die Stella der besinnungslosen Ekstase? Nun, diese Stella konnte sich hier schlecht zeigen. Aber Liebe? Dieses Thema hatte er mit der Stella, die er kannte, zu vermeiden gelernt. Sie hätte ihn sonst von der Bühne gebuht.

»Aber weder auf Mr. Goetzen noch auf mich kommt es hierbei an.« Kein Zweifel, sie fesselte ihr Publikum, hatte es richtig eingeschätzt. »Was ich Robert auch sage, mein erster Gedanke ist, ihm Schmerz zu ersparen.« Sie schluckten ihn, verschlangen ihn, diesen sentimentalen Schnodder, diesen verkochten Eintopf aus Klischees. Und jetzt wandte sie sich zu ihm, ihr Blick war bohrend in seiner Aufrichtigkeit. »Ich denke, Nicholas, schon seit einiger Zeit willst du mich – bewußt oder unbewußt – zwingen, mich unserer Situation ehrlich zu stellen.«

Goetzen stotterte.

»Nein, nein, widersprich nicht, Liebling. Was du willst, spricht nur für dich. Schau unter die Oberfläche. Denk nach. Was war der wahre Grund, weshalb du mich heute früh nicht geweckt hast?«

Weil ich dich für tot gehalten habe, du gerissenes Weibsbild!

»Eigentlich«, sagte Goetzen, »bin ich selbst erst um zehn wach geworden. Und du, du hast so friedlich geschlafen, so schön ...«

»Robert sagt, ich schlafe wie eine Leiche.«

»Wie ein Engel.«

Sie hatte ihm seine Rolle in diesem zweitklassigen Melodrama geschrieben, und er spielte sie wortgetreu. Sie hatte sie alle behext.

»Jedenfalls war es schon so spät, daß ich dachte, du kannst genausogut noch ein bißchen weiterschlafen. Zumindest bis mir eine Vorgehensweise eingefallen war. Warum dich in Panik aufwecken? Aber dann kam Early und nach ihr Rabbi Widerschein. Mir blieb keine Wahl.«

»Er wollte mich nich in die Schlafstube lassen, nich ums Verrecken, hat gesagt, er hätt sie eigenhändig geputzt.«
Stella führte Goetzens Hand an die Lippen. Sie blickte mit leuchtenden, anbetenden Augen zu ihm auf. »Liebling, wie edel von dir, wie ritterlich! Wirklich eine *beau geste*! Deine Sorge um meinen Ruf hat ... ich bin gerührt ... du machst mich so ... ich ...« Ihre Stimme erstickte, Stella wandte abrupt den Kopf ab.
»Schön, isser nich schön!«
Stella sammelte sich, lächelte tapfer aus tränengefüllten Augen. »Es geht schon wieder. Hören Sie, Sie alle, wir sind hier zu viert, vier Köpfe und nur ein Problem. Bestimmt können wir doch gemeinsam eine Lösung finden. Liebling, was soll ich tun, was meinst du?«
»Also erst einmal möchte ich sagen, ich bin völlig deiner Meinung, daß wir Robert nicht weh tun dürfen, dem armen alten Kerl. Aber nachdem ich das vorausgeschickt habe, muß ich hinzufügen, daß dein Ruf gleichfalls wichtig ist. Mir ist er heilig.«
»Liebster Nicholas.«
»Mal angenommen, du bist gestern abend aus dem Haus gegangen. Vielleicht, um Zigaretten zu holen –«
»Ich rauche nicht. Das weißt du.«
»Na ja, um irgendwas zu holen, ist doch egal. Du erinnerst dich, daß du zum Broadway gegangen bist. Der Laden war zu – ja, das ist ein realistisches Detail, gibt ein bißchen Glaubwürdigkeit. Und das ist alles, woran du dich erinnern kannst. Vorübergehende Amnesie. Du mußt die ganze Nacht umhergelaufen sein. Jedenfalls bist du vor einer halben Stunde zu dir gekommen, sagen wir, auf einer Parkbank. Um genau zu sein: beim Columbus Circle, wieder ein Detail. Du hast dir ein Taxi nach Hause genommen. *Et voilà*!«

Stella schüttelte traurig lächelnd den Kopf. »Etwas Besseres fällt dir nicht ein?«

»Für 'n Professor«, sagte Early streng, »sind Sie reichlich dußlig.«

»Mein Schatz, du bist ein Unschuldslamm. Glaube mir, lügen ist nicht so einfach. Ich muß es wissen«, fügte sie bitter hinzu, »schließlich lebe ich seit fast zwei Jahren eine Lüge.«

Goetzen fühlte sich elend, sehr Marko-unähnlich, ohne Boden unter den Füßen. Stella schien völlig an das Hirngespinst zu glauben, das sie vor ihnen erschuf. Konnte es sein, daß die Ereignisse der vergangenen Stunde sie aus dem Gleichgewicht geworfen, aus der Ebene der Wirklichkeit gerissen und in eine Szene gestürzt hatten, die einem Drei-Tempotaschentücher-Schmachtfetzen ihrer tränenseligen Jungmädchenzeit entstammte? War sie schizophren? Beherbergte dieser köstliche Körper eine Vielzahl verschiedener Persönlichkeiten? Die wüste Ruchlosigkeit seiner Donnerstagsgeliebten hatte ihm schon seit geraumer Zeit Anlaß gegeben, an ihrer geistigen Gesundheit zu zweifeln. Vielleicht hatte er das zu wenig beachtet.

Stella wandte sich an Widerschein. »Rabbi?«

Widerschein strich sich nachdenklich den Bart. »Soweit ich sehe, haben wir es hier mit einem Fall von Ehebruch zu tun.«

Stella zuckte zusammen.

»Um ein Problem zu lösen, muß man es erst mal klarkriegen. Der Talmud sagt: ›Der Mann, der eine Dattel eine Feige nennt, außer er will ein Menschenleben retten, ist ein Tunichtgut.‹ Und Rabbi Gamliel kommentiert, und wieder übersetze ich: ›Mach keinen Wurstsalat aus der Wahrheit.‹ Reden wir hier vielleicht von Canasta? Ich glaube nicht. Nein, wir reden von Ehebruch. Ihnen gefällt das Wort nicht, ist die eine Sache, eine andere ist die Wahrheit. Aber um Sie zu trösten, Batseba gefiel es wahrscheinlich auch nicht. Von der wissen Sie ja. So, noch Fragen? Nein? Gut. Wir fangen an.« Er wandte sich an Stella. »Sind Sie Jüdin?« Die Frage wurde betont durch eine aufsteigende Spiralbewegung des rechten Zeigefingers.

»Nein, Rabbi, bin ich nicht.«

»Ihr Mann, ist er vielleicht Jude?« Die identische Bewegung, jetzt mit dem linken Zeigefinger.

»Nein.«

»Na gut, haben Sie etwa in einer Synagoge geheiratet, unter einer *chuppa*, von einem Rabbi getraut?« Beide Finger ringelten sich gleichzeitig in parallelen Richtungen.

»Nein, nein und nein.«

»Aha!« Widerschein hieb sich klatschend die Faust in die Handfläche. »Dann gibt's kein Problem.« Er sah die Ratlosigkeit auf ihren Gesichtern. Die Einfalt dieser Laien! Besonders die Einfalt dieser christlichen Frauen! Er beugte sich vor, beide Hände offen, Handflächen nach oben, als enthüllten sie etwas Zerbrechliches und Kostbares. »Stellt sich heraus, Sie sind gar nicht verheiratet, kapiert? Nicht verheiratet, gibt keinen Ehebruch. Kein Ehebruch, kein Problem. Ganz einfach. Sie dachten, Sie reden von einer Feige. Falsch. Sie haben von einer Dattel geredet.« Er lehnte sich zufrieden zurück. »Joi, das nennt man Glück!«

Für einen Augenblick herrschte völlige Stille, dann begann Goetzen zu lachen. Early unterbrach ihn. »Rabbi, Sie sind genauso verrückt wie *der* da.«

»Vielen Dank, Rabbi«, sagte Stella. »Mrs. Byrd?«

»Liebchen, bevor Sie irgendwas tun, entscheiden Sie erst mal, wen von beiden Sie wolln.«

Goetzens Magen begann sich langsam zu drehen.

»Ich muß Robert die Wahrheit sagen.«

»Stella, reagiere um Gottes willen nicht überhastet. Hast du daran gedacht –«
»Mir wird jetzt klar, daß ich seit Monaten daran gedacht habe, und zwar seit mir deine kleinen Ausrutscher aufgefallen sind. Zum Beispiel, als du angerufen hast, während er noch zu Hause war.« Es war nach acht gewesen. Poore-Moody hätte längst auf dem Weg nach Brewster sein müssen. »Dann, als du die Weinflaschen mitten am Nachmittag hast liefern lassen.« Er hatte ausdrücklich Anweisung gegeben, sie nicht vor halb neun zu liefern. »Und heute, mich nicht zu wecken. Daran habe ich beim Anziehen gedacht. Ich zweifle nicht daran, Liebling, daß du bewußt von der Sorge um meine Ehre getrieben warst. Aber unbewußt hast du die Krise herbeigezwungen. Du wolltest von mir eine Entscheidung. Und das meint auch Early. Sie weiß, daß ich mich entscheiden muß.« Stella setzte sich kerzengerade auf. »Nicholas, ich kann, ich will dich nicht aufgeben.«
Early und Widerschein entfuhr gleichzeitig ein Seufzer.
Goetzens Magen tat einen plötzlichen Satz. »Stella, du mußt dir ganz sicher –«
»Liebling, Liebling, ich *bin* es.«
»Stella, ich –«
»Du brauchst es nicht zu sagen, mein Herzblatt, mein geliebter Nicholas, ich bin so glücklich und, ja, so erleichtert wie du. Und auf lange Sicht tut man auch Robert einen Gefallen.«
Goetzen war eingestandenermaßen baff. Das war eine Stella jenseits seiner Interpretationsfähigkeit. Was hatte sie wohl vor? Trennung, Scheidung, Wiederheirat? Stella, so schien es, betete ihn an. Man denke nur! Aber liebte er Stella? Sie selbst hatte diese Möglichkeit früher zunichte gemacht. Er sah sie an. Herr im Himmel, war sie schön. Aufreizend. Aber

Liebe? Was Liebe auch sein mochte, falls er dazu überhaupt fähig war, dann war Stella die Dame seines Herzens. Er mußte ihre Beziehung neu überdenken, das war alles. Es war notwendig geworden, die Verteidigungsbastionen zu schleifen, zu deren Errichtung sie ihn veranlaßt hatte.

Aber jetzt zwinkerte sie ihm zu. Was mochte das bedeuten? Nein, sie spielte eine Rolle und genoß es. Liebte sie ihn wirklich? Was weiß man schon, würde Widerschein sagen. Stella hatte ein kleines Drama geschaffen. Sollte es doch seinen Lauf nehmen. Da saßen also Widerschein und Early, gleichsam Messer und Gabel parat, erpicht darauf, jedes Wort kleinzuschneiden und zu kauen. Ihm blieb noch Zeit genug, Stellas wahre Absichten zu erfahren. Vorläufig würde er mitspielen.

»Stella, ich –«

»Nein, ich weiß, was du sagen willst. Aber ich muß es Robert allein beibringen, auf meine Art.«

»Das is nich recht. Lassen Sie ihn mitgehn, Liebchen.«

»Äh, ja, natürlich. Du kannst diese schwere Prüfung nicht allein durchstehen, Stella.« Er sah auf die Uhr. »Großer Gott! In weniger als einer Stunde habe ich eine Besprechung mit dem Collegepräsidenten und dem Dekan der Philosophischen Fakultät. Zum Teufel damit! Laß mir einen Augenblick Zeit, um anzurufen und abzusagen.« Schauspielerte Stella? Falls ja, so sollte sie erfahren, was in ihm steckte.

»Aber die ist bestimmt wichtig.«

»Nun ja, auf ihre Weise. Aber was ist wichtiger als wir beide? Das College richtet ein neues Institut für Studien des Mittelalters und der Renaissance ein. Allem Anschein nach will man mir den Posten des Gründungsdirektors antragen, Gott weiß warum.«

»Er weiß es«, sagte Widerschein.

»Jedenfalls bin ich sicher, sie werden einem anderen Termin zustimmen, zumindest fast sicher.«

»Unsinn! Natürlich nimmst du an der Besprechung teil. Ich werde unser gemeinsames Leben nicht damit beginnen, deine Karriere zu behindern. Was mußt du denn von mir denken? Jedenfalls bestehe ich darauf, alleine mit Robert zu reden.« Sie beugte sich zu ihm und küßte ihn auf den Mund.

»Natürlich respektiere ich deine Entscheidung.« Goetzen war sich jetzt sicher, ihre Wellenlänge entdeckt zu haben. »Meine Gedanken werden bei dir sein, mein tapferer Liebling.« Er mußte aufpassen. Auch er fing an, seine Rolle zu übertreiben.

»Wann wirst du zurück sein? Oder kann ich dich im College anrufen?«

»Ja, da liegt der Hase im Pfeffer. Ich darf es eigentlich nicht wissen, aber Papa Doc*– so nennen wir Ari Papadakis, unseren Fachbereichsleiter, Liebling –, Papa Doc gibt direkt nach der Besprechung eine Party zu meinen Ehren. Meine Zusage gilt, wie du siehst, als sicher. Wenn ich aber zu der Besprechung gehe, wüßte ich nicht, wie ich die Party vermeiden kann. Ach, was soll's! Warum kommst du nicht dazu? Ich kann dir die Adresse geben.«

»Ich werde kaum in der Stimmung für eine Party sein, Liebling, besonders unter lauter Leuten, die ich nicht kenne. Sei nicht ungeduldig, Geliebter. Melde dich, sobald du zurück bist, ja?«

Sie küßten sich, ein herrlicher, hingebungsvoller Kuß.

»Bevor ich hinaufgehe zu ... zu Robert, meine ich, wir könnten alle etwas zu trinken vertragen, vielleicht etwas Stärkeres als Earlys ausgezeichneten Kaffee.«

* A. d. Ü.: Spitzname des früheren Diktators Duvalier sen. von Haiti.

»Ein kleiner Schnaps. Kann nicht schaden, wär nicht schlecht.« Widerschein tätschelte seinen Bauch.
»Wie wär's mit einem Cognac? Early, Sie wissen ja, wo er steht. Ich muß leider unter die Dusche und mich umziehen. Aber macht es euch ruhig gemütlich.« Und Goetzen flüchtete in den Schutz seines Schlafzimmers.

* * *

Die Würde hatte den Goetzens seit langem herzlos den Rücken gekehrt. Man denke nur an Opa: der Tod hatte diesen wunderbaren alten Mann ereilt, als er beim Ausfüllen des Lottoscheins saß, mit heruntergelassener Hose, schutzlos preisgegeben, ein gebrechlicher Greis auf der Toilette im Obergeschoß. Nicht einmal Marko hatte nachprüfen mögen, ob Opa einen Gewinntip angekreuzt hatte. Und wer von ihnen hatte ein besseres Ende genommen? Goetzen war sich schmerzlich bewußt, der letzte seiner Familie zu sein. Den Göttern oder Onkel Ferris Dämonen blieb noch eine Chance, bevor das Spiel beendet war.
Und jetzt behauptete Stella, ihn zu lieben. Goetzen betrachtete sich im Spiegel: Haare zerzaust, Haare, die vielleicht eine Idee dünner wurden, hier und da deutlich ein graues Fädchen aufwiesen; ein etwas hageres Gesicht, das dringend eine Rasur brauchte; blutunterlaufene Augen, von bläulichen Ringen unterfangen; die gebogene Fleischigkeit der Goetzen-Nase. Nein, kein reizvoller Anblick. Trotzdem – er warf sich in die Brust –, in seinem gegenwärtigen Tiefpunkt war er immer noch besser als Poore-Moody auf seinem Höhepunkt. Alles in allem, ein Duschbad, eine Rasur und ein Kleiderwechsel würden Wunder wirken. Stella war am Ende doch nicht so dumm.

Goetzen wählte eine Krawatte, die für beides stehen konnte, die Seriosität des anerkannten Akademikers, der im Begriff stand, mit dem Präsidenten und dem Dekan zu konferieren, und die Ausgelassenheit des jugendlichen (nun ja, nicht alten) Junggesellen, dessen Verhältnis ihm gerade eine Liebeserklärung gemacht hatte. Entweder Stella liebte ihn, simpel gesagt, weil sie ihn liebte; oder weil sie – in flagranti ertappt und aus der Not eine Tugend machend – sich eingeredet hatte, ihn zu lieben; oder weil die verstörenden Ereignisse des Morgens für sie die Grenze zwischen den Wunschbildern einer *grand amour*, die sie sich insgeheim immer vorgegaukelt haben mußte, und, grob ausgedrückt, der grunzenden schwitzenden Fleischeslust alldonnerstäglichen Geschlechtsverkehrs aufgehoben hatten. Warum Menachem Widerschein und Early Byrd in etwas hineinziehen, das deutlich eine Privatangelegenheit war? Weil sie die Mitarbeit eines Publikums brauchte, um ein luftiges Nichts mit einem Wohnsitz und einem Namen zu versehen. Das Ding existierte – nicht nur, weil Stella es sagte, sondern weil unabhängige Zeugen es bekräftigen konnten. Deren Bejahung von Stellas Wahrheit würde mehr leisten, als Stella nur zu bestätigen, sie würde auch Stella selbst überzeugen.

Goetzen rief sich wieder Markos Rat an den jungen Nicko vor vielen, vielen Jahren ins Gedächtnis: »Lügen ist leicht. Du mußt das erste sagen, was dir in den Kopf kommt. Auf Anhieb, klar? Es hat gar keinen Zweck, erst zu überlegen.« Die so ausgesprochene Lüge überzeugte bald sogar den Lügner selbst von ihrer Wahrhaftigkeit. Sie verwandelte die Wirklichkeit, indem sie dem Chaos der Umstände die Ordnung der Notwendigkeit aufzwang. Diese Lektion bildete einen Großteil seiner Erbschaft von Marko.

Goetzen zog sein Jackett an. Die Geräusche eines fröhlichen

Gelages drangen durch die Tür, kreischendes Gelächter. Der Cognac vollbrachte sein gesellschaftliches Wunder. Für sie alle war es an der Zeit, den Tagesgeschäften nachzugehen, Early ihrem Hausputz, Widerschein seiner Bittstellerei, Stella ihrer Auseinandersetzung mit Robert. Und Goetzen? Ein passabler Mittagsimbiß im Village, ein Spaziergang im Frühlingssonnenschein und dann ein Besuch im Museum of Modern Art, das heute einen Dokumentarfilm über das Leben und Wirken von Sarah Bernhardt anbot. Am Abend konnte er dann bei den Papadakises vorbeischauen. Einmal alle zwölf Monate auf ihrer »Jahresfete«, wie sie sie nannten, zahlten der Leiter des Fachbereichs Englisch und seine Frau ihre angesammelten sozialen Verpflichtungen ab. An ihn war die Einladung ein wenig flüchtig ergangen – schließlich schuldeten sie ihm nichts –, aber er hatte Stella gesagt, daß er auf eine Party ginge – und ein Mann, ein Wort: auf eine Party würde er gehen. Er überprüfte sich im Spiegel. Gar nicht so übel.

Bevor er das Schlafzimmer verließ, entnahm er einer Schublade die *Picobello*-Mappe und durchblätterte sie auf der Suche nach einem vor einiger Zeit verfaßten Limerick, der seiner Erinnerung nach ausgezeichnet zur gegenwärtigen Situation paßte. Ja, da war er.

Poore-Moody, ein Petit-point-Sticker
Mit Hoden noch kleiner als Klicker
Verpumpte sein Weib
Mitsamt ihrem Leib
An Goetzen, den großen – Erquicker.

Lächelnd, hochzufrieden, steckte er ihn in die Mappe zurück und legte sie wieder in die Schublade.

Als er das Wohnzimmer betrat, erhob sich Widerschein zu seiner Begrüßung mit einem randvollen Cognacglas in der Hand. »*L'chajim!*« sagte er und verschüttete ein wenig Cognac auf den Teppich.
»*Masel tow!*« sagte Early.
»Liebling!« sagte Stella.

DREI

Goetzen bog von der Fifty-third Street in die Sixth Avenue und ging zum Central Park. Der Dokumentarfilm *Quand Même!* hatte ihn in nostalgische Stimmung versetzt. Zwar war die Dokumentation soweit zufriedenstellend, doch fehlte es ihr an der Wärme seiner eigenen Gefühle für Sarah Bernhardt. Auch hätte sie vom Zugang zum Goetzen-Archiv profitieren können. Vielleicht sollte er es dem Museum zur Kenntnis bringen.

Quand même! Dennoch! – Sarahs trotziges Motto, von seinem Großvater August Alexander übernommen in demütiger Nachahmung und fanatischer Anbetung. Wie Opa sie geliebt hatte! Nein, nicht geliebt, Liebe war nicht das Wort, um zu beschreiben, was der alte Mann für Sarah Bernhardt empfunden hatte, nicht einmal hoffnungslose Liebe, ehrerbietig und aus der Ferne. Er hatte in ihr ein Wesen gesehen, das über allen menschlichen Regungen stand, auch den erhabensten. Sie war übermenschlich, übernatürlich, gar göttlich, und Opa hatte auf der Suche nach Metaphern zu ihrer Beschreibung das Metaphysische geplündert. Wie eine Motte hatte er ihre große Flamme umschwirrt.

August Alexander hatte sie zum ersten Mal als Doña Sol in Victor Hugos *Hernani* am 25. Februar 1880 gesehen. Es war die Aufführung zum fünfzigjährigen Jubiläum des Stücks, und Hugo selbst saß unter den Zuschauern. Opa war zu der Zeit einundzwanzig gewesen – »ein junger Bock, Nicko« – und allein in Paris. Von Doña Sols erstem Auftritt an hatte er das Empfinden, Zeuge einer himmlischen Erscheinung zu sein. Von ihren ersten Worten an hatte eine Art Verzückung von ihm Besitz ergriffen. Die gesamte Vorstellung über war er völlig verzaubert. Er war zu seinem möblierten Zimmer heimgelaufen, durch den Regen, benommen, weinend, leicht fiebernd. Am nächsten Morgen hatte er Mlle. Bernhardt den größten Blumenstrauß übersenden lassen, der im winterlichen Paris aufzutreiben war. Daran hing ein kurzes Briefchen: »Vom ergebensten Ihrer Anbeter«. Und noch am gleichen Nachmittag hatte er sich vor ihrem Haus in der rue Fortuny ablichten lassen.

»Geh, Nicko, das Album, das erste, da drüben.« Dann nahm Opa ihn auf den Schoß und schlug das Album auf. »Da bin ich, ein junger Bock.« Und da war er wirklich. In der linken Hand hielt er einen Regenschirm, mit der rechten Hand hielt er sich ein Sträußchen ans Herz. Ein Fuß stand auf der untersten der Stufen, die zu ihrer Haustür führten. Er blickte zu einem Fenster im ersten Stock empor, hinter dessen Vorhängen schwach eine menschliche Gestalt auszumachen war. Sarah? Vielleicht. Opa hatte es damals angenommen.

Das war aber erst der Anfang gewesen. Danach war die jährliche Reise nach Paris zu einer Pilgerfahrt geworden, einer Hedschra, unternommen mit dem religiösen Eifer und der heiligen Scheu eines Glaubensfanatikers. Jedes Jahr, außer natürlich in der Zeit von 1914 bis 1918, hatte er sich ablichten lassen, mit einem Blumenstrauß in der Hand, vor ihrem Haus. 1898, als Mlle. Bernhardt aus der rue Fortuny an den

Boulevard Pereire zog, veränderte sich entsprechend der Ort von August Alexanders Photographien. Die Pose wandelte sich im Laufe der Zeit zwar nicht, August Alexander hingegen schon, nach und nach nahm er die Beleibtheit seiner mittleren Jahre an. Die letzte Photographie der Serie, aufgenommen während eines außerplanmäßigen Parisbesuchs Ende März 1923, zeigte Opa in tiefer Trauer. Die Pose war anders. Er stand mit dem Rücken zum Haus, die Arme an den Seiten, den Kopf gesenkt, in der Haltung einer soldatischen Ehrenwache bei einem Staatsbegräbnis. Er war jetzt ein alter Mann, graubärtig. Zu seinen Füßen lagen auf dem Pflaster verstreut die Blumen eines Straußes. Diese Photographie hatte Opa aufziehen und schwarz umranden lassen. Unter dem Bild standen in schlichter Druckschrift die folgenden Worte:

Sarah Bernhardt
1844–1923
Quand même!

Über die Jahre hatte sich Opa auch vor dem Odéon, dem Renaissance, der Comédie Française, dem Théâtre de l'Ambigu und selbstverständlich dem Théâtre Sarah Bernhardt photographieren lassen. Am Ende hatte er acht voluminöse Alben mit Photographien von Sarah Bernhardt angehäuft, so gut wie sämtliche der vielen hundert Postkarten, auf denen sie abgebildet war, Dutzende und Aberdutzende von Theaterzetteln, Plakaten, Zeitungsausschnitten, Kritiken und Schnickschnack, eine phantastische Sammlung, vielleicht die vollständigste auf der Welt. Diese Memorabilien, in aller Eile nach Hampstead verbracht, als August Alexander eine Woche, bevor der Führer vor der Geschichte die

Heimkehr seines Vaterlandes ins Deutsche Reich verkündete, aus Wien floh, befanden sich jetzt in Goetzens New Yorker Wohnung.

Der Nachmittag neigte sich. Ein kalter, von Melancholie geprägter Wind blies vom Atlantik. Goetzen ertappte sich in letzter Zeit immer öfter dabei, daß er in Erinnerungen aus seiner Kindheit schwelgte. Vielleicht war dieses Phänomen aufs Alter zurückzuführen. Er ging auf die vierzig zu und wurde so selbst eine Gestalt der Vergangenheit, zu der seine Gedanken wie von allein hinstrebten. Er überquerte den Columbus Circle und begann den Broadway hinaufzugehen, straffte den Rücken und schritt forsch aus.

* * *

Goetzen füllte sein Glas an der improvisierten Bar auf und kehrte ins Stimmengewirr im großen Zimmer zurück, dem »Salon«, wie Liz Papadakis es nannte. Er hatte gerade grauenhafte Minuten mit Zinka Bleistift verbracht, der militantesten Pazifistin des Fachbereichs, die sich gleichzeitig durch die meisten Publikationen hervortat. Sie hatte sich wie ein Blutegel an ihm festgesaugt. »Nickolino, hi! Hab Sie Ewigkeiten nicht gesehen! Sie gehen mir doch nicht aus dem Wege, so sexy, wie Sie sind? Sagen Sie mir doch einfach alles über mein neues Buch.« Sie war eine hochgewachsene dunkle Person, die bereits mehr als ein halbes Jahrhundert hinter sich hatte und eine große, schlaff über fleischigen Lippen hängende Nase besaß. Über ihrer rechten Brustwarze trug sie an diesem Abend eine Brosche, die anriet GOTT VOR! Ob das nun eine neue Variante heiligen Lebenswandels propagierte oder den Zorn des Allmächtigen einforderte, blieb Goetzen unklar. Sie hatte ihm die Hand geschüttelt, aber nicht mehr losgelassen, und seinen Handteller mit ihrem Zeigefinger betrillert. »Ich bin eine Frau mit festen moralischen Grundsätzen, deren starker Geschlechtstrieb befriedigt werden muß, damit ich nicht ins Lasterhafte abgleite.« Mit der anderen Hand hatte sie sich nervös Tabakkrümel von der Zunge gelesen und sich dabei mit der Glut ihrer Zigarette beinahe die Nase versengt. »Ich glaube fast, ich spüre schon starkes Herzklopfen. Ja, ja, ›that old black magic‹, Nick. Hier.« Und sie hatte seine Hand zu ihrer Brosche geführt und unerbittlich dagegengedrückt. »Sagen Sie mir, daß Sie's auch spüren.«

»Ari sucht Sie. Ich glaube, er ist ins Arbeitszimmer gegangen.«

»Ehrlich?« Sie hatte seine Hand sofort losgelassen. »Ich glaube, dann trolle ich mich mal.« Die Gerüchte, die seit langem über ein Techtelmechtel auf oberster Fachschaftsebene kursierten, stimmten also vielleicht doch.

Der Salon war mit der üblichen Papadakis-Gästemischung gefüllt, zumeist alternden Kollegen mit ihren Partnern, kreischenden Dozentenfrauen oder grummelnden Ehemännern, aufgelesen in anspruchslosen Maientagen und nun im Herbst des Lebens nicht im Stich gelassen. In einer Ecke heuchelte einer von Papa Docs Doktoranden, der unter all diesen Leuchten verloren, ernst und linkisch wirkte, Interesse für eine düstere Gouache, Blütenblätter an einem nassen schwarzen Zweig, eine Arbeit von Honoria, der pubertierenden Tochter des Hauses. Baxter Gosson, der einzige noch lebende Emeritus der Fachschaft, stand mit dem Rücken zum Kamin, Cocktailglas in der Hand, lächelte leer und prostete jedem zu, der seine Sichtachse kreuzte. Smilow Thirkell, der vom College als Gastdozent berufene Dichter, ein junger Mann, der sein Leid mit sich herumtrug wie einen

aufgespannten Regenschirm, belagerte Aubrey Lubert, den Musikkritiker einer Stadtteilzeitung. Lubert war regelmäßiger Gast auf der »Jahresfete«, vielleicht, weil er im gleichen Haus wohnte. Er hatte sich in einen dunkelblauen Samtsmoking mit knallroter Krawatte geworfen, zwinkerte Goetzen zu und formte mit den Lippen ein Küßchen.
Für einen Augenblick versank Goetzen dankbar in seine »Wertzeit« und verfaßte dort im Kopf einen Vers in jener knappen, kurzen, komplizierten Form namens Clerihew, welches auch der Name vom College seines Vetters Marko in London war:

> Unbehost fanden sich
> A. Papadakis und
> Zinkale Bleistift zu
> Rhythmischem Tun,
> Lind hauchte Zephir, bald
> Regt' sich ein Lüftchen, die
> Brise wurd steifer, dann
> Kam der Monsun.

Die Hitze und der Lärm nahmen zu. Immer noch kamen Gäste. John Crowe Dillinger*, der Mediävist, bahnte sich einen Weg zur Bar. Das war ein Mann, dessen Bekanntschaft zu pflegen sich lohnte. Er war ohne Frage die strahlendste von Mosholus Leuchten, und sein Erscheinen an diesem Abend war für die Papadakis' offensichtlich so etwas wie ein gelungener Coup. Dillinger war ein akribischer Wissenschaftler, ein sehr produktiver Autor, der sein Studierzimmer nur ver-

* A. d. Ü.: Mischung aus John Crowe Ransom, dem Dichter, und John Dillinger, dem »public enemy number one«, den das FBI am 22.7.1934 in Chicago erschoß.

ließ, um eine Auszeichnung entgegenzunehmen oder vor einem internationalen Wissenschaftssymposion eine Rede zu halten. Die Fachschaft für Geschichte erwartete von ihm keine Lehrveranstaltungen; es genügte, daß sein Name im Vorlesungsverzeichnis und ferner unter einem schier endlosen Strom erstklassiger wissenschaftlicher Aufsätze stand. Was in aller Welt tat Dillinger hier?

Goetzen folgte dem großen Mann bedächtigen Schritts zur Bar.

»Welch unerwartetes Vergnügen, Sie hier zu sehen, John.«

»Hä?« Dillinger musterte ihn mißtrauisch.

»Goetzen, Fachschaft Englisch.«

»Ach so.« Er senkte die Stimme. »Mein Gott, wie ich diese Fakultätsgeselligkeiten hasse! Tratsch, Tratsch, Tratsch. Aber diesmal gab's kein Entrinnen. Diotima ist hier, irgendwo da drin. Unsere Herrn und Meister haben mich zu ihrem Begleiter bestimmt, Ende der Durchsage. Herrgott noch mal! Jedenfalls werden Sie verstehen, warum ich einen Drink brauche.« Er trank einen kräftigen Schluck Scotch. Seine Augen verengten sich. »Sind Sie etwa näher mit ihr befreundet?«

»Mit Liz?«

»Mit Diotima, der Deutschen, mit der ich verabredet bin.«

»Ich kenne sie kaum.« In Wahrheit kannte er sie überhaupt nicht.

»Dachte schon, ich wäre ins Fettnäpfchen getreten.«

»Keine Sorge, Ihr Geheimnis ist bei mir sicher. Sagen Sie, was haben Sie in letzter Zeit getrieben? Meißeln an einem *magnum opus*, da möchte ich wetten – und hab schon gewonnen.« Goetzen kicherte.

»Dürfte ziemlich weit außerhalb Ihres Fachgebietes liegen«, erwiderte Dillinger kalt. »Sie sind doch ein Wie-heißt-er-

noch-Mann? Der Irre, der mit seiner Frau nackt im Obstgarten rumgesessen hat.«
»Blake? Nein, ich bin eigentlich ein Shakespeare-Mann.«
»Ah ja. Na dann haben Sie möglicherweise von Geoffrey von Monmouths *Historia Regum Britanniae* gehört?«
»Da stecken viele gute Sachen drin.«
»So ist es!« In einer plötzlichen Sympathiebezeugung nahm er Goetzens Arm. »Ich habe über die *Historia* gearbeitet – und die *Prophetae* natürlich.« Der große Mann zwinkerte und zupfte sich am Ohr. »Vor noch gar nicht langer Zeit wurden Geoffreys Schriften, wie Sie wissen, als reine Märchen abgetan. Nun, das Blatt hat sich gewendet – in nicht geringem Maße dank meiner Wenigkeit, um es bescheiden auszudrücken. Es geht darum, die Spreu vom Weizen zu trennen. Bei Geoffrey gibt es einiges zu ernten. Er ist allerdings ein listiger alter Teufel. Man muß ihn von verschiedenen Seiten her überprüfen, vor und zurück durch die Jahrhunderte. Gildas, Nennius ...«
»Die *Annales Cambriae*?«
»Ja, genau«, sagte Dillinger angetan. »Natürlich ein bißchen spät, aber oft nützlich. Ich sehe, Sie sind selbst ein Stück weit Mediävist.« Dillinger trat näher und begann zu flüstern, so daß Goetzen sich vorbeugen mußte, um ihn zu verstehen. »Nur ganz unter uns, sagen Sie mir eins: bei Ihren Geoffrey-Studien, ist Ihnen da je der Gedanke gekommen, daß Merlin ... äh, mosaischen Glaubens war?«
Goetzens Finger, die dabei waren, seinem Mund Erdnüsse zuzuführen, ließen ihre Last in Dillingers Scotch fallen. Seine Beine schienen ihn nicht mehr tragen zu wollen.
»Feibelman!«
»Was? Hören Sie, Goetzen, alles in Ordnung? Sie schauen aus, als hätten Sie Banquos Geist gesehen.«

Goetzen riß sich zusammen. »Es ist nichts, nur der Lärm, die Hitze. Mir geht's gut.« Er suchte für einen Augenblick bei Dillinger Halt. »Die Antwort auf Ihre Frage, John, ist ja. Ich gehe sogar noch weiter. Mir ist nicht nur der Gedanke gekommen, ich bin überzeugt, daß er Jude war.«

»Überzeugt? So weit möchte ich eigentlich nicht gehen – obwohl ich gute Gründe dafür ins Feld führen kann.«

»Sie kennen natürlich die *Apologia pro vita Grylli.*«

»Ja, aber nicht so gut, wie ich wahrscheinlich sollte. Was hat die *Apologia* mit Merlin zu tun?«

»Wie es scheint, ist Gryllus tatsächlich einem Myrrdin begegnet.«

»Ein weitverbreiteter Name im Wales des sechsten Jahrhunderts«, sagte Dillinger zweifelnd.

»Ja, aber er bezeichnet diesen Myrrdin als *poeta, vates, magus*. Er teilt uns darüber hinaus mit, daß der total übergeschnappt war, nicht alle Tassen im Schrank hatte.«

»Die Schlacht von White Chapel«, hauchte Dillinger.

»Genau. Aber jetzt kommt's: Gryllus notiert einen von Myrrdins Zaubersprüchen.« Goetzen machte eine Pause. Der große Mann hing jetzt an seinen Lippen. »Selbst wenn man Gryllus ein fehlerhaftes Gedächtnis, mangelhaftes Gehör und Unwissenheit zugesteht, John, dann ist Myrrdins ›Zauberspruch‹ ganz ohne Frage der jüdische Segensspruch über Wein!«

»Allmächtiger!«

»So steht's da. Schauen Sie sich's an.«

»Also hatte ich die ganze Zeit über recht! Wissen Sie, was wir hier haben? Machen Sie sich eine Vorstellung? Allmächtiger, das ist größer als die Schriftrollen vom Toten Meer!«

Dillinger leerte in einem Zug ein halbes Glas Whisky. Schweißperlen traten ihm auf die Stirn. »Wir dürfen mit so was nicht hinter dem Berg halten. Hören Sie, die Königliche Artus-Gesellschaft trifft sich nächsten Monat in Clerihew. London ist vielleicht der richtige Ort, um damit an die Öffentlichkeit zu treten.«

»Ich hatte eher an eine Monographie gedacht ...« Goetzen verlieh seinen Augen einen sehnsüchtigen Ausdruck. »Aber nein, zu viele Eisen im Feuer, ich verzettele mich. Ich überlasse die Sache Ihnen.« Hier war wahre Großzügigkeit des Geistes; hier war aber auch kluge Voraussicht: Clerihew bedeutete eine nahezu sichere Begegnung mit Professor C. U. T. Quimby, eine Begegnung, die er nicht zu riskieren wagte. »Jeder, der auch nur einen Gedanken an Merlins Herkunft verschwendet hätte, wäre darauf gestoßen. Wie Sie ja im Grunde auch.«

»Das ist sehr nobel von Ihnen, Goetzen. Aber das Verdienst an dieser Entdeckung gebührt Ihnen, dafür werde ich sorgen. Zum Teufel mit London, warum so lange warten? Wie wär's mit der Universität von Kalifornien, Los Angeles? Ich sitze der Artus-Abteilung am Institut zur Erforschung des Mittelalters und der Renaissance vor, dem jährlichen Plauderstündchen. Das ist eher. Sie fahren doch hin?«

»Hab versehentlich meine Mitgliedschaft nicht verlängert.«

»Das College wird sich drum kümmern. Ich werde mit unseren Herrn und Meistern reden, sie sind mir für heute abend etwas schuldig.« Er klopfte Goetzen herzlich auf den Rücken. »Ich verschwinde. Es gibt viel zu tun.« Er unterbrach sich und runzelte die Stirn. »Verflucht, Diotima! Hören Sie, Goetzen, Sie werden sich um sie kümmern, ja? Entschuldigen Sie mich und so weiter. Denken Sie dran, wir fliegen nach Los Angeles. Wir werden es der Welt verkünden, mein Junge. Meine Sekretärin wird alles arrangieren, Ihnen die genauen Daten mitteilen und so fort; der

Dekan wird mit Papadakis reden. Wir sehen uns auf dem JFK.«

Goetzen strahlte. Eine unerwartete Semesterunterbrechung an der Westküste, und das kostenlos, hatte viel für sich. Außerdem würde ein Wort von Dillinger via Pioggi zu Papadakis sein Ansehen im Fachbereich erheblich aufbessern. Es war vielleicht nicht ganz fair, tatsächlich nach LA zu fahren. Vor seinem inneren Auge erschien das Bild des keuchenden, schwitzenden Feibelman. Schließlich hatte ihn der alte Mann auf die Spur dieser Entdeckung gebracht. Er sollte nicht völlig vergessen werden. Bestimmt würde es möglich sein, auf hochherzige und beiläufige Art einen seiner Schüler zu erwähnen, der tolpatschig und vollkommen unwissentlich auf die Wahrheit gestoßen war.

Liz Papadakis stürzte sich auf ihn, zerteilte die wogende Menge und zog in ihrem Kielwasser eine rundliche Vettel mit sich, deren Schneidezähne ihr vorangingen, als knabberten sie ihr den Weg frei. Die Vettel trug ein moosgrünes Abendkleid mit dunklen Flecken unter den Achseln, Kleid und Trägerin Relikte einer früheren Epoche.

»Professor Dillinger will doch hoffentlich nicht gehen«, sagte die Vettel.

»Sie kennen doch Diotima, Nicko?« fragte Liz. »Diotima von Hoden?«

»Angenehm«, sagte Goetzen.

»Ganz meinerseits«, sagte Diotima von Hoden. Sie ähnelte stark der verstorbenen Eleanor Roosevelt.

»Haben Sie Ari gesehen?« fragte Liz.

»Er ist wahrscheinlich mit Zinka zusammen. Sie hat ihn auch gesucht. Fabelhafte Party, Liz.«

»Danke.« Tränen verschleierten rasch ihre Augen. »Mit Zinka, sagen Sie?«

»Schon möglich.«
»Falls Sie Ari sehen, dann bestellen Sie ihm von mir, er soll seinen fetten Hintern in die Küche bewegen. Wir müssen schließlich das Büfett anrichten.« Liz schluckte tapfer und enteilte, ungepflegtes strähniges Haar fiel ihr ins pausbakkige Gesicht, ein Daumen mühte sich vergebens, einen verdrehten BH-Träger unter der Schulter ihres engen Kleides zu verbergen.
So blieb Goetzen mit Diotima zurück, die ihn in einer Ecke eingekeilt hatte. Es gab keine Möglichkeit, unter Wahrung des Anstands zu entkommen. Das war also die Frau, die der aalglatte Dillinger seiner Fürsorge überantwortet hatte.
Diotima musterte ihn durch zusammengekniffene Lider, den Kopf zur Seite geneigt, als sei sie dabei, sein Gewicht zu erraten. »Wir wurden nicht vollständig vorgestellt, die reizende amerikanische Ungezwungenheit. Aber ich bin benachteiligt worden, wie unfair. Mrs. Papadakis hat mir nicht Ihren Familiennamen genannt.«
»Poore-Moody«, sagte Goetzen. »Robert Poore-Moody. Meine Freunde sagen Nobby zu mir.« Wie leicht – zu leicht! – ihm mittlerweile die Unwahrheiten von der Zunge gingen.
»Ach, aber warum hat Mrs. Papadakis dann Nicko gesagt?«
»Der Nikolaus, ein Insider-Witz, zu peinlich, um ihn zu erklären.«
»Verstehe. Wir wollen nicht darüber sprechen.«
Goetzen war wieder an der Reihe. Diotima sah ihn erwartungsvoll an. »Was tun Sie, wenn ich fragen darf, Fräulein von Hoden? Was ist, wie Ari sagen würde, Ihr spezielles Sachkundigkeitsgebiet?«
»Die Liebe.«
»Nein, ich meine akademisch.«
»Die europäische Liebeslyrik.« Ihr Lachen war überra-

schend jugendlich. »Ich bin Gast Ihres Instituts für Vergleichende Literaturwissenschaft. Das kommt für meine Reise hierher auf. Die berühmten Dickstein-Vorlesungen, wissen Sie. Fünf Tage in New York, drei Vorträge. Dann heißt es für mich ab an den Russell Square und eine Woche ochsen in der Bibliothek des Britischen Museums. Ich habe nämlich eine Dozentur in Heidelberg inne.«

»Aber ja, wie dumm von mir. Vielleicht kenne ich einige Ihrer Arbeiten.«

»Kaum etwas ist übersetzt worden«, sagte Diotima skeptisch. »Aber wer weiß? Lesen Sie Deutsch?«

»Aber selbstredend«, sagte Goetzen auf deutsch.

»Und sprechen es auch. Aber die Färbung, ganz leicht ... wienerisch? Sie sind kein Amerikaner? Nein, natürlich nicht. Herr Robert Poore-Moody ist ein Mann voller Geheimnisse. Lassen Sie mal sehen ...« Diotima legte einen faltigen Finger ans fliehende Kinn, hielt den Kopf schief und lächelte kokett. »Poore-Moody, Poore-Moody ... hm. Pöhr-Mutig? Ja, aber natürlich! Der alte Herzog, man sieht's an der Nase. Schauen Sie mal zur Seite, so, ein wenig mehr, ja, das Profil. Kleinen Augenblick, ja, und das Esterhazy-Kinn. Man erwartet nicht, hier in der Neuen Welt das Beste vom alten aristokratischen Blut anzutreffen. Sie treten inkognito auf, Hoheit?«

Goetzen hüstelte.

»Fürchten Sie nichts, Hoheit, ich bleibe stumm.« Sie legte einen Finger an die Lippen und drohte ihm dann neckisch. »Aber ich muß alles über Sie herausbekommen. Der Geist wissenschaftlicher Forschung verlangt es. Ist Junker Poore-Moody einer Ehe zur rechten oder zur linken Hand entsprungen? Was werde ich im *Gotha* finden? Eines ist gewiß: Sie haben eine Vergangenheit.«

Goetzen rief auf sein Gesicht einen Ausdruck verborgenen Leids, privaten Kummers. Seiner Meinung nach ein Ausdruck, der ihm besonders gut stand. Der Trick bestand darin, sich eine *formula* auszudenken, das heißt, sich vors geistige Auge eine Reihe von Gegenständen, eine Situation, eine Folge von Ereignissen zu rufen, die eine bestimmte Gefühlsregung auslösten.

»Meine Güte, Nick, sehen Sie komisch aus, muß was sein, was Sie gegessen haben. Ich sage Liz immer wieder, sie tut zuviel Brechwurz in den Dip. Apropos, nehmen Sie sich vor den Frikadellen in acht, wenn sie denn endlich die unter ihrer Last ächzende Tafel erreichen. Glauben Sie mir, die Tafel wird nicht als einzige ächzen. Tabasco heißt das Geheimnis der elisabethanischen Frikadelle. Aber verpetzen Sie mich nicht.«

Massig und bärenhaft tapste Aristoteles Papadakis hinter Diotima heran und legte ihr eine blasse behaarte Pranke auf die Schulter. Sein Gesicht sah aus, als wäre es auf einem Beutel frischen Kitt grob eingeritzt worden, oder vielleicht, als gäbe es in seinem Kopf eine stark reagierende Substanz, die ihrer Natur gemäß angeschwollen war und die Prägung der Gesichtszüge nahezu getilgt hatte. Im Augenblick hatte er seitlich am Hals etwas, das aussah wie ein großer frischer Knutschfleck.

»Sie sind ein gerissener Hund, Nick. Haben das hübscheste Mädel im Raum gefunden und behalten's ganz für sich.« Diotima klimperte heftig mit den Wimpern. »Hab Ihre Vorlesung heut verpaßt, Di, verdammter Mist. Was war's noch gleich?«

»Die Metaphorik der Selbstbefleckung in der Lyrik der deutschen Romantik.«

»Weiter so!« Papa Doc hatte eine Vorliebe für solche Ausdrücke, deren Gebrauch ihm seiner Meinung nach einen Platz auf den Barrikaden neben den Suchern nach einer besseren Welt gab. (Zu Beginn des Abends hatte er Goetzen an der Tür mit einem manischen »Hey Mann, was läuft'n so? Küßchen, Küßchen!« begrüßt.)

»Ari, mein lieber Junge«, sagte Goetzen, »eine Nachricht von der schönen Liz. Sie braucht Sie gegenwärtig. Bestellen Sie ihm, hat sie gesagt, er soll seinen fetten Hintern in die Küche bewegen. Das waren ihre Worte.«

»Verdammte Scheiße! Kann sie nicht mal ein verdammtes Scheißbüfett ohne mich zusammenkriegen?«

Papa Doc war mitten in einer allgemeinen Gesprächspause explodiert. Köpfe wandten sich von allen Seiten zu ihnen um. Drüben am Fenster hob Gosson, der Emeritus, sabbernd sein Glas. »Scheiße am Stock ist auch ein Bukett«, sagte er freundlich. Die Gespräche wurden wieder aufgenommen.

Entsetzt über seinen Ausbruch, bemühte sich Papa Doc, zu seiner früheren Jovialität zurückzufinden. Die Feuerröte wich aus seinen Wangen, nicht jedoch aus dem Knutschfleck an seinem Hals. Die alte vertraute Blässe behauptete sich wieder. »Wir frotzeln ziemlich viel, Liz und ich. Möchte nicht, daß Di auf falsche Gedanken kommt. Schließlich haben wir schon mehr als zwanzig Ehejahre auf dem Buckel. Ein paar Frotzeleien hier und da, das hält die Säfte in Fluß. Amüsieren Sie sich gut, Di? Weiter so! Hey, nehmen Sie sich vor diesem Burschen in acht.« Papa Doc zwinkerte Goetzen zu und stupste ihn freundschaftlich. Er gewann rasch seine ansteckende Fröhlichkeit zurück, den Stoff, aus dem erfolgreiche Fachbereichsleiter gemacht sind. »Leider ruft die Pflicht. Verlasse euch höchst ungern, ihr seid super.«

»Weiter so, Ari«, sagte Diotima, die rasch lernte. Papa Doc

tapste davon. »Ein reizendes Paar, die Papadakis', so sympathisch, finden Sie nicht?«

»Unbedingt«, sagte Goetzen. »Sie sind bei allen sehr beliebt.«

Der Salon war jetzt nicht mehr ganz so voll. Die Gäste hatten begonnen, ins Eßzimmer zu schlendern; andere kehrten zurück und jonglierten mit vollbeladenen Papptellern, Plastikbestecks und Styroporbechern mit Wein. Liz hatte offenbar auf Papa Docs fetten Hintern nicht länger warten können oder wollen und das Büfett allein eröffnet. Es war nach elf. Der Salon glich einem Schlachtfeld. Aschbecher quollen über; leere Gläser und Teller, verschüttete Drinks, zerbröselte Kartoffelchips, verirrte Dip-Kleckse und benutzte Servietten bedeckten alle Oberflächen. Der Rauch hing in Augenhöhe.

»Wollen wir uns etwas zu essen holen?«

»Für mich nicht, danke. Ich achte auf meine Figur.«

»Ich habe schon den ganzen Abend drauf geachtet«, sagte Goetzen galant.

»Ach, Sie frecher Junge«, sagte Diotima entzückt. »Jetzt muß ich langsam los. Ich finde es schade, nein? Aber die Stunde ist schon spät; der Jetlag macht eine scheußliche Zeitverschiebung, ja? Wissen Sie, wo in aller Welt Professor Dillinger ist?«

»Daheim bei seinen Büchern, soweit ich weiß. Nach einem Geistesblitz, der die letzte Dekade des sechsten Jahrhunderts in ein seltsames neues Licht getaucht hat.«

»Dann hat mein Begleiter mich verlassen?«

»Ich bin Ihr Begleiter, Fräulein von Hoden.«

»Aber ich bin dennoch eine verlassene Frau!«

»Das hoffe ich doch sehr.« Der Geist seiner chevaleresken Onkel lebte in Goetzen weiter. »Geben Sie sich ganz in meine Hände.« Er spreizte sie, als müßte er einen Busen der BH-Größe 90 C umfassen. Der Geist von Vetter Marko lächelte. »Wenn's so ist, dann los!«

* * *

Sie gingen zur Columbus Avenue. Ein großes, aber ängstliches Mitglied der Familie *Belostomatidae*, vielleicht Gregor Samsa, huschte mit glänzendem Rücken durch die Pfütze Laternenlicht zu ihren Füßen und stürzte sich verzweifelt in den Müll des Rinnsteins. Übler Gestank wehte sanft mit dem jahreszeitlichen Westwind vom Fluß herüber. Ein altes Taxi noch mit Schachbrettmuster klapperte die Avenue entlang auf sie zu. Welch Glück! Goetzen winkte es heran und verfrachtete Diotima rasch hinein. Das Taxi verbreitete den melancholischen Geruch längst vergessenen Urins.

»Wohin, Mann?«

»Wo sind Sie untergebracht, Fräulein von Hoden?«

»Im Hotel Kohinur.«

»Bitte zum Hotel Kohinur, Fahrer.«

»Wo is 'n das, Mann?«

»Äh, wo genau ist das Hotel?«

»In Brooklyn.«

Ein weites Feld!

Das Hotel erwies sich als angenehme Überraschung. Das Taxi setzte sie dort nach einer wüsten, schlingernden Fahrt durch nahezu sämtliche Nebenstraßen Brooklyns ab. Sobald die Bridge passiert war, hatte der Taxifahrer fröhlich zugegeben, sich in Brooklyn überhaupt nicht auszukennen. Darüber hinaus wollte er sich nur bei seinen schwarzen Brüdern zurechtfragen. Diotima aber war entzückt von jeder Wendung, die die Ereignisse nahmen. »Eine Ritterromanze!

Ein Abenteuer!« Ihrer Begeisterung gelang es, Goetzens Verärgerung zu mildern; jedes falsche Abbiegen, jede falsche Wegweisung steigerte ihre Erheiterung. Sie war ein munteres altes Mädel. Wieder ein ruckender Halt. »Hey, Bruder, weißt du, wo das Koitur is? Quatsch, Mann, das is 'n Hotel, kein Puff.« Wie sich herausstellte, standen sie direkt davor.

Das Hotel stand in einer ruhigen, von Bäumen gesäumten Straße. Es war offensichtlich in einem großzügigeren Zeitalter erbaut worden, in der zweiten Hälfte des letzten Jahrhunderts, wahrscheinlich, bevor die damals stolze und wohlhabende Stadt Brooklyn sich auf Gedeih und Verderb mit dem unfeinen New York zusammentat. Von der Architektur her hätte es der Côte d'Azur zu ihren besten Zeiten Ehre gemacht, vielleicht nicht eines der bekannteren Hotels, aber eines der diskret luxuriösen, der königlich verschwiegenen, so recht der Ort, an dem der Prinz von Wales in Zivil die Teestunde mit der göttlichen Sarah verbracht haben könnte.

Die geräumige Empfangshalle war ganz düstere Eleganz, Marmor, kühler Travertin, spiegelglatte Eiche, Mahagoni, schwere Samtportieren, ausgeblichener Brokat. In ihrer Mitte stand eine kreisrunde, mit Troddeln verzierte Polsterbank. Von deren hoher Rückenlehne umgeben, strebten gigantische Farnwedel zum Deckengewölbe empor, das sich jetzt im Dunkeln verlor. Die Rezeption, schwer und reich mit Schnitzwerk verziert, war der hellste Bereich im hinteren Teil, genügte aber nicht, um das Ganze zu erhellen, und wurde durch verstreute kleinere Lichtquellen vermehrt, alte Tiffanylampen, die weiche warme Flecke warfen, hier auf einen schmückenden Wandschirm, dort auf ein englisches Ledersofa, und da drüben auf einen alten Teppich. Von Indien war nichts zu sehen bis auf zwei riesige Elefantenfüße, Schirmständer, einer auf jeder Seite der Drehtür, durch die man her-

einkam, und schließlich am anderen Ende der weiten Fläche den Mann am Empfang selbst. Der Nachtportier steckte in der Galauniform eines Sikh-Hauptfeldwebels aus den Tagen des Britischen Weltreichs, komplett mit Turban, Feldzugsorden, Wickelgamaschen und gewichstem Schnurrbart.
Diotima ging auf den Sikh zu, der militärische Haltung annahm und so steif dastand, als habe er einen Ladestock verschluckt.
»Meinen Schlüssel bitte, Sergeant, Suite 69.«
Der Sikh schoß herum, nahm den Schlüssel vom Haken, schoß wieder herum, war aber offenbar nicht gewillt, ihn auszuhändigen. Er musterte Goetzen höchst mißtrauisch und zwirbelte dabei seinen gewichsten Schnurrbart. »Sie möchten bestimmt, daß ich Ihnen ein Taxi rufe, Mister«, sagte er schließlich. »Um halb eins in der Nacht gondeln die nicht gerade zahlreich herum.«
»Mein Bruder begleitet mich auf mein Zimmer«, sagte Diotima unbekümmert. »Aber er wird gewiß später ein Taxi benötigen.« Sie streckte eine Hand nach dem Schlüssel aus.
Der Sikh zuckte die Achseln. »Na klar.« Er grinste und enthüllte einen Goldzahn, den letzten Nugget in einer ausgebeuteten Erzader. Aber er hielt den Schlüssel zurück. »Bruder ist eins, Knutschen was andres.«
Goetzen wurde rot. Dachte der Idiot tatsächlich, daß er mit Diotima ...? daß er den Wunsch verspüren könnte ...?
»Hören Sie, Sie beleidigen meine Schwester. Außerdem haben wir Familienangelegenheiten von größter Wichtigkeit zu besprechen.«
Der Sikh schoß triumphierend zu ihm herum. »Und wieso reden Sie dann anders?«
»Mein Bruder und ich sind im Krieg getrennt worden«, sagte Diotima. Sie entnahm ihrer Handtasche einen Zehn-

Dollar-Schein und legte ihn auf den Tresen. »Er ist nach England geflohen, ich bin auf dem Kontinent versteckt worden.«

»Diese Nazischweine, entschuldigen Sie den Ausdruck!« rief der Sikh errötend und mit bebender Unterlippe. Schneller, als Goetzens Augen folgen konnten, verschwand der Geldschein vom Tresen und in den Falten des Turbans. Diotima erhielt ihren Schlüssel. »Nichts für ungut«, sagte er zu Goetzen. »Sie müssen verstehen, dies ist ein anständiges Haus, wir haben hier nur feine Leute. Säufer und Penner und Hooligans brauchen wir nicht. Lecken und Lutschen auch nicht. Sie werden nicht wollen, daß Ihre Schwester es anders antrifft.«

Und der Sikh, wieder in militärischer Haltung, salutierte nach britischer Fasson, die rechte Hand ging vibrierend vor der Schläfe in Stellung. »Der Zimmerkellner wird Ihnen ein Taxi besorgen. Sie brauchen nur hier anzurufen, wenn Sie soweit sind.«

Diotimas Suite besaß ein Wohnzimmer, das einem stillen Eckchen in Versailles Glanz verliehen hätte, und dahinter ein Schlafzimmer, dessen geschnitzte Doppeltür zur Hälfte offenstand. Alle Holztäfelungen im Wohnzimmer waren weiß lackiert und mit Blattgold verziert. Große Gemälde nach Gainsborough und Watteau hingen in üppigen Rahmen an den Wänden. Eine Büste von Marie-Antoinette im Stile Houdons, wenn auch nicht unbedingt von seiner Hand, zierte in einer Ecke einen Marmorsockel. Hier stand ein erlesener Sekretär, dort ein Japanlackkabinett.

»Bitte Platz zu nehmen«, sagte Diotima und wies auf ein zweisitziges Sofa. »Möchten Sie einen Drink? Ich habe eine Flasche Wodka, echten russischen, sehr gut, zollfrei.«

»Lieber nicht, Fräulein von Hoden. Ich muß gehen.«

»So förmlich! Diotima! Wir sind doch Freunde, ja?«
»Diotima.«
»Schon viel besser. Und ich muß Sie Robert nennen. Ich habe Ihre Erlaubnis?«
»Aber ja. Und jetzt ...«
»Setzen Sie sich doch. Ich möchte Ihnen mein Buch schenken, eine Belohnung, weil Sie so ein braver Junge waren. Ich brauche nur eine Minute, um es auszugraben.« Sie zeigte wieder auf das kleine Sofa und zwinkerte ihm vielsagend zu. Goetzen setzte sich, während Diotima ins Schlafzimmer eilte. Für ein altes Faß von einer Frau ging sie mit bemerkenswert jugendlich federndem Schritt.
Er schaute sich um. Ein phantastisches Hotel, ein Fossil, vollständig erhalten. (»Wenn es mich nach New York verschlägt, wohne ich immer im Kohinur. Ein unglaubliches Relikt. Hab's durch puren Zufall ausfindig gemacht, aber das ist eine andere Geschichte. Ja, und ausgerechnet in Brooklyn!«) Es war gut, so etwas zu wissen.
Diotima kehrte mit einem Buch in der Hand zurück. Sie setzte sich neben ihn.
»Haben Sie wohl bitte einen Stift? Ich muß eine Widmung schreiben.« Sie warf ein paar Zeilen auf das Vorsatzblatt. »So, mein lieber Freund. Ich hoffe inständig, Sie werden es mit Vergnügen lesen und – wer weiß? – vielleicht sogar daraus lernen.« Diotimas Hand stürzte ausdrucksvoll auf Goetzens Oberschenkel nieder und blieb dort liegen.
Die Frau mußte auf die siebzig zugehen. Die Geste bedeutete nichts, lediglich akademische Kollegialität, vollkommen geschlechtslos. Er schlug die Titelseite auf. *Die Leiter*, von Diotima von Hoden. »Worum geht es, Diotima?«
Diotimas Hand rutschte ein Stückchen höher. »Didi, bitte. Und du bist Nobby.«

Wie bekam er ihre Hand weg, ohne die Aufmerksamkeit auf ihr Tun zu lenken und sie beide in Verlegenheit zu bringen?

»Du stellst eine gute Frage, worum geht es? Wie soll ich dir antworten? Nun, es geht natürlich um die Liebe. Aber nein, es ist keine Philosophie, keine Theorie. Ein Handbuch? Nein, das nicht. Ein Lehrbuch vielleicht? O ja, ein Lehrbuch der Liebe.« Die Hand glitt höher. »Darüber schreibe ich nämlich. Die Liebe ist eine Leiter, eine Reihe unterschiedlicher Sprossen. Die Sprossen bilden einen Aufstieg vom Fernen zum Nahen, von der schlichten intellektuellen Formulierung immer höher bis hinauf zur komplexen physiologischen Erwiderung.«

»Faszinierend.« Sie ruckelte an seinen Genitalien herum, zum Donnerwetter!

»Wir fangen von Anfang an. Der Schüler steigt auf die erste Sprosse der Leiter, indem er sich rein begrifflich die abstrakte Wahrheit vergegenwärtigt, die, wie wir alle wissen, auch die Schönheit und die Liebe ist. Diese gedankliche Vorstellung ist natürlich vage, ist nebulös; sie braucht genauere Bestimmung, wie es ihrer Natur entspricht; sie braucht Licht.« Goetzen war wider Willen gefesselt. »Also ich habe mir die Wahrheit immer als auf einem ›hohen Berge, schrundig und steil‹ stehend gedacht.«

»Ausgezeichnet! Fang damit an, dir den Berg vorzustellen, aber richte deinen Blick auf seinen Gipfel. Dort steht die Wahrheit. Siehst du sie?«

»Ich sehe sie.« Nicht wirklich natürlich, aber Goetzen war für den Augenblick bereit, mitzuspielen.

»Sie ist auch die Schönheit. Ist sie nicht schön?«

»Ja.«

»Sehr gut! Wir erklimmen die nächste Sprosse, immer noch etwas wolkig, immer noch sehr verstandesgeprägt. Bevor-

zugt vielleicht abstrakte Malerei; in der Musik zum Beispiel Wagner. Hier ist die Wahrheit! Hier ist die Schönheit!«
Sie erhob sich und begann, vor ihm auf und ab zu gehen. In Gedanken versunken, hielt sie die Hände steif vor sich ausgestreckt. Ihre Bewegungen hatten hypnotische Wirkung.
»Wir steigen höher. Wir treten in die Welt. Die Brandung, das bewaldete Land, die weiten Wüsten, Weinberge, Täler. Sieh den Panther kauern! Sieh die Delphine springen! Dort stürzt sich ein Adler zu seiner Klippe wie ein Blitzstrahl! Siehst du alles? Ist genug Licht? Und wieder siehst du die Schönheit und die Wahrheit, aber jetzt, wie sie in der gesamten Schöpfung existieren.«
Diotima hielt inne und kam mit wildem Blick auf ihn zu. Erschrocken wich er zurück, was sie nicht zu bemerken schien.
»Wir nähern uns dem Gipfel«, sagte sie und ging wieder auf und ab. »Wir schreiten von der Schönheit und Wahrheit alles Lebendigen zu der Schönheit und Wahrheit der edelsten Geschöpfe der Natur. Mann und Frau. Male sie dir aus, wie Praxiteles sie gesehen haben muß oder Leonardo oder Bouguereau*. Sieh ihre geschmeidige Anmut. Adam und Eva im Garten Eden, Hero und Leander, Antonius und Cleopatra, der Herzog und die Herzogin von Windsor. Langsam nähern sie sich einander. Sie sinken nieder auf ein blütenbestreutes Lager. Sie umarmen sich. Was tun sie? Überflüssige Frage. Die Wahrheit! Die Schönheit!«
Abermals setzte sie sich neben ihn; abermals berührte sie seinen Oberschenkel, diesmal sanft, federleicht. Goetzen unternahm einen Versuch, aufzustehen, aber sie faßte ihn am Arm und zog ihn wieder herunter.
»Nur noch zwei Sprossen. Konzentriere dich. Wir steigen

* A. d. Ü.: Adolphe William Bouguereau, 1825–1905, frz. Salonmaler (z. B. *Triumph der Venus*).

nun zum Besonderen auf. Empor gehen wir, empor. Von der Wahrheit und Schönheit der ganzen Menschheit zu der Wahrheit und Schönheit eines einzigen Paares. Ich bin Eva, du bist Adam. Von der Vielfalt sind wir zur Einheit gelangt, eine und einer. Ich betrachte deine Schönheit, Nobby, und sehe, sie ist wahr.«

»Und die letzte Sprosse?« In wenigen Sekunden würde das Martyrium vorüber sein. In wenigen Minuten besorgte ihm der Sikh ein Taxi. In spätestens einer Stunde war er zu Hause.

»Ah, die letzte Sprosse? Ungeduldiger Liebster.« Sie lachte ihr mädchenhaftes Lachen und biß ihn ins Ohrläppchen. »Auf der letzten Sprosse finden wir die vollständige Konzentration aller Sinne in einem Glied, ja, *dem* Glied, Nobby, dem Katalysator des gänzlich geforderten Intellekts, dem ekstatischen Ausdruck des Aktes selbst, der letztgültigen Erkenntnis.«

Goetzen seufzte. Diotima beharkte ihn mit ihren Augen, hielt ihn damit fest. Es war schon lange her, daß er sich eher wie Nicko gefühlt hatte und nicht wie Marko. Er war völlig verunsichert, und er wußte es. Er sehnte sich danach, fortzukommen, doch er war unfähig, sich zu regen, als sei er hypnotisiert. Wie ein Schuljunge im Amtszimmer des Rektors wartete er auf die Erlaubnis, gehen zu dürfen.

»Sag mir, Nobby, was weißt du über Aphrodisiaka?«

Sie machte seltsam flatternde Bewegungen mit den Fingern, die sie vor ihren Busen hielt. Ihre Augen blitzten. Sie nahm ihn beim Arm, zog ihn hoch und begann langsam mit ihm im Zimmer umherzugehen. Ihr Griff war fest. Er konnte nicht widerstehen.

»Aphrodisiaka, Liebestränke, haben eine interessante Geschichte, höchst interessant. Weißt du, daß sie in allen menschlichen Kulturen verbreitet sind? Auf der ganzen Welt und in jedem Zeitalter? Weißt du, daß sich auf den frühesten ägyptischen Papyri Rezepte finden? Ja! Ich habe sie gesehen, in Kairo, in Berlin, im Britischen Museum. Natürlich gibt es auch eine Menge Unsinn, eine Menge unwissenden Aberglauben. Aber nicht alles ist Unsinn, mein Nobby, nicht alles Aberglaube.«

Sie unterbrach ihre Wanderungen, hielt aber weiter seinen Arm fest.

»In den letzten Jahren habe ich meine Forschungen auf Pilze konzentriert, besonders auf die *Basidiomycetes*. Weißt du etwas über Pilze?«

»Kaum. Na ja, ich habe natürlich von *Amanita muscaria* gehört.«

»Tz-tz-tz.« Sie drohte ihm mahnend mit dem Finger. »Den rühre nicht an. Zu unbeständig, zu unvorhersehbar. Nein, Liebster. *Amanita* ist nichts für dich.«

»Großer Gott, nicht, daß ich ihn je genommen hätte!«

»Aber ich, weißt du.« Wieder begann sie ihn im Zimmer umherzuführen. »Ich habe bei sogenannten primitiven Völkern gelebt, bei uralten Kulturen, wo Pilze immer noch in Gebrauch sind, heute wie seit Menschengedenken. Ich habe meine Experimente gemacht. Ich habe die ganze Welt bereist, Nobby. Ich habe unter Umständen gelebt, die unsere hochgestochenen Kollegen wild und primitiv nennen würden. Was habe ich alles gesehen! Was habe ich alles getan!«

Sie schlug sich mit der flachen Hand an die Stirn und gab sich für einen Augenblick ihrer Träumerei hin. Goetzen beobachtete sie genau. Gegen seinen Willen bewunderte er ihre Geste, ihren Ausdruck, und fand beides durchaus brauchbar.

»*Basidiomycetes* sind die Antwort, und von diesen nur drei.

Aber Boden und Klima sind wichtig. Von essentieller Bedeutung. Sie müssen *in situ* gefunden werden. Vom Mato Grosso *Mutinus giganteus*; von den Südwesthängen des Kilimandscharo *Ithyphallus torosus*; von Tampasang *Dictyphora incrassata*.«

Sie begann, mit der Hand an seinem Arm hinauf- und hinunterzufahren, fieberhaft fingernd, als suchte sie einen verlorenen Gegenstand.

»In der traditionellen Weise der Eingeborenen zubereitet, ist jeder davon ein starkes Aphrodisiakum. Aber ich habe meine eigene Weise gefunden, ich habe alle drei kombiniert. Ja, Didis Liebestrank. Was ich gefunden habe, Nobby? Du fragst, was ich gefunden habe? Ein Aphrodisiakum ohnegleichen. Was ich getan habe? Ich habe vereinigt, was die grausame Mutter Natur auseinander hält, getrennt durch weite Ozeane, Kontinente. Aber du wirst sehen. Warte dort, Liebster, warte, mein Schatz, warte nur.«

Sie ließ ihn los und eilte zum Schlafzimmer, blieb für einen Augenblick in der Tür stehen und sah ihn mit wildem Blick an. »Nicht bewegen.« Und sie verschwand.

Goetzen blieb, wo sie ihn verlassen hatte, festgenagelt von ihrem Befehl.

»Hier ist es, Nobby, wie ich versprochen habe!«

Diotima. Sie stand in der Tür des Schlafzimmers und schwenkte über dem Kopf triumphierend ein zugekorktes Reagenzglas voll khakibrauner Flüssigkeit. Goetzen stand versteinert, starr vor Entsetzen. Diotima war splitterfasernackt. Ihr krauses eisengraues Haar hing wüst auf ihre Schultern. Ihr umfangreicher Bauch wölbte sich vor und bildete einen Überhang, der gnädig ihre Scham verbarg. Ihm fiel auf, daß ihre Schenkel mit dunklen Flecken gesprenkelt und grotesk dünn waren. Sie grinste zähnefletschend.

»Ich komme!«
Sie hetzte in großen Sätzen auf ihn zu, ihre gewaltigen halbleeren Brüste klatschten gegen ihren Bauch. Mit gesenktem Kopf stürzte sie sich auf ihn und stieß ihn zu Boden. Er rang nach Atem. Sie hockte sich mit den Knien auf seine Oberarme, so daß er sich nicht rühren konnte. Ihre Scham verströmte Hitze auf seiner Brust. Sie entkorkte das Reagenzglas. Sie hielt ihm die Nase zu. »Ex!« kicherte sie und schüttete ihm die Flüssigkeit in den ächzenden Mund. Keuchend, würgend war er gezwungen zu schlucken.
Augenblicklich durchflutete Wärme seinen Körper. Er hörte auf, sich zu wehren, er wußte nicht mehr, warum er sich wehrte. Diotima spürte die Veränderung, die in ihm vorging, und schwang gelenkig herum, bis sie die gleiche Hockstellung einnahm, nur in der entgegengesetzten Richtung. Er blickte jetzt auf ihren hochgereckten Hintern. Er sah die Schwangerschaftsstreifen, die schlaffe leichenfahle Haut, die bläulichen Verfärbungen, das drahtige Haar; er sah ihre klaffende Vagina, glänzend und schaumbedeckt, sah den schmutziggrauen Bart. Und doch erfüllte ihn eine wohlige Erregung, eine Vertrauen einflößende Wonne. Diotima keuchte. Sie rang mit seinem Gürtel, öffnete seinen Reißverschluß. Er spürte, wie er herrlich steif wurde.
Und dann versank die Welt und entschwand zusammen mit seinem Bewußtsein.

VIER

Goetzen stand in den Katakomben der U-Bahnstation Brooklyn Bridge. Die gemurmelten, widerwillig preisgegebenen Wegauskünfte der morgendlichen Ablösung des Hauptfeldwebels, einem dunkelhäutigen Obergefreiten, hatten ihn vom Kohinur nicht zu der versprochenen IRT-U-Bahn Clark Street geführt, sondern schließlich, auf ängstlichen Irrwegen, zur Borough Hall. Sein Magen knurrte, was nicht wunder nahm. Seit gestern mittag hatte er nichts mehr gegessen. O ja, ein paar Erdnüsse abends bei den Papadakis', ein oder zwei Oliven, aber nichts Richtiges. Sicherlich hatte er zuviel getrunken. Ein Alkoholexzeß war wesentlich wahrscheinlicher die Ursache seiner Ohnmacht in Diotimas Zimmer gewesen als der widerwärtige Trank, den die alte Hexe ihm in die Kehle geschüttet hatte. Das bewußte Goetzen-Gehirn scheute ängstlich vor der Geschichte zurück, die das Goetzen-Gedächtnis unbedingt erzählen wollte. War es wirklich geschehen? Bestimmt nicht. Es widerstrebte ihm, sich jene groteske Gestalt noch einmal in der Rolle der nackten nymphomanischen Walküre auszumalen. Was ihrem Überfall gefolgt war, darüber breitete das Goetzen-Gedächtnis zum Glück einen barmherzigen Schleier. Doch ein Bild behauptete sich, unauslöschlich, das Bild vaginaler

Hautlappen. Nein, es war weitaus besser, das vermeintlich Gesehene einem sturzbetrunkenen Alptraum zuzuschreiben.

Er war an jenem Morgen in einem zerwühlten Bett aufgewacht, in Diotimas hochherrschaftlicher Suite, allein (Gott sei Dank!), bei Kräften und ungewöhnlich munter – allein und mit einer Erektion von priapischen Ausmaßen. Dies war nicht das vertraute morgendliche Anzeichen einer vollen Blase gewesen. Den Unterschied kannte er gut genug. Nein, dies war eine Erektion zügelloser Lust gewesen, doch seltsam geschieden von sexuellem Verlangen. Er hatte sich im Bett aufgesetzt und sie bewundert. Mit dem Zeigefinger hatte er sie bis zum Bettzeug heruntergedrückt, aber sie war unter dem Druck zur Seite weggeglitten und hatte sich wieder aufgerichtet, federnd und frei. Er war aufgestanden und hatte sich vor den Spiegel gestellt, sich zur Seite gedreht, erst zur einen, dann zur anderen. Sie übertraf sogar die volle Spanne zwischen der Spitze seines kleinen Fingers und der Spitze seines Daumens! So hatte sie gestanden, sanft schwankend, imposant emporstrebend, majestätisch. *Excelsior!*

Die erstaunliche Erektion hatte die Dusche überstanden, hatte kräftig auf energisches Abrubbeln reagiert. Goetzen war ins Schlafzimmer zurückgekehrt, wobei ihm der unabhängige Stock, der Zauberstab, begeistert den Weg wies. Er hüpfte und ruckte, er wippte und federte keck.

Er sah, daß Diotima seine Kleidungsstücke ordentlich über einen Stuhl gelegt hatte. An seinem Hemd war ein Zettel: »Eine alte Violine spielt immer die allerschönste Melodie, ist das nicht wahr? Bis zum nächsten Mal, Deine Didi.« Konnte etwas Wahres an den erschreckenden Bildern sein, die jetzt die Ränder seines Bewußtseins quälten?

Didi von Hoden, die
Wagnersche Venus, vom
Hörselberg her, mit dem
Teufel im Pakt,
Erotomanisch be-
hexend und mixend, kre-
denzte den Liebestrank
Hüllenlos nackt.

Goetzen schauderte.

Er hatte eine halbe Stunde warten müssen, bis es ihm möglich gewesen war, sich anzukleiden. Und erst, nachdem er die Dinge persönlich in die Hand genommen hatte, hatte sich das rebellische Glied langsam, wenn auch widerwillig, ergeben, geknickt, sein Stolz gedemütigt, aber endlich wieder eins mit dem Rest seines Körpers.

Der Bahnsteig war überfüllt. Ein Zug fuhr schließlich ein. Eine winzige Frau mit großen Plastiklockenwicklern im Haar drängelte sich mit Ellbogeneinsatz vor Goetzen. Da er mit den strengen Revierkämpfen regelmäßiger U-Bahn-Benutzer vertraut war, gab er nach. Aber als die Türen vor ihnen aufgingen, lief er mit ihr um die Wette zum einzigen freien Sitzplatz. Sie gewann, zur Freude der Überbleibsel Goetzenscher Ritterlichkeit, und zwinkerte ihm keß zu. Er zwinkerte zurück. U-Bahn-Kumpanei erster Güte.

An einem Griff hängend, unsanft hin- und hergerissen von den Knüffen und Püffen des Zuges, schloß Goetzen die Augen und lauschte unversehens dem Märchen, das eine rundliche Dame dem schläfrig auf ihrem Schoß eingekuschelten Kind vorlas. »In diesem Augenblick lief das Schneiderlein aus seiner Werkstatt auf die Straße und schwenkte seine Fliegenklatsche über dem Kopf. ›Sieben auf einen Streich!‹ rief

es. »Denkt nur! Sieben auf einen einzigen Streich!« Die Leute auf der Straße betrachteten ihn voll Verwunderung …«
Als Onkel Koko Opa die schreckliche Nachricht überbrachte, hatte der alte Mann nur gesagt: »Also war es sinnlos, die ganze Flucht aus Wien umsonst. Sie haben sie doch gefunden.« Das war, bevor er das ganze Ausmaß seines Verlustes erfaßte.
In den frühen Morgenstunden des 2. November 1941 flog ein vereinzelter deutscher Bomber, der während eines Luftangriffs auf die Docks im East End von seinem Geschwader getrennt und vom Kurs abgekommen war, über Hampstead und warf seine letzte Bombe ab. Nicko, Mami und Opa wohnten zu der Zeit in dem großen Haus in Harrogate. Sie waren schon seit fast einem Jahr oben im Norden, seit nämlich Nickos Vater beschlossen hatte, daß London nicht mehr sicher genug sei. Papa besuchte sie immer an Wochenenden und Feiertagen, sooft er konnte, und meistens brachte er ein oder zwei Goetzens mit. Manchmal kamen auch Großpapa Blum und Tante Cicely, aber niemals mit dem gleichen Zug wie die Goetzens. Am fraglichen Wochenende hatte Onkel Koko Kusine Tillie und Vetter Marko zu einem Besuch mitgebracht. Doch zu der Zeit war Papa schon acht Monate tot. Er hatte in dem Harrogate-Garten nach einer Rose gegriffen … und dann war er gestorben. Erdkrumen klebten an dem Blut auf Papas Gesicht, wo die Dornen ihn beim Fallen zerkratzt hatten.
In den ersten Wochen hatte Nicko das große Doppelbett im hinteren Erdgeschoßschlafzimmer mit Opa teilen müssen. Es war dasselbe Bett, das jetzt, dank Marko, in Goetzens New Yorker Wohnung stand. Nicht, daß Nicko etwas gegen das Teilen gehabt hatte. Es war toll, bei Opa zu schlafen, der eine Million Einschlafgeschichten zu erzählen wußte.

Der Zug erreichte Astor Place. Verdammt! In seinem sportlichen Wettrennen um einen Sitzplatz war Goetzen aus Versehen in einen Ortszug eingestiegen. Die Gewinnerin des Wettkampfs war inzwischen aufgestanden, um auszusteigen. Goetzen seufzte und setzte sich. Er war immer noch weit entfernt von der Grand Central Station, wo er umsteigen mußte. Neben ihm war das Kind auf dem Schoß seiner Mutter eingeschlafen, seine schmutzigen Schuhe schubberten von Zeit zu Zeit an Goetzens Hosenbein.

Er teilte immer noch mit Opa das Bett, als Onkel Koko die Nachricht von dem Bombenangriff überbrachte. Sie hatten gedacht, daß Nicko schlief, und in ersticktem Flüsterton geredet. Er schlief danach auch wirklich voller Angst ein. In der Nacht wurde er einmal kurz wach und hörte Opa neben sich schluchzen.

In gewisser Weise war Papa daran schuld, obwohl er wie immer die besten Absichten gehabt hatte. Im Herbst des Jahres 1939, noch bevor es irgendeinen Gedanken daran gab, die Familie in den Norden Englands auszulagern, hatte sich Felix Goetzen am Fuße ihres Hampstead-Gartens einen Luftschutzbunker bauen lassen. Solche Privatbunker entstanden überall in den Londoner Vororten, obwohl die wahren Schrecken des »Blitz« zu diesem Zeitpunkt noch nicht zu ahnen waren. Ihr Bunker war in Beauchamp Close der erste gewesen.

Es war ein kleiner quadratischer Bau aus doppelten Mauersteinen mit einem Stahlbetondach. »Bombensicher, die Dinger«, hatte der Bauunternehmer, ein Mann mit feiner Ironie, Papa versichert. »Halten alles aus bis auf einen Volltreffer. Sie können ihn ja 'n bißchen tarnen, nur zur Sicherheit. Die meisten machen's.« – »Meinen Sie?« – »Klar. Schippen Sie ihn rundrum mit Erde zu, nur die Tür freilassen. Dann pflanzen Sie Blumenrabatten, so was. Steingärten sind beliebt. Die Hunnen sind leicht hinters Licht zu führen.« Er warf einen Blick auf Papa. »Nichts für ungut, Sir.« – »Schon recht, guter Freund«, sagte Papa, der sich etwas auf seine Beherrschung englischer Umgangsformen einbildete.

Mama ließ im Bunker Etagenbetten aufstellen, einen Tisch, ein paar Küchenstühle, Lampen, einen Ölofen. Es war ganz gemütlich, genau der richtige Ort, um Mensch ärgere dich nicht oder Malefiz zu spielen. Papa machte sich inzwischen auf dem Dach zu schaffen, wo er in regelmäßigen Abständen einen Haufen Äste und Zweige immer wieder neu zurechtlegte. »Warum machst du das, Papa?« hatte Nicko einmal gefragt, voll ängstlicher Scheu vor den gefährlichen Turnereien seines Vaters. »Na, um die Hunnen hinters Licht zu führen. Das ist nämlich leicht, weißt du.«

Aber Felix hatte seine Rechnung ohne die Goetzenschen Dämonen gemacht. Als die Sirenen in den frühen Morgenstunden des 2. November 1941 heulten, stiegen Tante Carlotta, Tante Erica und Onkel Gusti in ihre Luftschutzanzüge und begaben sich zum Bunker. Sie nahmen eine große Thermosflasche Tee und eine Büchse Sandwiches mit.

Onkel Ferri, Helm auf dem Kopf, Gasmaske über der Schulter, Feldstecher um den Hals, befand sich zu der Zeit etwa fünf Meilen entfernt auf seinem Posten auf dem Dach eines Bürogebäudes. Er war Luftschutzwart und stolz, sein Scherflein beizutragen. Mit ihm auf dem Dach war Vizeadmiral a. D. Bunny Mayhew, Träger des Victoria Cross, ein Mitbeobachter des Himmels.

Viele Jahre später gestand Onkel Ferri Goetzen, daß er den Anflug des vereinzelten Bombers sogar gehört und zu seinem Wachtpostentelefon gegriffen hatte, um die örtliche Flakbatterie zu alarmieren. Mayhew hatte ihn davon abgehalten.

»Schneidiger Bursche. Muß von seinen Kameraden getrennt worden sein. Schlägt sich auf eigene Faust durch.«

»Aber das ist ein deutscher Bomber!«

»Das brauchen *Sie* mir nicht zu sagen. Der wird erwischt, bevor er die Küste erreicht, armes Schwein. Geben Sie ihm eine faire Chance, alter Junge.«

Onkel Ferri hatte den Hörer wieder aufgelegt.

Inzwischen saßen im Luftschutzbunker am Fuße des Grundstücks Beauchamp Close Nr. 15 Onkel Gusti und Tante Erica und spielten Gin Rommé. Tante Carlotta hatte gerade drei Becher Tee aus der großen Thermoskanne eingegossen, als die Bombe den Bunker traf und vollständig zerstörte. Es war ein Volltreffer. Sonderbarerweise überstanden die Teebecher das Ganze unversehrt. Ein im Schutt gefundener verkohlter Papierfetzen zeigte, daß Tante Ericas sprichwörtliches Glück im Spiel bis zum Schluß angehalten hatte. Das Haus selbst hatte fast keinen Schaden genommen, lediglich ein oder zwei zerbrochene Fensterscheiben.

Aber warum hatte der nun zum Haupttrauerträger gewandelte Onkel Ferri seine Pflicht versäumt? Hatte seine Sehnsucht, als sportlicher Engländer akzeptiert zu werden, seine Widerstandskraft gegen Admiral Mayhew geschwächt? Jedenfalls enthüllte der Haupttrauerträger nach seiner Entlassung aus dem Irrenhaus seine Theorie über die Anti-Goetzen-Dämonen.

Der Zug hielt an. Metall mahlte auf Metall und kreischte. Es war die Fifty-first Street. Goetzen hatte seine Haltestelle verpaßt.

* * *

Es kostete ihn eine weitere Wertmarke, um den Bahnsteig zum Zentrum zu erreichen. Vielleicht war etwas in dem Hexentrank gewesen, eine die Gedanken zerstreuende Zutat zum Beispiel, was ihn nun daran hinderte, sich auf die einfache Aufgabe zu konzentrieren, nach Hause zu gelangen. Außerdem trieb die Häßlichkeit der Umgebung ein empfindsames Gemüt dazu, ihr zu entfliehen, die Gedanken abwehrend nach innen zu richten. Dem New Yorker U-Bahn-System war es letzten Endes gelungen, dem zeitgenössischen Verfall der Sitten bleibende Gestalt zu verleihen.

Auf den Gleisen am Anfang des Tunnels trödelte ein Gleisarbeiter und pfiff sich ein tonloses Liedchen. Über seiner Kleidung trug er einen Kittel in leuchtendem Orangegelb, in der Hand hielt er eine Laterne. Er war da, um seine Kollegen, die Goetzens Sicht entzogen waren, aber vermutlich im Tunnel am anderen Ende des Bahnsteigs arbeiteten, zu warnen, wenn ein Zug kam. Eine recht angenehme Beschäftigung, sinnierte Goetzen, bis auf die Örtlichkeit nahezu arkadisch in ihrer Schlichtheit. Am Abend eines weiteren angenehmen Tages würde Corydon* sein Flöten beenden, seinen orangegelben Überwurf abstreifen und sich davonmachen: morgen auf zu frischen Gleisen und neuen Bahnhöfen.

Goetzen trat von der Bahnsteigkante zurück. Es machte ihn nervös, dort zu stehen. Man fürchtete immer den Stoß von hinten, der einen mit den Armen rudernd in die ekle Grube hinabbeförderte, man landete längelang in den unaussprechlichen Abfällen zahlloser U-Bahn-Benutzer, dem öligen Ruß, dem Rattenkot, der Kopf tunkte in das stygische Rinnsal, das unaufhörlich zwischen den Gleisen floß, ein Bein geriet an die Stromschiene, die Todesschiene.

* A. d. Ü.: typischer Schäfername der Hirtendichtung

Von fern kam das Rumpeln eines Zuges. Corydon stellte sich mannhaft dem Geräusch entgegen und schwenkte seine Laterne, links, rechts, links, rechts. Drei ohrenbetäubende Hornstöße antworteten seinem Signal. Er drehte sich in die andere Richtung. Wieder schwang er seine Laterne. Befriedigt drehte er sich abermals um, schritt kühn in den Rachen des Tunnels und wurde von ihm verschlungen. Der Zug ratterte zornig schnaufend in den Bahnhof. Er war grellbunt beschmiert, aber ziemlich leer. Goetzen stieg in den letzten Wagen und setzte sich. Eine kaputte Neonröhre flackerte, ging an und aus. Eine Zeitung, die *News*, lag über die gesamte Länge des Wagens verteilt auf dem Boden, zerknittert, zerrissen, zertreten. Die Türen schlossen sich, aber der Zug blieb im Bahnhof stehen.

Evil Eddie, Ducky 128 und Shaddow 19 waren vor ihm in dem Wagen gewesen und hatten keine Bedenken gehabt, deutliche Zeichen ihrer Anwesenheit zu hinterlassen. Die Connaisseurs, so wußte Goetzen, erhoben derlei Ergüsse des Volkes in den hehren Rang der Kunst. Geistesgrößen und Kunstpäpste, Sofortdiagnostiker des Zeitgeistes sahen in solchen optischen Migräneattacken die Anstrengungen der Sprachlosen, zu einer Sprache zu finden, die Sehnsucht der Unterdrückten, der Namenlosen und der sich selbst Entfremdeten, ihre Eigenpersönlichkeit zu behaupten. Shaddow 19, Ducky 128, Evil Eddie, die Epigraffiti der Verdammten. Doch leider, leider vermochte Goetzen seinem Herzen kein Verständnis abzuringen.

Mit dem Geräusch eines brechenden Oberschenkelknochens und einem mächtigen Schüttern, das ihn fast vom Sitz stieß, setzte der Zug sich schließlich in Bewegung. Als er wieder in den Tunnel einfuhr, spähte Goetzen durch das verrußte Fenster. Dort standen Corydons Kollegen, jeder in sei-

nem eigenen, in die Tunnelwand eingeschnittenen Mannloch, jeder in dem auffallenden orangegelben Kittel und mit seinem Werkzeug in der Hand, alle in Sicherheit.
So wurde das also gemacht. Der arme Koko, hätte er das nur gewußt!
Oskar Goetzen war Nickos Lieblingsonkel gewesen. Darüber hinaus erfreute er sich allseits großer Beliebtheit. Er war von stattlichem Wuchs, gutaussehend, charmant und mit einer ritterlichen Liebenswürdigkeit begabt, die allen Widerstand zum Erliegen brachte. Frauen schmolzen unter seinem Blick, Männer sahen in ihm einen lustigen Kumpan. Tillie und Marko, seine Kinder, hatten ihn von frühester Kindheit an für einen Trottel gehalten, was er vielleicht auch war, ihn aber auch stets erbittert als einen liebenswerten Trottel verteidigt. Er war Tante Carlottas Verzweiflung und Freude. Sein Leichtsinn, selbst für einen Goetzen von ungewöhnlichen Ausmaßen, war ihr eine ständige Sorge, aber, wie sie Felix einmal gestanden hatte, wäre er verantwortungsbewußter gewesen, dann wäre er weniger Koko gewesen, und das war undenkbar. Er spielte zu begeistert, trank zu gern. Doch Lotti war schon stolz, nur mit ihm gesehen zu werden. Und wirklich gaben sie ein schönes Paar ab, Onkel Oskar, elegant, den Spazierstock schwingend, den Hut in feschem Winkel auf dem Kopf, eine frische Blume im Knopfloch, und Tante Carlotta, mit über vierzig immer noch eine reizvolle Frau, klein, aber üppig ausgestattet, deren zarte Hand sanft auf seinem Arm ruhte.
Sie betete ihn an. Nach zwanzig Ehejahren war seine Liebe zu ihr tief, zärtlich, aber nicht mehr leidenschaftlich. Seine Leidenschaft hob er sich für eine Reihe von Geliebten auf. Er wählte allerdings diskret und gut, denn er hätte Lotti um nichts in der Welt weh tun mögen. Untreue war ein zu har-

tes, ein zu enges Wort für Kokos ... was? Seitensprünge? Abenteuer? Amouren? Er und Lotti erfreuten sich einer Ehe gegenseitiger Zufriedenheit und Freundlichkeit, in mittleren Jahren ein idyllischer Zustand.

Dann kam die deutsche Bombe, in einer verfluchten Stunde zusammengesetzt, und zersprengte den Bunker in Beauchamp Close Nr. 15 in tausend Splitter. Koko ertrug den Tod seiner geliebten Lotti durch den simplen Notbehelf, ihn nicht wahrhaben zu wollen. Sie war in die Ferien gereist, das täte ihr unendlich gut. Er würde zu ihr fahren, sobald er wegkonnte.

Wahrscheinlich würde nie jemand alle Umstände erfahren, die mit Kokos gewaltsamem Tod in Zusammenhang standen. Was genau seiner unzeitigen Ankunft auf dem Bahnsteig der Station Tottenham Court Road folgte und seinem unseligen Eingriff in den fahrplanmäßigen Lauf der Northern Line vorausging, würde aller Voraussicht nach für immer geheimnisumwoben bleiben. Die amtlichen Tatsachen jedoch waren folgende: (1) »Um oder gegen elf Uhr am Abend des 12. September 1946« hatte Oskar Goetzen, Witwer, Frauenheld und Pokerspieler, in der U-Bahnstation Tottenham Court Road eine Neun-Pence-Fahrkarte gekauft; (2) um elf Uhr dreiundzwanzig war er im Tunnel, etwa zweihundertsechzig Yards vom Bahnhof Goodge Street entfernt, von einem Zug überrollt worden, der seine Geschwindigkeit bereits zur Einfahrt in den Bahnhof verlangsamte; (3) laut Bericht des Gerichtsmediziners »wurde im Blutkreislauf des Verstorbenen ein Alkoholpegel festgestellt, der weit über das hinausging, was nach einem geselligen Umtrunk erwartet werden kann«. Kurzum, der Verstorbene war, wie der Gerichtsmediziner auf Drängen des um Klarheit bemühten Untersuchungsrichters hinzufügte, »sterngranatenvoll«.

Diese letzte »Tatsache« hatte Onkel Ferri, der Haupttrauerträger, als eine schurkische Unterstellung verworfen, als eine böswillige Verunglimpfung des Andenkens an seinen gefallenen Bruder. In Ferris Rekonstruktion der traurigen Ereignisse hatte Koko sich wahrscheinlich in vergeblicher Ausschau nach seinem Zug über die Kante des Bahnsteigs gebeugt. Dabei war er von hinten gestoßen worden, und zwar von »einer oder mehreren unbekannten Personen« – dem/den Goetzen-Dämon/en! –, die diese Gelegenheit, einen Goetzen in einer so wehrlosen Stellung zu erwischen, genutzt hatten. Sein/e Angreifer war/en unmittelbar darauf in die Nacht entflohen. Die Anti-Goetzen-Mächte waren, wie es der Haupttrauerträger in jener weit zurückliegenden Zeit sah, auf der Welt immer noch in der Überzahl. Angespornt von ihren Erfolgen im Jahre 1941, hatten die bösartigen Dämonen wieder zugeschlagen. Die kürzliche Niederwerfung von Nazideutschland hatte weder ihrem Eifer noch ihrer Erfindungsgabe Abbruch getan. Wehe dem armen Goetzen, der nicht auf der Hut war!

Koko hatte vielleicht ein Weilchen auf den Gleisen gelegen, vorübergehend benommen. Aber dann hatte er sich aufgerappelt, sich so gut er konnte den Schmutz abgeklopft und mit der typisch kokoesken Unbekümmertheit beschlossen, zu Fuß heimzukehren. Er war in den schwarzen Rachen des Tunnels hineinspaziert und hatte dabei ohne Zweifel seinen Stock geschwungen.

* * *

Goetzens Zug fuhr kreischend in die Bleecker Street ein. Wieder einmal war er zu weit gefahren. Das mußte aufhören, und zwar sofort. Er wurde zu einem Jo-Jo à la Pynchon.* Das menschliche Gehirn, hatte er irgendwo gelesen, begann ab dreißig täglich Zellen in erschreckenden Mengen abzustoßen, eine Art galoppierende Schuppenkrankheit des Verstandes, die Seborrhöe des Geistes. Er pflügte heute durch ganze Schneewehen solcher Schuppen, solchen Stoffs, aus dem einmal seine Träume gemacht waren.

Goetzen stieg aus, wo er war, in der Bleecker Street. Das Muster mußte durchbrochen werden, bevor es erstarrte, bevor es zur Lebensweise wurde. Wie viele der vergreisten menschlichen Wracks, die er über die Jahre und zu allen Tages- und Nachtzeiten gesehen hatte, männliche wie weibliche – manchmal saßen sie in ihrem eigenen Urin auf Bahnsteigbänken, sie durchwühlten Abfalltonnen, wurden gemieden wie Aussätzige einer früheren Epoche, blieben allein ihren schweren Träumen überlassen, ihren unruhigen Nickerchen –, wie viele von ihnen, fragte er sich, hatten sich vor langer Zeit so, wie es ihm heute fast ergangen wäre, in einem Möbiusschen Alptraum verfangen, einem Goetheschen Zauberbann, dem lebenslänglichen Pendelverkehr? Phantasterei, ohne Zweifel. Aber er verließ trotzdem den Bahnhof. Auf der Straße angelangt, fand er sich inmitten von Fabriken und Tankstellen wieder, in einem Gebiet zusammenlaufender schmutziger Straßen, einem Ort riesiger Laster und hupender Autos. Die Straßen summten von Lärm und Geschäftigkeit. Vierschrötige, muskelbepackte Männer in T-Shirts und Levis mit vorquellenden Bierbäuchen brüllten sich etwas zu, frotzelten, fluchten. Goetzen ging rasch zur Houston, winkte einem Taxi und stieg ein.

»Wohin, Mac?«

»Bitte nach Hause.«

* A. d. Ü.: Anspielung auf den Roman V von Thomas Pynchon

»Wollen Sie mich verarschen? Wohin nach Hause, Mister?«
»Oh, Verzeihung.« Goetzen sagte es ihm.
Der Fahrer fand bald den dichtesten Verkehr und verstand es, darin zu bleiben. Er steuerte das Taxi unfehlbar auf die größeren Schlaglöcher zu, selbst wenn das die Gefahr eines Zusammenstoßes mit sich brachte. Ein säuberlich gedrucktes Schild an der Rücklehne des Fahrersitzes riet den Fahrgästen »Zurücklehnen und entspannen!«. Goetzen sah zu, wie der Taxameter davonlief.
Ungefähr eine Stunde später hielt das Taxi kurz vor Goetzens Haus. Der Fahrpreis war schwindelerregend. Goetzen stieg, mit dem rechten Fuß voran, aus dem Taxi. Als der Fuß sein Gewicht aufnahm, spürte er den Boden darunter kurz nachgeben und dann glitschig-fest am Schuh kleben. Er hatte nie die speziellen Antennen des geborenen New Yorkers entwickelt. »Scheiße!« sagte er und traf damit ins Schwarze.

FÜNF

Rrrr-rrrr! Goetzens Telefon erinnerte ihn schrill und grausam an unerledigte Tagesordnungspunkte. Höchstwahrscheinlich war es Stella. Die Ereignisse des gestrigen Morgens strömten zurück, um ihn zu peinigen. In welche Fallstricke und Wirrnisse hatte Stella ihn fahrlässig verwickelt? *Rrrr-rrrr!* Er war außerstande, es jetzt mit ihr aufzunehmen. Sie mußte ihm Zeit zum Nachdenken gewähren, der mindeste Anstand gegenüber dem Opfer.

Er ging durchs Wohnzimmer an die Fensterfront und hob das Rouleau einen Spalt. Ein Häuflein rüpelhafter Jünglinge auf der anderen Straßenseite starrte zu ihm empor. War der eine da nicht Princip, der SDS-Champion aus seinem Shakespeare-Seminar? Das Kostüm und die skoliotische Haltung waren nur allzu vertraut. Sie schienen sich zu streiten und gestikulierten. Einer von ihnen zeigte auf sein Fenster. Instinktiv wich Goetzen zurück. Was führten sie im Schilde? Princip salutierte mit geballter Faust. Unmittelbar vor dem Haus befand sich der Portier des Nachbarhauses in kollegialem Plausch mit Goetzens eigenem Portier Clarence. Wir sind in Gefahr, Clarence, wir sind in Gefahr! Das Telefon hatte inzwischen seine Belästigungen eingestellt. Goetzen wandte sich vom Fenster ab. Princip und

Genossen, was sie auch vorhaben mochten, waren seine geringste Sorge.
Die Wohnung umfaßte im wesentlichen vier große Zimmer. Das Eßzimmer, gegenüber dem Wohnzimmer auf der anderen Seite des Korridors, hatte er in ein Studierzimmer verwandelt: Bücherregale entlang der Wände, Leselampen, Sessel, das Refugium eines Gelehrten.
Das Wohnzimmer bot genügend Platz für den Eßtisch und die Stühle; außerdem nahm er ohnehin die meisten seiner Mahlzeiten in der Küche ein, einem großen und abschrekkenden Raum freiliegender Rohre und Meßapparaturen, ein Jahrhundertwende-Maschinenraum eines Transatlantik-Dampfschiffes. Im Verhältnis zu ihrer Größe mochten Wohn- und Schlafzimmer auf den ersten Blick sparsam möbliert erscheinen. Goetzens Neuanschaffungen bestanden aus einer Couch, zwei Sesseln, einem Couchtisch und einigen Brücken, Perser der Art, wenn auch nicht der Herkunft nach. Alle übrigen Einrichtungsgegenstände, ob groß oder klein, kamen aus dem Haus in Hampstead. Hier waren die Stücke, die Marko unmittelbar vor seiner geplanten Abreise nach New York – als seinem Zweig der Wiener Familie gehörend – beansprucht hatte. Wie sich herausstellte, war Markos Reiseziel nicht die Neue, sondern die Andere Welt gewesen. Als dieser unglückliche Umstand bekannt wurde, hatten sich die Möbel längst auf hoher See befunden, dem traditionellen Drang der Goetzen-Sippe nach Westen gehorchend. Es war Nicholas und nicht Marcus Goetzen, der sie aus den Hafenspeichern abgeholt hatte.
In den letzten zwanzig Jahren seines Lebens hatte Onkel Ferri die doppelte Bürde des Haupttrauerträgers und des Familienarchivars getragen. Als Familienarchivar hatte Ferri die Sammlung eines Jahrhunderts an Goetzen-Dokumenten,

Briefen und Schnickschnack aller Art in seinem Besitz. Nach Opas Tod war die Sammlung um dessen Riesenschatz an Sarah-Bernhardt-Memorabilien angeschwollen. Dann rückte unser Goetzen seinerseits zum Archivar auf. Es war eine Pflicht, die er sehr ernst nahm. Die Wände seines Wohnzimmers, Schlafzimmers, Korridors und seiner Diele waren mit Photographien der göttlichen Sarah bedeckt, die frühesten datierten aus dem Jahr 1869 *(Le Passant)* und die letzten aus dem Jahr 1920 *(Daniel)*. Ferner hingen zahlreiche gerahmte Drucke an den Wänden, darunter eine Rarität von ihrer ersten Amerika-Tournee, wo eine unbekümmerte Sarah Bernhardt im Hafen von Boston auf dem Rücken eines Walfisches stand. Dort hingen außerdem vier Original-Mucha-Drucke im Bestzustand, *Lorenzacchio, La Samaritaine, Gismonda* und *Tragique Histoire d'Hamlet*. Eine billige Reproduktion dieses letzteren Drucks schmückte Goetzens Mosholu-Büro.

Diesen Andenken an die unvergleichliche *tragédienne* waren in dezenten Abständen Photographien aus der allgemeinen Goetzen-Sammlung untermischt. Alle Goetzens, von denen er gehört oder die er gekannt hatte, waren zumindest einmal vertreten, manche viele Male, besonders Opa, der es geliebt hatte, photographiert zu werden. Seine Mutter jedoch erschien nur zweimal an den Wänden: auf dem ersten Photo (circa 1922), fast zwanzig und hinreißend schön, war Mama als spanische Tänzerin gewandet. Sie hatte sich in Pose geworfen, zweifellos von einem Film ihres Idols Rudolph Valentino inspiriert, und knabberte an einer Rose. Auf dem zweiten, aufgenommen nach der letzten Goetzen-Einwanderungswelle aus Wien, saß seine Mutter allein inmitten der kompletten Goetzen-Sippe. Das Bild war im Salon des Hampstead-Hauses gemacht worden. Im Mittelpunkt des

Interesses stand natürlich Opa. Der Rest der Familie hatte sich um ihn gruppiert. Alle Erwachsenen sahen verbittert aus – kein Wunder angesichts dessen, wovor sie gerade geflohen waren. Nur Tillie lächelte. Marko und Nicko saßen auf dem Boden zu Opas Füßen, Marko biß sich die Fingernägel, und Nicko rieb sich die Augen. Felix war nicht auf dem Bild, woraus Goetzen schloß, daß sein Vater der Photograph gewesen war.

Dieser seltsame Wandschmuck mochte dem unvorbereiteten Besucher durchaus verschroben vorkommen. In Stellas Augen war er »unheimlich«; die Wohnung, sagte sie, sehe aus wie »ein Mausoleum«. An den in seiner Wohnung verbrachten Donnerstagabenden zog sie die Beleuchtung von Kerzen vor. Kerzenlicht schaffe eine sanftere Stimmung, behauptete sie. Es wäre »sexyer«; wichtiger noch, es brachte die störenden Photos im verschlingenden Dunkel zum Verschwinden.

Dort in der Ecke, in der Erde eines glasierten Tontopfes, steckte Opas Zauberstock. Der Stock war seine erste Anschaffung in England gewesen. Er trennte sich nie von ihm. Es war ein langer Schaft aus Ebenholz mit einer scharfen Metallspitze am einen Ende und einem doppelten Handgriff am anderen. »Das ist ein Zauberstock«, sagte Opa. »Das ist ein Jagdstock«, sagte Nickos Mutter kategorisch, »weiter nichts, Nicko.« Aber das war dumm, fand Nicko. Damit konnte man doch unmöglich jagen, auf irgendwas schießen. Wo war das Loch für die Kugeln? »Ich wäre ja nicht so aufgebracht, wenn er ihn nur draußen benutzen würde, aber er benutzt ihn auch im Haus. Schau dir meine Fußböden an, schau dir die Löcher und Kratzer an! Und sieh dir erst mal die Teppiche an!« – »Er ist ein alter Mann«, sagte Felix, »er braucht einen Stock.« – »Aber muß es denn *der* Stock sein? Mein Vater braucht auch einen Stock, aber seiner hat eine vernünftige Gummispitze.« – »Dieser gefällt ihm, und das ist Grund genug. Kein Wort mehr, Victoria. Vergiß nicht, von wem du sprichst.«

Indessen zeigte Opa im Hampstead-Garten Nicko einige der außerordentlichen Eigenschaften des Stocks. »Schau auf die Spitze: hoppla, schon ist's ein Degen!« Er ging in Fechterstellung und machte ein paar Ausfälle in die Luft. Zugegeben, er torkelte ein wenig und hielt sich mit der freien Hand das Kreuz. Aber in Nickos Augen war es eine achtbare Vorstellung. »Schau ihn jetzt an!« Opa bohrte die Spitze in die Erde. »Abrakadabra, es ist ein Stuhl!« Und er klappte den Griff auf und setzte sich. Das war wirklich ein Zauberstock.

Das Telefon klingelte erneut. Goetzen ging zum Fenster und spähte hinaus. Princip und Genossen waren verschwunden. Er durfte nicht vergessen, sich mit Nimuë in Verbindung zu setzen. Das Telefon hörte auf zu klingeln. Goetzen kehrte zum Sofa zurück.

Er ging die Post auf seinem Couchtisch durch, Rechnungen, Reklame, und – was war das? – ein Brief aus England, von keiner geringeren als Tante Cicely. Was konnte sie bewogen haben, das Schweigen zu brechen? Er verspürte eine vage, unerklärliche Unruhe. Der Brief schien unter einem ungünstigen Stern zu stehen. Der Hunger überfiel ihn wieder mit vermehrter Wucht. Er würde etwas essen und, so gestärkt, nachsehen, was das alte Mädchen wollte. Sicherlich lag es am Nahrungsentzug, daß die Hand, die den Brief in die Küche trug, zitterte.

Tante Cicely war die jüngere Schwester seiner Mutter. Trocken und kalt, ohne auch nur ein Quentchen Saft. Als junge Frau hatte es ihr nicht an Verehrern gemangelt, wohl aber an Erwärmung für die Herren. Sie kamen und gingen, Eintagsfliegen. Tante Cicely hatte nie geheiratet.

Immerhin hatte sie ihre Mutter, ihre Schwester und ihren Vater durch deren letzte Krankheiten mit löblichem Können gepflegt. Sie besaß Geschick darin, Kissen aufzuschütteln und Bettpfannen zu wechseln, Medizin einzuflößen und Fieberkurven zu erstellen. Im Krankenzimmer nahm sie ein energisches und aufmunterndes Wesen an, eine fröhliche, unerschütterliche Entschlossenheit. Das Siechtum anderer brachte sie zum Erblühen.

Cicely lebte frugal, murkelte in dem feuchten Haus in Hendon herum, das ihrem Vater gehört hatte und nun ihr gehörte. Im Winter bezog sie Quartier in der Küche, stellte sich dort eine Pritsche auf und verringerte so beträchtlich ihre Heizkostenrechnung. Sie schneiderte sich alle Kleider selbst und aß, nach ihrer eigenen Aussage, »nicht genug, um ein Eichhörnchen am Leben zu halten«. Zweifellos besaß sie den Sammelinstinkt eines Eichhörnchens, denn Tante Cicely war unbestreitbar reich. Sie gebot nicht nur über ihre eigenen satten Ersparnisse und klugen Kapitalanlagen, sondern auch über die von Großpapa Blum, die Früchte eines langen Lebens der Knauserei und Pfennigfuchserei. Sie besaß sogar Goetzens altes Haus in Hampstead, das er ihr vor seinem Aufbruch aus England für eine lächerliche Summe verkauft hatte, froh, es loszuwerden, und bis zum Schluß ein typischer Goetzen mit einem Ekel davor, um den Preis zu feilschen. Sie mußte inzwischen daraus hübsche Mietsummen kassieren.

Er hegte keinerlei Hoffnung, ihren Reichtum zu erben. Tante Cicely wußte bestimmt genau, worauf bei einem Goetzen Verlaß war: daß er das schöne Geld sinnlos vergeudete.

Sie war seine einzige lebende Verwandte. Sie hatten sich nie sehr gemocht. In unregelmäßigen, sehr unregelmäßigen Abständen hatten sie Postkarten getauscht. Aber jetzt dieser Brief. Goetzen hatte sein Sandwich aufgegessen, den letzten

Tropfen Kaffee ausgetrunken. Mit spitzen Fingern nahm er den Umschlag, schlitzte ihn auf und zog den Brief heraus.

Lieber Nicholas,
Du wirst sicher sehr überrascht sein, nach so langer Zeit von mir zu hören. In Wahrheit habe ich in letzter Zeit oft an Dich gedacht, und ein sehr guter Freund von mir hat gesagt, mach, schreib ihm, in Gottes Namen, schütte dein Herz aus, er wird dich nicht beißen, und daher dieser Brief. Ich habe festgestellt, daß ich mich stets auf die Ratschläge dieses guten Freundes verlassen kann.
Meinst Du, daß Deine berufliche Tätigkeit Dich in nächster Zeit nach England führen wird? Oft denke ich an die lustigen Spiele, die wir miteinander getrieben haben, Nicko, vor vielen Jahren, als Du noch ein kleiner Junge warst. Was für ein Spaß! Wäre es nicht schön, bei einer Tasse Tee und einem Vollkornkeks zusammenzusitzen und über die Zeit damals zu plaudern?
Ich habe gewisse vertrauliche Familienangelegenheiten, die ich lieber mit Dir besprechen möchte, da es unklug wäre, diese Angelegenheiten dem Papier anzuvertrauen! Ein Schwätzchen mit ihm ist besser, sagt mein Freund, den Du noch nicht kennst!
Versuche es doch und komme bald, mein liebster Nicko.
Deine Dich liebende Tante Cicely.

Der Brief machte Goetzen einigermaßen sprachlos. In diesen sentimentalen Tönen erkannte er seine Tante kaum wieder. Auf ihre alten Tage hatte sie die Vergangenheit umgeschrieben. Lustige Spiele, also wirklich! Und wer war dieser geheimnisvolle Freund? Zweifellos irgend so ein alter Kater, der sich an Tante Cicely als einem lohnenden Objekt festgekrallt hatte. Was diese Familienangelegenheiten betraf, so wußte Goetzen recht gut, worum es sich handelte. Sie hatte offenbar beschlossen, ihm endlich von dem Schatten zu berichten, der über seiner Geburt lag.

An einem dunklen Tag in seiner Kindheit war Marko mit einer Postkarte zu ihm gekommen, die er beim Wühlen in verbotenen Schubladen gefunden hatte. Sie war von Großpapa Blum geschrieben und am 18. August 1935 in Blankenberg aufgegeben worden, elf Monate nach Nickos Geburt. Sie war nicht an Mrs. Felix Goetzen adressiert, sondern an Miss Victoria Blum:

> Liebe Victoria,
> hiermit teile ich Dir mit, Wetter gut. Preise etwas höher als angenommen. Mache Urlaubsbuchung künftig beim »Seaview« in Margate, wie schon bisher. Bitte beachte unten angeführte Adresse.
> Hoffe, bei Dir »geht alles gut«.
>
> Grüße Papa

»Du bist also ein Bastard, Nicko.«

»Das ist überhaupt nicht wahr! Du Stinktier, Marko, du gemeines Stinktier!«

»Bah-stard! Bah-stard!«

»Das ist nicht wahr, einfach nicht wahr!« Nicko fing an zu weinen. »Ich sag Onkel Koko, was du gesagt hast!«

»Bah-stard! Sieh mal da den stinkenden Bah-stard!«

Die Frage seiner Ehelichkeit hatte Goetzens Kindheit verdüstert. War er ein uneheliches Kind? Hatte der teuflische Marko recht? Er sah seine Mutter mit anderen Augen an. Unsicherheit quälte ihn und verursachte ihm Übelkeit, als ginge er auf Erdboden, der von seismischen Erschütterungen schwankte. Vielleicht war sie mit Felix durchgebrannt, hatte ihn heimlich geheiratet, ohne Großpapa Blums Wissen. Nein, sie konnte ihre Schwangerschaft schwerlich verborgen haben, ganz zu schweigen von seiner Ankunft und seinem elfmonatigen Erdendasein vor dem Eintreffen der fatalen Postkarte. Außerdem war sie an das Goetzen-Haus in Hampstead adressiert gewesen. Nicko hatte sich jahrelang damit geplagt.

Und jetzt war Tante Cicely willens, ihm alles darüber zu erzählen. Ihr geheimnisvoller Freund hatte sie vielleicht auf die seelischen Verletzungen hingewiesen, die sie ihm unabsichtlich zugefügt hatte. Goetzen zerknüllte den Brief und warf ihn in den Papierkorb. Sie kam ein Vierteljahrhundert zu spät. Im Alter von fünfzehn Jahren hatte er sich ins Somerset House begeben und dort ohne große Mühe den Nachweis über die Eheschließung seiner Eltern gefunden.

Goetzen brauchte eine Aufmunterung und beschloß, sofort seine aufblühende Dichterin anzurufen, seine Nimuë.

* * *

Nimuës Gedicht lag unter dem Telefon, ihre Nummer war gut zu sehen. Goetzen wählte, hörte das Rufzeichen in der Bronx, räusperte sich und wartete.

»Ja?« Schweres Atmen, etwas katarrhalisch.

»Äh, ja. Kann ich bitte Nimuë sprechen?«

»Wen?«

»Nimuë. Miss Berkowitz.«

»Ach, kapiert, klar, Sie meinen Naomi, ja? Kleinen Moment.« Die Stimme war brummig, monoton. Sie entfernte sich, begann zu brüllen.

Es folgten ein Knurrlaut, ein kleiner Aufschrei, Stille, dann: »Ja?« Es war ihre liebliche Stimme.
»Hier ist Nicholas Goetzen.«
»Mann!« Die liebliche Stimme wurde plötzlich scharf: »Sekunde.« Jetzt mit einer zarten Hand auf dem Hörer: »Was grinst du denn so? Das ist ein Privatgespräch. Falls du nichts dagegen hast. Ja, genau, privat. Warum haust du nicht ab?« Die Hand wurde entfernt. »Tut mir leid.« Da war sie, seine reizende Nimuë.
»Ich rufe wegen Ihres Tutoriums an. Ich fürchte, das klappt nicht. Keine freie Stunde auf meinem Terminkalender, das ganze Semester hindurch völlig ausgebucht.«
»Och, Mann.«
»Bin ganz Ihrer Meinung, aber leider ist es so. Was soll man da machen? Ich habe noch mal einen Blick auf Ihr Gedicht geworfen, Nimuë. Ich halte es sogar gerade in der Hand. Sie besitzen ein Talent, das sorgsam gepflegt werden muß, eine neue, aufregende Stimme in der amerikanischen Literatur.«
»Au Mann, wenn Sie so was sagen, dann geht mir das, wissen Sie, dann wird mir irgendwie, ich weiß auch nicht, dann wird mir irgendwie ganz schwummrig.«
Goetzen bekam Herzflattern. »Vielleicht sollte ich Sie an einen Kollegen verweisen? Ich täte es höchst ungern, aber leider hat die Woche nur fünf Tage.«
»Na ja, vielleicht ... Ey, ich will ja nicht Ihre Freizeit angreifen, aber so am Wochenende, na ja, vielleicht manchmal ... die Woche hat nämlich sieben Tage und nicht fünf, ey.«
»Mein Gott! Das Wochenende, natürlich! Daran hätte ich auch selber denken können.«
»Wow!«
»Also am nächsten Wochenende geht's nicht, ich bin gebeten worden, in LA einen Vortrag zu halten, ›Amerikanische

Lyrik, wohin?‹ Hm, das bedingt eine Verzögerung von mindestens vierzehn Tagen. Aber da ist ja immer noch morgen, Sonntag. Doch vielleicht haben Sie andere Pläne?«

»Morgen ist prima! Und wann?«

Solch Eifer im Streben nach Wissen war bei der heutigen Jugend nur allzu rar. »Zwei Uhr? Wir können eine Kleinigkeit essen und uns dann an die Arbeit machen.«

»Einverstanden!«

Er gab ihr seine Adresse. »Meinen Sie, Sie werden das finden?«

»Ich hab Freunde.«

»Dann um zwei. Vergessen Sie nicht, Ihre anderen Gedichte mitzubringen.«

»Klasse!« Sie hing auf.

Goetzen nahm Nimuës Gedicht und las es sich durch. Die purpurroten Worte tanzten auf der Seite. Seine Stimme machte sie ganz schwummrig. Klasse! Aber was konnte sie damit gemeint haben, daß sie Freunde hatte? Wahrscheinlich Leute, die sich mit dem Bus- und U-Bahn-System auskannten. Morgen früh würde er das Bett frisch beziehen.

* * *

Über die Jahre hatte Goetzen die erforderlichen wissenschaftlichen Aufsätze hervorgebracht. »Das Bordell und der Garten Eden: Wiedersehen mit Shakespeares *Perikles*«; »Am unteren Ende der Tafel: der Groll des Plebs im *Coriolanus*«; »Desdemonas Brautlaken: Eine neue Sicht«. Das war eigentlich nur Kleingeld. Doch er hatte darüber hinaus ein Buch veröffentlicht, das im großen und ganzen recht wohlwollend aufgenommen worden war: »Blut, Tribut und Wankelmut in Shakespeares großen Tragödien«. Man könnte sogar sagen,

daß er am Beginn seiner Laufbahn mit Eifer geschrieben hatte, jedenfalls mit Lust.
Aber die Welt um ihn herum hatte sich leider gewandelt. Für wen, so fragte sich Goetzen, hielt er die Lampe der Gelehrsamkeit hoch? Für einen Princip? Zwar konnte ein Dillinger die Sicht der Welt auf das Mittelalter verändern. Vielleicht kam es darauf an. Aber ein Goetzen? Noch ein weiterer Geheimartikel, damit er lediglich von anderen Arbeitssklaven, wie er selbst einer war, gelesen wurde? Nein, das war vorbei, zu Ende. Goetzens »frivole Gedichte«, Parodien zumeist auf Gedichte, manchmal auf Lieder, versorgten ihn jetzt mit einem Luxus, einem Privatvergnügen, dem jedes praktische Ziel abging. Dieses Zeug ließ sich nicht veröffentlichen, das wußte er, aber das störte ihn überhaupt nicht. Es kam allein darauf an, daß das Verfassen dieser Gedichte ihm Spaß machte.
Er nahm *Picobello* aus dem Versteck und durchblätterte die Seiten. Hier zum Beispiel war eine Ode, geschrieben an einem Morgen, kurz nachdem Stella ihn verlassen hatte, um zu Poore-Moody zurückzukehren:

An Stella
An einem Freitagmorgen

Im kleinsten Höschen bist du legendärer
Als Botticellis bleiche Primavera.
Helenens Troja würde dich beneiden
Um deine Kunst, dich reizend zu entkleiden.
Cleopatra, ob mit, ob ohne Schlange,
Muß sich bescheiden mit dem zweiten Range.
Warum nun willst du plötzlich mich kastein,
Entziehest dich dem lieblich Spiel zu zwein?

Gebietet dir doch selbst die hehre Venus:
Verweil an einem Locus so amoenus!
Dich noch einmal zu riechen, schmecken, spüren –
Allein die Ahnung will zu Wahnsinn schüren!
Bedenk, des Sündenlümmels wahre Pracht
Entfaltet sich am Morgen, nicht bei Nacht.
Warum zeigst du zur Uhr, mein ängstlich Lieb?
Gilt Amor dir nur als ein Tagedieb?
Leg ab der Ehepflichten Zwangskorsett,
Vergiß des Gatten Rechte, spring ins Bett!
Wir wollen abermals der Liebe frönen
Und unsre Nacht mit Freudentaumel krönen.
Was kerkerst du in den BH die Brüste
Und raubst mir diese Äpfel meiner Lüste?
Des Strumpfes Hose folgt in hurtgem Tanz –
Oh, quäl mich nicht mit diesem Mummenschanz!
Nun Bluse, Rock und Jacke – ach, wirf's fort!
Gereut's dich nicht, wie mir der Ast verdorrt?
Jedoch die Dame mein erhört mich nicht,
Beglückt mit ihrer Gunst nun jenen Wicht!

Goetzen legte das Gedicht zurück. Nein, eine Veröffentlichung war völlig undenkbar. *Picobello* amüsierte ihn, und das war genug.

SECHS

Um ein Uhr am Sonntag mittag hatte Goetzen seine Wohnung zu Nimuës Empfang hergerichtet. Die dünne Staubschicht, die sich seit dem Wischen vom Freitag früh angesammelt hatte, war verschwunden. Im Schlafzimmer waren die schweren Vorhänge zugezogen, und die so entstandene Dunkelheit wurde im Bereich um das große Bett vom weichen warmen Licht einer Nachttischlampe verscheucht. In der Küche brauchte die bereits bestückte Kaffeemaschine nur angestellt zu werden, während auf dem Eßtisch im Wohnzimmer eine verlockende Auswahl an Köstlichkeiten von Zabar's ausgebreitet lag: Rahmkäse und Schnittlauch, Räucherlachs, Heringshäckerle, griechischer Salat, diverse Käse, dänische Cracker, Pumpernickel, Bagel – nicht die Nahrung der Lyrik vielleicht, aber Nahrung, die nach Goetzens Erfahrung für Wohlgefühl sorgte. Wie zufällig auf dem Couchtisch ausgelegt, fand sich *Der Leitfaden zur sexuellen Erfüllung*, ein Prachtband, der sich mit »mehr als 100 Farbphotos und vielen leicht verständlichen schematischen Darstellungen« brüstete.

Um zwei Uhr hatte sich Goetzen zum dritten Mal seit dem Aufstehen die Zähne geputzt. Er hatte auch den After-shave-Spritzer Dunhill, dessen Intensität inzwischen nachließ, um eine Duftwolke Zizanie bereichert. Um zwei Uhr fünfzehn hatte er, diesmal endgültig, beschlossen, einem Sporthemd mit offenem Kragen den Vorzug zu geben, und zwar ohne schmückendes Seidenhalstuch, dessen Eleganz, wie er jetzt einsah, doch zu affektiert war. Um 2.35 Uhr fragte er sich, ob einige der leichter verderblichen von Zabar's Waren wieder in den Kühlschrank mußten. In seine Unruhe mischte sich Verärgerung.

Aber um 2.55 Uhr klingelte das Haustelefon. Clarence' Stimme, von der Reise durch den Draht zur Grabesstimme gewandelt, kündigte die unmittelbare Heraufkunft eines Besuchers an. Das konnte nur sie sein, seine Nimuë. Ein Klopfen an der Tür, und da stand sie, bezaubernd, einen Stapel Papiere an den Busen drückend.

»Mann, ich komm wohl zu spät, wie?«

»Macht doch nichts.«

»Erst war's mein Alter, wollte mich nich weglassen. Wo will ich hin? Mit wem treib ich mich rum? Und so was alles.«

»Aber jetzt sind Sie hier. Allein darauf kommt es an.«

»Schließlich bin ich über achtzehn, echt, ey.«

»Aha.«

»Dann haben wir so 'n Unfall, in Heights, ja?«

»Ihr Vater hat Sie hergebracht?«

»Nee, Gabe. Er wollte zu der Antiatom-Demo am Washington Square, ja?«

»Sie meinen Gabriel Princip? Sie sind mit ihm gekommen?«

»Klar, Gabe. Der hat die tolle neue Mongo Demon, ja, das Motorrad, die Mark III? Also läßt er mich mitfahren, und in Heights rasen wir über so 'n Schlagloch, und es fetzt den Hinterreifen, ich mein, is doch zum Ausflippen, und wir sitzen mitten in der Pampas. Glauben Sie, der macht sich Sorgen um mich? Nee, der macht sich Sorgen um seine Mongo.

Ich hätt tot sein können, und der macht da 'n Faß auf, als wär's am Ende meine Schuld. Der hat doch 'n Rad ab! Also hab ich ihm gesagt, was er mit seiner Scheißmongo machen kann, und hab den Bus genommen. Und deswegen bin ich spät dran.«

»Und Sie haben Princip in Heights gelassen?«

Sie lächelte. »Klar, Mann.«

»Auch gut. Kommen Sie doch herein.«

Goetzen folgte ihr über den Korridor ins Wohnzimmer. Sie hatte ihre anbetungswürdige Jeans mit einem Denim-Minirock vertauscht. Die Bluse schien noch die aus ihrer ersten Begegnung zu sein. An den Füßen trug sie keine Strümpfe, nur schmutziggraue, zerschlissene Turnschuhe. Goetzens Herz hämmerte in seinem Käfig.

»Ey, is ja ne tolle Wohnung! Mann, soviel Bilder!« Sie lief zur Wand und musterte das Photo der göttlichen Sarah in *Le Passant* (1869). »Ne Verwandte?«

»Meine Mutter. Sie war eine große Schauspielerin.«

»Echt geil, ich meine, schön.« Sie überflog die Wand, wirbelte herum, um sich den Rest des Zimmers zu besehen, erspähte den Eßtisch und sprang freudig auf ihn zu. »Sieh dir bloß mal das ganze Zeug an! Rahmkäse und Schnittlauch, wow! Woher wußten Sie das?« Ein Zeigefinger von Praxiteles stippte in die Schale und beförderte einen üppigen Klacks in den erlesenen Mund. Die Augen schlossen sich in Ekstase. »M-m-m-m-m.« Die Spitze der zarten rosa Zunge erschien und leckte die Lippen, zitterte einen Augenblick und verschwand. Goetzen befürchtete, das Hämmern seines Herzens könnte zu hören sein, und hob eine Hand, um es zu beruhigen.

Nimuës Auftreten wandelte sich, ein Vorhang schloß sich vor der Lichtquelle. Verschämt ging sie auf ihn zu, mit gesenktem Kopf, und drückte ihm ihren Papierstapel in die Hand. »Hier ist mein Zeugs, meine Färse und so.« Sie trat einen Schritt zurück, das Blut schoß ihr in die Wangen, und die Welt wurde rosenrot.

»Gut, gut. Ich bin schon ganz gespannt darauf.«

Er setzte sich auf die Couch, doch Nimuë blieb, wo sie war, den Kopf immer noch gesenkt, und weigerte sich, ihn anzusehen.

»Warum setzen Sie sich nicht neben mich?«

»Isses okay, wenn ich 'n bißchen rumlaufe? Nur, solange Sie lesen, mein ich?« Sie sprach mit leiser Stimme und redete ihre Turnschuhe an.

»Wenn Sie gern möchten.«

Er sah zu, wie sie umherwanderte, bald vor dieser Photographie stehenblieb, bald vor jener. Sie hielt die Hände hinter sich, ließ sie auf festen Liebesäpfeln ruhen, knackigen Früchten der neuen Hesperiden. Sie trat vor dem *Lorenzacchio*-Druck zurück (»Ihre Mutter! Wow!«), nahm dann wieder ihre Wanderungen auf. Sie verließ ihn und ging in Richtung Schlafzimmer. Sein Herz hüpfte. Er hörte das Kreischen von Vorhängen, die auf ungeölten Röllchen zurückgezogen wurden. Sein Herz sank.

Goetzen begann mit der Lektüre des obersten der Papierbögen in seiner Hand.

»Vaterschaft (I)«
von
Nimuë Berkowitz

Dein Leben lang bist du die ehrlichste Haut
Und fest wie der Fels von Gibraltar,

Beharrlich und freundlich, in Ehren ergraut,
Immer kregel trotz Ischias und Alter.
Steht Wasser im Keller, ist Schimmel im Bad,
Tropft es durch bei jedem Gewitter?

Stets weißt du Hilfe, stets weißt du Rat,
Pulst aus dem Zeh mir den Splitter.
Im Denken, da hast du so einige Schwächen,
Tätige Liebe ist eher dein Ding.
Zäh hältst du fest an jedem Versprechen,
Eisern stehst du für uns täglich im Ring.

Doch, lieber Vater, du bist gemeint!
Auch, wenn's im Alltag oft anders erscheint:
Du bist es, der die Familie vereint.

Merkwürdige Geräusche drangen aus dem Schlafzimmer: *Sproing*, eine Pause von vielleicht drei Herzschlägen, *spuhroing*, eine weitere Pause, *sprii-oing*, Pause, *sap-a-roing*. Goetzen eilte mit den Gedichten in der Hand zum Schlafzimmer und blieb in der offenen Tür stehen. Nimuë stieg vom Bett auf, majestätisch, die Beine zusammen, die Arme ausgestreckt. Mit eindrucksvoller Anmut, den Kopf zurückgeworfen, den Körper gekrümmt, vollführte sie einen Salto rückwärts, wobei ihr Bauch fast die Decke streifte, und landete mit perfekter Balance auf den Füßen. *Sproing*. Sie beugte die Knie, spannte die Muskeln ihrer makellosen Beine an, schob das Becken vor, den Bauch, stieß sich ab, und wieder ging es hinauf, herum, hinunter. Dann sah sie ihn hingerissen in der Tür stehen und gestattete sich deshalb, in einer bezaubernden Serie abnehmender Hopser zur Ruhe zu kommen.

»Wow, Wahnsinn! So ’n richtiges Bett hab ich noch nie gesehn. Sind die Laken ne Spezialanfertigung?«
Nimuë ließ sich auf den Rücken fallen und robbte geschmeidig auf Ellbogen und Rumpf zum Kopfende. Sie lehnte sich in die Kissen, das linke Bein angewinkelt, das rechte pyramidenförmig übergeschlagen. In dieser Stellung gewährte ihr Minirock Goetzen einen Blick auf ihr Höschen von zartem ägäischem Blau, ein überraschend breiter Streifen zwischen ihren Beinen. Er eilte ins Zimmer und setzte sich neben sie, ein unerschrockener Argonaute auf der Suche nach dem Goldenen Vlies, sein Bug vorgereckt und seetüchtig.
»Ich habe ›Vaterschaft (I)‹ gelesen, Nimuë, und ich bin beeindruckt. Es braucht heutzutage einen mutigen Autor, um sich an einem Akrostrichon zu versuchen, ein schwieriger Kunstgriff und einer, der der Lyrik meistens zum Verhängnis wird. Ihnen hingegen ist es gelungen. Und ohne jeden Verlust an Aufrichtigkeit oder Sinn. Wo haben Sie sich so lange versteckt? Die Fachschaft Englisch ist Ihre angemessene Umgebung.«
So groß war seine Begeisterung, daß er ihr linkes Bein am Innenschenkel packte, nur Zentimeter von der Ägäis entfernt. Diese Geste schien sie nicht zu stören, wurde ihr vielleicht ebensowenig bewußt wie ihm, denn sie beugte sich zu ihm und brachte die Ägäis fast mit seiner Hand in Berührung. Er spürte die Wärme des Südens, spürte sogar eine verirrte Ranke vom Vlies seinen Daumen liebkosen. Groß war seine Hoffnung, in die Reiche des Goldes zu reisen.
»Mann, ey! Ich meine, es hat Ihnen gefallen? Wow! Und ich bin so was wie ne Dichterin?«
»Nimuë«, sagte Goetzen inbrünstig, »Sie sind selbst ein Gedicht.«
Das Telefon neben dem Bett begann zu klingeln und zer-

trümmerte die Stimmung intimer Enthüllungen, an deren Rand er sich gewähnt hatte.

O Stella, das sah dir ähnlich!

Aber konnte sie das wirklich gewußt haben?

»Gehn Sie ran?«

Er nahm den Hörer ab. »Goetzen.« Sein Ton war mürrisch.

»Ja. Gabe Princip. Aus Ihrem Shake-Scheiß-Seminar.«

»Vielleicht ist Ihnen entgangen, Princip, daß ungebetene Anrufe von Studenten bei einem Professor in dessen Zuhause ungehörig sind, um es milde auszudrücken. Ich halte Sprechstunden ab. Sie stehen angeschlagen. Machen Sie davon Gebrauch.«

»Ist das Gabe?« Nimuë beugte sich mit leuchtenden Augen vor und tauchte Goetzens gekrümmten Daumen in die Ägäis.

»Kriegen Sie sich ein, Mann«, sagte Princip. »Ich meine, Sprechstunden! Wieso schikanieren Sie mich immer? Hören Sie überhaupt zu? Ich meine, hören Sie mich, Mann? Sie meinen, schikanieren ist alles, was Sie tun müssen, ja? Lassen den Macker raushängen, ja, und kommen groß an bei den Tussis? Ich weiß, wo's lang geht. Ich nerv Sie nich an; ich rede nett und höflich. Wieso scheißen Sie mich dann sofort an?«

»Haben Sie nicht gestern vor meinem Haus gelungert, Sie und ein Häufchen Hooligans? Das nächste Mal, das versichere ich Ihnen, rufe ich die Polizei.«

»Sie werden mehr brauchen als die Bullen, Sie Armleuchter.«

»Princip, Sie erscheinen nur zu jeder dritten Seminarsitzung. Sie stehen im Augenblick bei einer drei minus, eine Zensur, die den eigentlichen Wert Ihrer Arbeit lächerlich übertreibt. Ihr Diskussionsbeitrag ist praktisch null. Und jetzt besitzen

Sie die Frechheit, mich in meinen eigenen vier Wänden anzurufen, vage Drohungen auszusprechen, abgeschmackte Anzüglichkeiten anzudeuten, mich auf jede infame Art, die Ihnen einfällt, zu beleidigen. Geben Sie sich besondere Mühe, in dem Seminar durchzufallen?«

»Ich will gar nich mit Ihnen sprechen, Arschloch. Nome Berkowitz is da, stimmt's? Ja. Ich ruf nämlich ihretwegen an, von wegen Sprechstunden. Aber wo Sie 's schon erwähnen, meine Zensur und so 'n Scheiß, Englisch is gar nich mein Hauptfach, Mann. Sie brauchen mir bloß ›Kurs bestanden‹ zu bescheinigen, kapiert? Ich brauch keine Zensur, ich muß nur durchkommen. Dann kann ich abhauen. Keinem passiert was. Sie brauchen bloß cool zu bleiben.«

»Der Dekan für studentische Angelegenheiten wird fasziniert sein, von diesem Gespräch zu erfahren. Vielleicht fragt er sich anschließend, ob Ihre Anwesenheit auf dem Campus viel zum Glanz von Mosholu beiträgt.«

»Ach ja? Sie wollen mich wohl verarschen? Wie würde Ihnen denn das schmecken: meinen Sie, er wird fasziniert sein zu erfahren, daß einer der Professoren seine Studentinnen vögelt? Ich meine, wenn wir schon von Glanz reden, müssen wir vom Lehrkörper reden. Ich weiß, daß der betreffende Professor ihn nich mal hochkriegt, aber die Frage is, weiß der das? Ich meine, weiß der Dekan das? Was is denn mit den Tutorien auf der Bude von dem betreffenden Professor und so? Wo sind Sie jetzt gerade? Im Schlafzimmer? Ham Sie's schon mal auf 'm Küchentisch probiert? Mann, wenn Nome auf 'm Küchentisch genagelt wird, das is ne supergeile Nummer.«

»Das ist doch Gabe.« Nimuë riß Goetzen den Hörer aus der Hand. »Lassen Sie mich mal.« Sie runzelte die Stirn und kratzte sich mit der freien Hand in der Gegend ihrer linken

Brustwarze. »Is deine Maschine wieder flott? Von wo rufst du überhaupt an? ... Kein Quatsch? ... Och, mach schon, Gabe, hol mich ab ... Ich weiß auch nich, inner Stunde ungefähr ... du brauchst doch bloß zu bleiben, wo du bist ... Mann, du weißt doch, wie's mir geht, wenn du so redest ...« Sie sah Goetzen an und kicherte. »Wer, der? Du hast sie nich alle ... Ja, kapiert ... Klar ... Nein, wir lesen bloß meine Sachen ... Ach, halt die Luft an, Gabe. Echt, ja! ... Okay, okay ...«

Sie gab Goetzen den Hörer zurück, der ihn auf die Gabel legte. Beide saßen eine Weile schweigend, reglos.

»Also Gabe is in Ihrem Seminar ... Sie hätten mal hören sollen, was der über Sie gesagt hat. Aber der tut Ihnen nix. Der is eigentlich ganz nett. Ja, ich weiß, irgendwo is er 'n Kaffer, aber der macht mich an. Ich meine, echt total. Der is wie so 'n Kolben, brrm-brrm-brrm! Das Problem mit Gabe is, der hat keine Ahnung von ner plutonischen Beziehung.«

»*Pla*-tonisch«, sagte der Lehrer schwach.

»Hä?«

»*Pla*-tonisch.«

»Wir in Amerika sagen *plu*-tonisch.«

Nimuë setzte sich auf dem Bett zurecht und bemerkte erst jetzt Goetzens zitternde Hand in ihrem Schritt. Sie sah ihn mit Erstaunen an, mit Neugier und dann mit bestürztem Verstehen. Ihr Blick wanderte zu seinen Augen. Mit offenem Mund, den ein verschämtes Lächeln umspielte, schaute sie wieder zu seiner Hand hinunter. »Mann ...«

Goetzen entfernte seine Hand und seufzte. Er legte sie vor die Augen und atmete nolens volens ihren Duft ein. O weh. Trotz der Haltung von Rodins Denker, die er jetzt einnahm, ließ ihm seine Panik kaum die Muße zu konstruktivem Philosophieren. Princip war für ihn eine Quelle der Gefahr, vielleicht sogar der Brachialgewalt ... Nimuë war nur noch eine Würze an seinen Fingerspitzen.

Aber was tat sie da auf dem Bett? Er spähte durch seine Denkerfinger zu ihr hin. Den Körper gewölbt, das Gewicht auf Schultern und Hacken verteilt, hatte sie die Daumen in ihr Höschen eingehakt und war eben damit beschäftigt, es herunterzukrempeln.

»Ich hab's noch nie mit so nem Alten getrieben.«

Goetzen sprang auf und wich errötend vom Bett zurück. Auf ihrem Gesicht meinte er jene Mischung aus Gereiztheit, Stolz, kaum verschleiertem Ekel und, ja, Mitleid zu sehen, die er oft auf den Gesichtern anderer hübscher junger Mädchen gesehen hatte, wenn Männer eines gewissen Alters sie zu erobern suchten – vertrottelte alte Pfauen, bis auf schäbige Reste allen Gefieders beraubt, mühten sie sich dennoch, ihr Rad zu schlagen. Noch nie zuvor war er der Empfänger eines solchen Blicks gewesen. Dank Princip war er natürlich längst eingeschrumpft. Jetzt spürte er die letzte kitzelnde Erschlaffung des Skrotums.

»Hören Sie, Nimuë, ich fürchte, ich muß Ihr, äh, Tutorium heute absagen. Mir ist gerade eingefallen, daß, äh ... also es tut mir leid, daß Sie umsonst den Weg hierhergemacht haben. Es ist nur, daß, äh ...« Verzweifelt pflückte er aus Papa Docs modischem Wortschatz dankbar einen Ausdruck, den sie bestimmt verstehen würde. »Die Schwingungen, wissen Sie. Die Schwingungen stimmen überhaupt nicht. Hat keinen Sinn, weiterzumachen.«

In dem Moment wurde wütend, geradezu rasend an die Tür gehämmert, zugleich schrillte eindringlich die Türklingel. Der abscheuliche Ausdruck verschwand aus Nimuës Gesicht; sie legte eine schützende Hand über ihren venerischen Buschen. Der Krach erlöste Goetzen aus seiner Beschämung und versetzte ihn gleichzeitig in tröstliche Wut. »Wenn das da draußen Ihr Freund ist, dann steckt er tiefer in der Patsche, als ihm klar ist.«

Die Wut trug ihn zur Wohnungstür, verließ ihn aber rasch, als er sie öffnete, huschte davon angesichts eines mächtigeren Zornes. Denn dort stand nicht Princip, sondern Stella, eine verhärmte und aufgebrachte Stella. Ihre Augen waren verquollen. Sie schien nicht mehr die Kleidung gewechselt zu haben, seit er sie zuletzt gesehen hatte. Sie stieß ihn beiseite und stürmte in die Wohnung. Er konnte nur folgen.

»Wo bist du gewesen, du Dreckschwein? Seit Freitag abend versuche ich, dich zu erreichen. Wenn nicht eben bei dir besetzt gewesen wäre, hätte ich nicht mal gewußt, daß du da bist. Ich wette, du hast dich das ganze Wochenende hier eingeigelt, das Telefon klingeln lassen und dir beim Gedanken an die blöde Stella ins Fäustchen gelacht, während ich da oben halb wahnsinnig geworden bin ...« Plötzlich bemerkte sie den Eßtisch mit seinen sorgfältig arrangierten köstlichen Speisen, blieb abrupt stehen und wirbelte zu ihm herum.

»Erwartest du jemanden?«

»Jemand aus dem College ist da. Zu einem Tutorium.«

»Seit wann gibst du Tutorien? Und was soll das Essen? Fütterst du plötzlich Studenten durch?«

»Um Himmels willen, nur ein paar Reste, die ich im Kühlschrank gefunden habe.«

»Ich kenne die Reste, die du in deinem Kühlschrank hast, vergiß das nicht. Du mußt das Zeug gut versteckt haben. Jedenfalls, wo ist er?«

»Es besteht absolut keine Notwendigkeit, zu schreien. Außerdem ist es eine Sie. Sie ist im, äh, Schlafzimmer.«

Stella lachte bitter. »Soll ich fragen, was sie da drin macht?«

»Sie telefoniert. Privat, nehme ich an.«

Nimuë, mit einem Fetzen ägäisch-blauen Nylons in der Hand, wählte just diesen Augenblick, um zu erscheinen. Sie winkte ihnen schüchtern mit der Ägäis zu.

»Hallo! Ist das Ihre Frau?«

»Das ist Mrs. Poore-Moody, eine Freundin und Nachbarin. Stella, das ist Nimuë Berkowitz, eine Mosholu-Dichterin.«

Stella rümpfte die Nase. »Nicholas, ich muß mit dir reden.«

»Nimuë, Sie haben sicher Verständnis. Ein Notfall. Sie sehen ja. Tut mir schrecklich leid wegen des Tutoriums.«

»Mann o Mann«, sagte Nimuë und wischte sich die Nase mit dem Fetzen Ägäis ab.

»Ich werde Sie mit Smilow Thirkell zusammenbringen, unserem bestallten College-Poeten. Ich glaube, Sie sind reif für ihn.«

»O Mann, aber –«

»Und ich bitte Sie noch einmal, mich zu entschuldigen.«

»Aber wo sind meine Gedichte und so?«

»Ah ja, ich hole sie.« Er ging ins Schlafzimmer, wobei er Stellas Blick vermied. Als er zurückkehrte, stieg Nimuë in ihr Höschen. Stella starrte mit dem Rücken zum Zimmer aus dem Fenster. Er drückte Nimuë die Papiere in die Hand. »Hier sind sie. Ausgezeichnet. Setzen Sie die gute Arbeit fort.«

»War toll, Sie kennenzulernen, Stell«, sagte Nimuë höflich.

»Nicholas«, sagte Stella. Ihre Stimme war grimmig. Sie wandte ihnen weiter den Rücken zu.

Goetzen expedierte Nimuë über den Korridor zur Tür hinaus.

»Dann ab mit Ihnen.«

»Schönen Tag noch.«

Er schloß die Tür und lehnte, da ihn ein Schwindelanfall packte, die Stirn dagegen. Und nun zu Stella. Er holte tief

Luft und kehrte ins Wohnzimmer zurück. Stella tigerte auf und ab, ballte immer wieder die Fäuste.

»Nicht, daß es mir was ausmacht, Liebling, aber nur zur Befriedigung meiner Neugier, könntest du erklären, warum Miss Bettwanze ihr Höschen ausgezogen hatte?«

»Mein Gott, Stella, ich weiß es nicht. Das Mädchen ist offensichtlich labil. Sie muß es ausgezogen haben, als ich dich reinließ. Sie hat gerade mit ihrem Freund telefoniert, verstehst du. Vielleicht kriegen die so ihren Kick.«

»Zweifellos.« Stellas Stimme vertropfte Säure.

»Aber was ist mit Robert passiert? Du kannst dir nicht vorstellen, welche Sorgen ich mir gemacht habe.«

»Nein, das kann ich wirklich nicht.«

»Du warst kaum zu erreichen«, sagte Goetzen vorwurfsvoll.

»Aber du wärst natürlich zu erreichen gewesen, wenn ich dich bloß hätte finden können, du Miststück. Wo warst du seit Freitag?«

»Steh mal eine Minute still, du machst mich ganz schwindlig.« Er hielt ihr die Hand hin, doch sie schlug sie wütend fort.

»Also?« Wenigstens hatte sie mit dem Umhertigern aufgehört.

»Ich habe den Posten nicht bekommen, Stella, er ist unter mir zusammengekracht. Der Präsident war sehr höflich zu mir. Wir sind ein wenig zu voreilig gewesen, hat er gesagt. Die Haushaltssperre und solch Blödsinn. Bevor wir ein eigenes Institut gründen, sollten wir vielleicht die Möglichkeiten ausloten, ein Ostküstenableger des an der University of California bereits vorhandenen Instituts zu werden. Selbst im Elfenbeinturm, sagte er, müssen wir auf die Warnung der Dukatenmännchen hören. Himmelarsch, schließlich war es nicht meine Idee!« Goetzen begann an das

imaginäre Institut zu glauben. Er fühlte sich verletzt, sogar verärgert.
Stellas Augen wurden weicher. Sie legte ihm tröstend die Hand auf den Arm. »Ach, Nicholas, das tut mir aber leid.«
»Er schickt mich in etwa einer Woche nach LA, um die Kollegen da abzuklopfen. Vielleicht kommt ja doch noch etwas dabei heraus.«
»Das hoffe ich.«
»Erzählst du mir jetzt von Robert oder nicht?«
Das war ein Fehler. Stella machte sich wieder auf den Marsch. Ihr war deutlich anzusehen, wie ihre Wut sich wieder aufheizte. Verflixt und zugenäht. Goetzen stand hilflos daneben.
»Aber nach der Konferenz, was war dann? Himmel noch mal, das ist achtundvierzig Stunden her!«
»Stimmt. Also, ich bin auf alle Fälle auf die Party gegangen. Davon habe ich dir ja erzählt. Wie konnte ich sie umgehen, ohne noch mehr als Esel dazustehen? Ich hielt es für das Beste, den Kerlen die Stirn zu bieten, verstehst du. Die Wahrheit ist, ich habe mir einen angesoffen, war sternhagelvoll.«
»Nein, erzähl's mir nicht, laß mich raten. Hinterher bist du durch die Straßen geirrt, bist dem Gedächtnisschwund zum Opfer gefallen und heute morgen auf einer Parkbank beim Columbus Circle zu dir gekommen.«
»Das ist sehr unfair, Stella.«
Stella blieb abrupt vor ihm stehen und ballte die Fäuste. Ihre Augen füllten sich mit Tränen. »Ach, Nicholas, was bist du für ein Lügner. Und jetzt bist du alles, was ich habe. Wahrscheinlich verdiene ich dich.«
Sie fiel ihm schluchzend in die Arme, klammerte sich an ihn und vergrub das Gesicht an seiner Brust. Er spürte, wie sein Hemd naß wurde. Sie zitterte am ganzen Körper. Er hielt sie

fest, versuchte sie zu trösten. Sie wiegten sich ein Weilchen, bis ihr Zittern aufhörte und sie sich losmachte, ihn aus verquollenen Augen ansah, wobei ihr immer noch die Tränen über die Wangen strömten.

»Er hat mich verlassen.«

»Was!«

»Er ist fort.«

Sie sank auf die hinter ihr stehende Couch und begann wieder zu schluchzen, leise, mit gehobenem Kopf, ohne ihre Tränen zu beachten, Zwillingsbächlein, die unaufhörlich flossen. Er setzte sich neben sie, zog sie an sich, küßte sanft ihre nasse Wange, ihr Ohrläppchen, ihren Hals, hob ihre sittsam im Schoß verklammerten Hände, führte sie an die Lippen, sanft, sanft. Nach einer Weile legten sich ihre Schluchzer, hörten ganz auf.

»Entschuldige«, sagte sie leise.

»Keine Ursache«, sagte er. »Aber wenn du kannst, wenn du dich ruhiger fühlst, erzähle mir, was passiert ist. Du hast Robert von uns erzählt. Und dann?«

Sie sah ihn fragend an. »Was soll ich Robert erzählt haben?«

»Daß du ihn meinetwegen verläßt. Versuch, dich zusammenzunehmen, Liebling. Weißt du noch, Freitag morgen, dein Entschluß, hochzugehen und es ihm zu sagen?«

»O Gott!« Stella fing an zu lachen, hysterisch, grotesk, die Augen immer noch von Tränen verschleiert. Ratlos klopfte er ihr auf den Rücken. Ihr Gelächter verstummte schlagartig. »Das ist doch nicht dein Ernst? Ach, Nicholas, was wir einander auch bedeuten, und ich maße mir nicht an, das zu verstehen, aber du kannst doch nicht angenommen haben, daß ich Robert deinetwegen verlassen würde. Wann hast du je …? Gut, ich gebe zu, ich wollte dich, habe mich nach dir gesehnt. Habe, verdammt noch mal, sogar um dich geweint.

Vielleicht liebe ich dich. Aber Robert deinetwegen verlassen? Das hast du doch nicht wirklich geglaubt?«

»Nein, nein, natürlich nicht.« Und als galante Zugabe bot er an: »Wunschdenken. Nur, du hast tatsächlich gesagt ...«

»Was sollte ich denn sagen? Was hättest du denn gesagt, wenn du so reingekommen wärst, splitternackt, und das Zimmer voller Menschen, einer davon ein Rabbi? Ich habe irgendwas gesagt, was sich für mich plausibel anhörte.«

»Genau.«

»Ich war so unglücklich, und ich brauchte dich so verzweifelt. Ich wußte nicht, was ich tun sollte. Ich bin fast verrückt geworden.«

»Hat denn Robert nichts gesagt?«

»Ich habe ihn gar nicht gesehen. Er muß am Donnerstag abend heimlich zurückgekommen sein, um mir den Brief dazulassen, aber da war ich natürlich schon hier unten. Wir haben ...« Sie sah ihn verschämt an. »Es war trotzdem gut, oder, Nicholas?«

Er würde sie nie verstehen. »Welchen Brief? Wirklich, Stella, du fängst an zu faseln.«

»Den Brief, den er auf mein Kopfkissen gelegt hat.« Sie griff sich dramatisch in den Busen und zog ein zerknittertes Stück Papier heraus. »Da, lies ihn, er betrifft auch dich.« Ihre Augen füllten sich wieder mit Tränen. »Ich muß ihn finden, ich kann es nicht ertragen.«

Goetzen glättete den Brief.

Stella, mein Liebling,
wenn Du diese Worte liest, werde ich schon weit fort sein. Nein, versuche nicht, mich zu finden. Es hat keinen Sinn. Inzwischen gibt mir Dein Ausflug in die untere Etage Gelegenheit, Dir zu schreiben.

Beunruhige Dich nicht, schäme Dich nicht und denke nicht, daß mein Fortgehen irgend etwas mit Deiner reizenden kleinen Affäre zu tun hat. Du warst immer diskret und rücksichtsvoll. So habe ich meine Fahrten donnerstags abends nach Westchester begonnen, um Dir ein gewisses Maß an Sicherheit zu geben, eine wenn auch kurze Spanne sorgenfreier Zeit. Du bist eine junge und vitale Frau. Da ich nie an Deiner Liebe zu mir gezweifelt habe, bin ich nie von Eifersucht gequält worden.

Aber ich bin jetzt 65, meine Liebe, und meine Gedanken wenden sich nach innen. Du weißt, ich war nie religiös, jedenfalls nicht in einem formellen oder dogmatischen Sinn. Aber während für mich die letzten Jahre (Monate? Tage?) anbrechen, denke ich immer öfter über jenen Funken nach, der unser schwaches Fleisch belebt. Ich kann nicht glauben, daß er verlischt, wenn das Fleisch ihn nicht mehr speisen kann.

»Wo ist der Rest? Da muß noch mehr sein.«

»Ach ja.« Stella griff sich noch einmal in den Busen, tastete umher, runzelte die Stirn, stand auf und schüttelte ihre Bluse aus. Zwei zerknüllte Zettel fielen zu Boden. Goetzen hob sie auf. Gott, selbst jetzt, in solch einem Augenblick, erregte ihn jede ihrer Bewegungen, die kleinste ihrer Gesten. Stella setzte sich wieder. Er wandte sich von ihrem verwüsteten Gesicht ab und wieder Poore-Moodys Geschwafel zu.

Ich werde philosophisch und fürchte, ich langweile Dich. Genug davon. Nur soviel sei gesagt: ich gehe, um eine Liebe zu finden, die größer ist als selbst die unsere, vielleicht eine metaphysische Liebe, gewiß eine Liebe, die über das Fleisch hinausgeht und die Seele umfaßt, die Quelle, so denke ich, jenes Funkens. Ja, ich gehe Frieden und Wahrheit suchen, und ich bin guten Mutes, sie in der mir verbleibenden Zeit zu finden. Meine Suche beginnt unter den Zisterziensern. Ich bete darum, daß sie dort enden wird.

»Der blöde alte Trottel wird Mönch!« Die Worte sprangen ungebeten auf Goetzens Lippen und traten hinaus in die lauschende Luft. Stella wimmerte. Er tröstete sie, streichelte geistesabwesend ihren Schenkel, nur darauf erpicht, weiterzulesen. »Schon gut, schon gut.« Sie beruhigte sich.

Meine Angelegenheiten, denke ich, sind alle geordnet. Blount, DeWinter und Grobstock haben eingewilligt, mich zu vertreten. Sie werden Dir sagen, daß ich ein Viertel meiner Vermögenswerte für meinen eigenen Bedarf realisiert habe. Der Rest wird Dir als Kapital zufallen, sobald der Funke dieses Fleisch verlassen hat.
Aber jetzt muß ich mich verabschieden. Ich glaube, ich liebe Dich in diesem Augenblick noch mehr, wenn das möglich ist, als in unserem gesamten Eheleben.

Robert

»Unglaublich«, sagte Goetzen. »Er ist offensichtlich ein Fall fürs Irrenhaus.«
»Was soll ich bloß machen? Ich weiß nicht mehr weiter.« Und wirklich, so verheult, zerzaust und mitgenommen, wie Stella war, die sich jetzt auch noch eine verirrte Träne von der Nasenspitze wischte, konnte er sich ihre Unfähigkeit, damit fertig zu werden, gut vorstellen.
»Du hast zwei Möglichkeiten. Laß ihn aufgrund des Briefes

einweisen oder laß ihn Mönch werden. Beides bringt ihn in eine geschlossene Anstalt und in sicheren Gewahrsam.« Was Goetzen sah, war die Ausdehnung des Donnerstagabends auf die gesamte Woche.

»Oh, Nicholas, wie kannst du so gefühllos sein? Wir reden von Robert. Bitte, es bricht mir das Herz.«

»Wieviel ist deiner Schätzung nach ein Viertel seiner gesamten Vermögenswerte? Mehr als eine Million?«

»Wie kannst du so materialistisch sein?«

»Du willst ihn wiederhaben, du wirst ihn wiederbekommen. Von diesem Augenblick an werde ich mich ganz dieser Aufgabe widmen.«

»Ich wußte, ich kann mich auf dich verlassen.« Sie schniefte kindlich. »Danke, Liebling.«

Er war von ihrer schlichten Dankbarkeit gerührt, gerührt und erregt. Beim Entfernen des Briefes aus seinem Versteck hatte sie aus Versehen die obersten Knöpfe ihrer Bluse geöffnet. Ihr herrlicher Busen hob und senkte sich. Der Abhang lockte. Aber Goetzen besaß ein ausgeprägtes Gespür für den rechten Augenblick. Der Weg des Schuftes war nicht der seine.

»Mein Schatz, es ist Sonntag nachmittag. Am Sonntag läßt sich absolut nichts tun. Morgen früh mache ich mich sofort an die Nachforschungen. Doch erst einmal, mein Herz, ist völlig klar, daß du seit Donnerstag nacht nicht viel geschlafen hast. Du bist erschöpft, du brauchst Ruhe. Was nutzt du Robert, wenn du krank wirst?«

»Wie kann ich schlafen? Ganz unmöglich.«

»Aber natürlich kannst du das. Jetzt kümmere ich mich um alles. Sei schön brav und tu, was man dir sagt.«

»Jawohl, Nicholas.«

»Geh rauf und nimm ein warmes Bad. Trink Ovomaltine

oder heiße Milch. Denk immer daran, ich mache mich sofort morgen früh an die Arbeit.«

»Ja, Nicholas.« Stella stand gehorsam auf, bereit zum Gehen. »Nur, meinst du, ich könnte vielleicht hierbleiben? Wenigstens, bis die Warterei vorbei ist? Die Wohnung oben ist so leer ohne ihn.«

Für einen Augenblick zog Goetzen ihre Bitte ernsthaft in Betracht. Doch nein, nein, er würde ihren geschwächten Zustand nicht ausnutzen. Er brauchte Zeit, um über seine Gefühle für diese Frau Klarheit zu gewinnen. Warum zum Beispiel hatte ihn das plötzliche Abstreiten ihres Gelöbnisses derart umgeworfen? Konnte seine Stella für ihn je empfinden, was Roberts Stella für Robert empfand?

»Nichts, was mir lieber wäre. Wie kann ich dich gehen lassen? Aber du solltest bei deinem Telefon bleiben. Er könnte versuchen, dich zu erreichen, man weiß ja nie.«

»O ja, du hast recht, ich gehe sofort.« Und sie eilte aus dem Zimmer. Er folgte ihr an die Tür. Sie drehte sich um und ging einen Schritt auf ihn zu. »Danke, Liebling. Ohne dich wäre ich völlig verloren, selbst reif fürs Irrenhaus.«

Sie hatte sich mit der Geistesverwirrung ihres Ehemanns abgefunden. Er hielt sie in den Armen, spürte eine vertraute Regung, küßte sie, ließ sie jedoch gehen. Goetzen hatte über einiges nachzudenken.

* * *

Er begann nahezu umgehend mit dem Nachdenken, bei einem sehr späten Lunch, da der Anblick des mit Köstlichkeiten beladenen Tisches plötzlich seinen Appetit weckte. Zum Glück war Nimuë bereits so gut wie beerdigt, begraben unter einer neuen Sicht der Ereignisse. Sie, das arme Kind, das sich immer noch im Sumpf ihrer feuchten Pubertät suhlte, hatte sein wohlwollendes Interesse an ihren kreativen Bemühungen irrtümlich für das Gebrüll männlicher Lust gehalten. Goetzen hatte sich halb davon überzeugt. Er biß in einen gebutterten, mit Heringshäckerle überhäuften Bagel und schüttelte voll reifen Verständnisses den Kopf. Eine ichbezogene Generation, die der Nimuë.

Stella dagegen war etwas anderes, Stella, die ihn erst vor wenigen Augenblicken umklammert und mit gequälten Augen zu ihm aufgeblickt hatte. Ihr Bild tanzte und schwankte vor ihm. Seine Leiste schmerzte. Er sehnte sich nach ihr. Sie liebte ihn, hatte sie gesagt, oder war doch näher daran gewesen, das zu sagen, als je zuvor in ihrer stürmischen Affäre. Und er? Poore-Moody war fort. Goetzen begann die Hoffnungen und Gefühle neu zu errichten, die sie einst so umbarmherzig mit ihrem taktlosen Gelächter zertrümmert hatte.

Als das Telefon klingelte, glaubte er, es sei Stella, und eilte beschwingt, um dranzugehen. Wenn sie schon an ihre Wohnung gebunden war, warum konnte er nicht dort bei ihr sein? Ja, mein Liebling, ja!

»Ah, Nickolevio, hier ist Ari. Habe Sie hoffentlich nicht von Ihrer Schreibmaschine fortgerissen?«

»Doch, das haben Sie.«

»Tut mir leid, Sie am Sonntag zu behelligen, Nicko, aber ich muß Sie um einen Gefallen bitten.«

»Großartige Party, Ari. Habe mich wunderbar amüsiert.«

»Ja, hat ganz gut geklappt, finde ich. Richtig gute Schwingungen. Sie haben mächtig Eindruck auf Diotima gemacht, Sie Schlingel. Die war gestern auch auf dem Prez-Lever. Sie konnte nur von Ihnen reden, so gutaussehend, so aristokratisch, so sympathisch. Hat Sie immer Nobby genannt. Ich hatte erst keine Ahnung, von wem sie redete, bis sie gesagt hat, sie wär in den Witz eingeweiht, wüßte alles über den Nikolaus, und da standen Sie enthüllt in bekannter Herrlichkeit. Offenbar ein typischer Übersetzungsfehler, lohnte kaum die Richtigstellung, also hab ich's gelassen. Wußte, Sie haben bestimmt nichts dagegen. Was ist ein Name? Goetzen, wenn er auch anders hieße, und so weiter.«

»Ich muß Sie und Liz demnächst einmal herbitten. Für einen Junggesellen ist es natürlich ein bißchen schwierig. Aber eine Goetzen-Cocktailparty steht wirklich an. Nächsten Monat vielleicht. Und jetzt muß ich langsam wieder an die Arbeit.«

»Ey, Moment, warten Sie, Mann.« Papa Doc kicherte. »Sie sind ein ganz schön glatter Aal, das muß ich Ihnen lassen. Aber so groß ist der Gefallen nun auch wieder nicht, vielleicht macht's Ihnen sogar Spaß. Sie sind doch ein Clerihew-Absolvent, richtig? Haben Ihre Diss bei Cecil Quimby geschrieben? Na, nun raten Sie mal, wer in ein paar Tagen aus dem schönen alten England einfliegt. Jawohl, Ihr alter Spezi von der Uni London, Cecil höchstpersönlich.«

Goetzen spürte ein Kribbeln im Genick.

»Sie sind ja so still, Mann.«

»Das kommt etwas überraschend. Ich dachte, er wäre tot. Jedenfalls weiß ich, daß er emeritiert ist. Was führt ihn hierher?« Goetzen sah ein Wölkchen am Horizont.

»Pio Nono.«* Pio Nono war Papa Docs Spitzname für Malcolm Pioggi, den Dekan der Philosophischen Fakultät. »Die Vorlesungsreihe. Quimby ist auf der gleichen Geschäftsbasis hier wie Di von Hoden letzte Woche. Drei Vorträge, wir bewirten sie fürstlich, dann stecken wir sie wieder in ihren Flieger, dazu satte drei Riesen auf die Kralle. Mann, diese

* A. d. Ü.: Unter Pius IX, Papst von 1846–1878, wurde auf dem 1. Vatikanischen Konzil 1869/70 das Dogma von der Unfehlbarkeit des Papstes verkündet.

Typen haben echt Fettlebe! Jedenfalls werden Sie mit Cecil über vieles zu reden haben, alte Zeiten und so, Spieler aus der B-Jugend der Regionalliga schafft's bis ganz nach oben und so 'n Zeug. Pio Nono meint, Sie sollten am Flughafen sein und ihn abholen. Ich hab Sie vorgeschlagen für die einleitenden Worte bei seinem ersten Vortrag, Sie stellen Ihren alten Spezi den begierig lauschenden Massen vor.«

Goetzen war entsetzt. Alles begann sich aufzuräufeln. Er stand da und zitterte, völlig in die Enge getrieben, schaute sich nach einem Schlupfloch um, einer vorübergehenden Zuflucht. Er durfte nicht mit Quimby zusammentreffen. Für ihn bedeutete das die finale Katastrophe, das Ende von allem. Ebenso offenkundig hatte Dillinger sich noch nicht mit Dekan Pioggi in Verbindung gesetzt. Jedenfalls wußte Papa Doc noch nichts von der Konferenz in Los Angeles. Gab es überhaupt noch Hoffnung?

»Also was ist Sache, Nick?«

»Mit Vergnügen.« Das Problem war, wie ließ sich vermeiden, daß sein Name während seiner Abwesenheit zur Sprache kam?

»Weiter so. Schauen Sie doch morgen vormittag mal bei mir rein. Dann arbeiten wir die Logistik aus, überlegen uns eine Strategie.«

»Äh, Ari, ich glaube, ich muß Sie warnen. Der alte Knabe ist fürchterlich vergeßlich. Muß auf die achtzig zugehen. Schon als ich ihn kannte, lief ihm der Sabber übers Kinn. Ich staune, daß er beim Vortragszirkus dabei ist. Selbst zu seinen besten Zeiten hat er keinen vom Hocker gerissen. Aber worauf ich hinaus will, wahrscheinlich erinnert er sich überhaupt nicht an mich.«

»Nicht untertreiben.« Papa Doc kicherte kehlig. »Bescheidenheit steht Ihnen überhaupt nicht.«

»Nein, ehrlich. Bei meiner mündlichen Prüfung zum Beispiel kam er zu spät, schaute sich um, sagte, entschuldigen Sie bitte die Störung, und wollte wieder verschwinden. Sie mußten ihn zurückzerren und ihm erklären, was er da zu tun hatte.«
»Na dann bis morgen, Nick. Gehn Sie wieder an Ihre Schreibmaschine. Ach, und vielen Dank.«
Gott noch mal, was für ein Tag! Er war doch nun wirklich ein relativ schlichter Mann, der wenig verlangte, noch weniger erwartete und nur in Frieden seiner Wege gehen wollte. Und jetzt Quimby! Der Goetzen-Fluch, die Familiendämonen waren ihm dicht auf den Fersen. Er mußte eine Weile weg von allem, und sei es nur, um seine geistige Gesundheit zu retten, und sei es nur, weil Stella wirklich anrufen konnte. Was er verzweifelt brauchte, war »Wertzeit«. Aber seine Wohnung lag aus allen Richtungen der Windrose unter Beschuß.

SIEBEN

Goetzen saß allein am einen Ende der langen Bar in Donovan's Amsterdam und grübelte über einem Whiskysoda. Bei den Fenstern am anderen Ende, hinter der Bar, stand Donovan höchstpersönlich, klein, mit Schweinsäuglein, die Hemdsärmel aufgekrempelt, und blätterte gelangweilt im *Midstream*. Weitere Gäste waren nicht da.

Goetzen mochte das Donovan's. Er mochte die erschreckende Verkommenheit, das stumpfe khakibraune Linoleum voller Löcher und Risse, die verrußte, sich ablösende Tapete, die Düsternis – vor allem die Düsternis. Donovan schaltete nie vor der, wie er sie nannte, »Lampenzeit« am frühen Abend das Licht an. So wurde der Raum nur von dem wenigen Tageslicht erhellt, das sich durch die obere Hälfte der schmutzigen Fenster kämpfen konnte. Die untere Hälfte war von einem smaragdgrünen Vorhang an einer Messingstange verhüllt. Trotzdem sprang das Tageslicht munter von den Kerben und Narben der langen blanken Bar ab, es blinkte und glänzte auf den Flaschenreihen hinter der Bar, es schien matt auf Donovans Glatze. Doch, Licht war zur Genüge da. Der Raum verströmte einen sauren Geruch nach abgestandenem Bier, Desinfektionsmitteln und Sägemehl.

Am Spiegel hinter der Bar klebte seit Jahren ein Plakat mit

der Ankündigung, daß nur noch zwei Wochen verblieben, um Dolly Divine und ihr Erotisches Ensemble, einen Superhit, in Spinoza's weltberühmtem Tingeltangel zu erleben, »Da kommt jeder, da kommen alle!« Goetzen zwinkerte dem Photo von Dolly Divine auf dem Plakat zu.
Er konnte sich nicht entsinnen, jemals einen Gast in einer der Nischen am hinteren Ende des langen Raumes und an einem der unordentlich verteilten Tischchen gegenüber der Bar gesehen zu haben. Mehr noch, er konnte sich nicht entsinnen, in all den Jahren seiner Besuche bei Donovan's, auch wenn sie unregelmäßig und immer nachmittags erfolgten, wenn die Welt ein wenig zu schwer auf ihm lastete, je einen anderen Gast gesehen zu haben. Donovan selbst war kein geselliger Kneipenwirt. Er bediente Goetzen mit mürrischem Widerwillen und entfernte sorgfältig die Schale mit Brezeln aus bequemer Reichweite. Straßengeräusche drangen kaum ins Donovan's, und dann verloren sie alle Eigenart, Autohupen, Preßlufthämmer, irres Gelächter oder Hilfeschreie wurden alle zu einem einförmigen »Buumm«.
Goetzen trank einen Schluck von seinem Whisky, rückte auf den nächsten Barhocker vor und nahm sich eine Brezel. Donovan raschelte ärgerlich mit seinen Seiten. Was mußte wegen Princip unternommen werden? Princip war eine Tretmine, die entschärft werden mußte. Er war ein Zerstörer, ein Abreißer, ein Avatara der Unvernunft, der mit jeder Äußerung seines Seins die Friedenssymbole verhöhnte, mit denen er protzte. Was, so überlegte Goetzen, hätte wohl die göttliche Sarah zu einem Princip zu sagen gehabt? Was hatte die Kunst im Angesicht des Chaos zu sagen? Opa zitierte gern einen Aphorismus, den er aus der Zeit behalten hatte, als er noch Bücher las: Die Geschichte ist nichts als ein Bericht darüber, wie Satinslipper die Treppe hinuntersteigen, wäh-

rend Nagelstiefel heraufsteigen. Die Gabe Princips dieser Welt befanden sich im Aufstieg, hatten ihre siegreichen Banner entrollt. Ein Goetzen konnte nur hoffen, hin und wieder ein Scharmützel zu gewinnen oder nur noch sehr kurze Zeit an seinem Platz auf der Treppe zu bleiben. War er dazu verurteilt, dem bösen Princip kleinlaut das Bestehen des Seminars zu bescheinigen? Etwas in ihm flüsterte: nein. Aber wie, wie?

Und was war mit Nimuë, der er in aller Unschuld hatte helfen wollen? Er wußte sie jetzt im Bunde mit ebendiesem Princip. Nein, das war kein bloßes Mißverstehen seiner Absichten. Damit hatte sie nur geblufft. Jetzt war völlig klar – man brauchte nur an Princips Anruf zu denken –, daß sie eine Falle gewesen war. Inzwischen mußte sie Princip die angeblichen schaurigen Geschehnisse auf Opas Ehebett geschildert haben. Princip hatte seine Munition beisammen. Er hatte Goetzen schon einen Schuß vor den Bug gegeben; er stand bereit, um ihm eine Breitseite zu verpassen. Konnte Goetzen, dessen Pinasse tödlich bedroht war, etwas anderes tun, als sich ergeben?

Es war nicht zu fassen. Da war doch Nimuë heute nachmittag aus seinem Schlafzimmer gekommen und hatte Stella und ihm mit ihrem Höschen zugewinkt – ja, regelrecht zugewinkt! Da war sie doch tatsächlich in Stellas Gegenwart in ebendieses Höschen gestiegen! Wohin war es in diesem schrecklichen Zeitalter mit der jungen Weiblichkeit gekommen? Wo waren Taktgefühl, jungmädchenhaftes Erröten geblieben? Sie besaß keinen instinktiven Sinn mehr dafür, daß die Unberührtheit an sich eine Tugend war; oder falls sie es nicht war, daß dann zumindest der Anschein der Unschuld auf dem Gesicht wohnen sollte, das ein junges Mädchen der Welt wies. Sie genierten sich überhaupt nicht, die unanständigsten Geheimnisse ihres intimsten Treibens mit jedem zu teilen, der ein offenes Ohr bot. »Wenn holdes Weib in Torheit fällt«* war ein Gedicht, das sich heute nicht mehr vermitteln ließ. Sie begriffen einfach nicht, was der ganze Aufstand sollte. Kein Wunder also, daß Nimuë in Princips Plan eingewilligt hatte, diese ordinäre Gangsterbraut von Princip und seiner Flegelbande.

Wieder ein Schluck, wieder eine Brezel, wieder ärgerliches Rascheln der *Midstream*-Seiten. Donovan schien Goetzen zu belauschen. Wirklich sah er Goetzen äußerst mißtrauisch an.

Und nun auch noch C. U. T. Quimby, Cecil, der Geschminkte Schwerenöter von Clerihew. Das Bild jener dünnen, gebeugten Gestalt zeichnete sich scharf vor Goetzens innerem Auge ab. Er sah wieder die Lippen, die sich um die Spitze der säurescharfen Zunge zusammenkniffen, die weißen Haare, die in fettigen Strähnen auf den abgewetzten Talar fielen, die Fingerspitzen, die wie in nervösem Gebet aneinandertrommelten. Quimby stellte eine Bedrohung für den Frieden dar, neben der die Machenschaften eines Princips wenig mehr waren als Mückenstiche. Er konnte alles enthüllen. Goetzen nippte an seinem Whisky und spähte verstohlen zu Donovan. Darauf konnte sogar Gefängnis stehen.

* * *

Nachdem Koko kurz vor der Goodge Street den Anti-Goetzen-Mächten zum Opfer gefallen war, wurde zu jedermanns Überraschung entdeckt, daß der sonst so sorglose Charmeur eine Lebensversicherung besessen hatte. Die Begünstigten

* A. d. Ü.: Das Gedicht ist von Oliver Goldsmith, 1730–1774, und steht in dem Roman *The Vicar of Wakefield*.

waren natürlich seine Kinder Tillie und Marko. Doch Tillie war, nur mit ihrem Reisenecessaire und einer Handtasche voll des Allernotwendigsten versehen, unmittelbar nach dem V-Day mit einem amerikanischen Soldaten, einem Corporal Minelli, durchgebrannt und in den Weiten der Neuen Welt verschwunden, ein weiterer Goetzen-Pionier mit dem Drang nach Westen. Nachforschungen der Versicherungsgesellschaft ergaben Betrübliches. Keine drei Monate nach Beginn ihres Abenteuers hatte sie ohne Führerschein und Fahrkünste ein Auto gelenkt und bei einem Zusammentreffen mit einem Stahlpfeiler auf der Queens-Seite der Fifty-ninth-Street-Brücke den kürzeren gezogen. Das Auto hatte wenig Schaden erlitten, der Pfeiler überhaupt keinen. Aber Tillie hatte sich das Genick gebrochen und auf der Stelle das Leben ausgehaucht, ein weiteres Goetzen-Opfer. Demzufolge wurde Marko, damals ein Junge von vierzehn Jahren, zum einzigen Nutznießer der überraschend weisen Voraussicht seines Vaters.

Victoria Goetzen, Nickos Mutter, war Markos gesetzlicher Vormund. Sie brauchte Rat. Opa, vom Alter und den gehäuften Schicksalsschlägen geschwächt, hatte zu der Zeit das Weltliche bereits ausgeblendet. Und so wandte sie sich notgedrungen an ihren eigenen Vater, Großpapa Blum, der ihr sagte, wen es aufzusuchen und was es zu tun galt. Marko war plötzlich ein reicher Erbe.

Er besuchte weiter das Gymnasium, eine Klasse über Nicko, der im Alter von zwölf schon in der zweiten war. Leider war Marko kein guter Schüler. Darüber hinaus steckte er ständig in Schwierigkeiten. Er wurde dabei erwischt, wie er in die Fahrradreifen seines Lateinlehrers Löcher piekte; er wurde dabei erwischt, wie er Stachelbeeren aus dem auch in der Nachkriegszeit weiter gepflegten »Obst und Gemüse für den

Sieg-Garten« der Schule klaute; er wurde häufig beim Rauchen erwischt; und, am allerschlimmsten, er wurde dabei erwischt, wie er durch ein Guckloch linste, das er in den schwarzen Farbanstrich auf dem Fenster der Mädchentoilette gekratzt hatte. Wegen dieses letzten Vergehens wurde Victoria Goetzen zur Schule einbestellt. »Er ist ein Flüchtlingsjunge, der beide Eltern und seine Schwester unter tragischen Umständen verloren hat. Er verdient gewiß noch eine Chance.« Marko bekam sie, und noch eine, und noch eine. Häufige Stockzüchtigungen bewirkten nur, daß seine Gerissenheit zunahm: er wurde immer seltener erwischt. In der fünften Klasse bandelte er mit einer Monica Scrod an, einem reizlosen, zu rasch gewachsenen Mädchen mit Kuhgesicht und unregelmäßigen Zähnen, das sich gleichwohl wegen seiner Bereitschaft, den Schlüpfer runterzulassen, bei den Jungen einer gewissen Beliebtheit erfreute: »Drei Pence mal gucken, sechs Pence mal fühlen.« Marko, so wurde behauptet, erhielt ein Drittel aus jedem Geschäftsabschluß.
Am Ende jenes Jahres sollte Marko die Prüfung für den Allgemeinen Schulabschluß machen, aus seiner Sicht reine Zeitverschwendung, da er ohnehin vorhatte, von der Schule abzugehen.
»Aber du wirst doch bestimmt weitermachen und die sechste Klasse abschließen, Marko«, sagte Victoria. »Wenn du die Reifeprüfung ablegst, kannst du auf die Universität.«
Marko zuckte die Achseln. »Sinnlos, Tante Victoria, mein Entschluß steht fest. Ich habe genug von der blöden Schule. Meine Welt ist die der Erwachsenen.«
Er war wirklich ziemlich erwachsen, fast eins achtzig groß, und rasierte sich schon, wobei seine Rasierklinge regelmäßig einen schweren Fall von Akne blutig schnitt. Stundenlang stand er vor dem Badezimmerspiegel, drückte

Pickel aus und spritzte deren Inhalt aufs Glas. Die Konzentration, die solche Feinarbeit erforderte, bescherte ihm schließlich einen leichten Silberblick. Der wirkte merkwürdigerweise anziehend, denn er verlieh ihm einen distanzierten, spöttischen Ausdruck. Seine breiten Zähne trugen ebenso wie seine Finger schon starke Nikotinflecken.

Aber Victoria hatte noch ein As im Ärmel.

»Wenn du doch auf die Universität gehst, würde ich dafür sorgen, daß du deine Leibrente schon von da an erhältst. Du müßtest nicht warten, bis du einundzwanzig bist. Aber natürlich erst einmal die Prüfung und die sechste Klasse.«

Victoria hatte den einzigen Schwachpunkt in Markos unbekümmerter Unwissenheit gefunden. Jetzt, kurz vor zwölf, begann er zu lernen und heuerte Nicko als Nachhilfelehrer an.

»Das ist unfair, Mami, ich muß meine eigenen Hausaufgaben machen.«

»Versuche, Zeit für beides zu finden. Wir müssen Marko helfen, wo wir können. Er hat auf der ganzen Welt nur uns und Onkel Ferri.«

Marko bestand den Allgemeinen Schulabschluß – zwar mit Ach und Krach, aber er bestand. Seine Überraschung wurde nur von der seiner Lehrer übertroffen. Ja, er war auf dem Weg zu seiner Leibrente.

Aber die anfängliche Begeisterung, die ihn durch die fünfte Klasse getragen hatte, war vollkommen verflogen, als er in die sechste kam. Er hatte das Pokerspiel entdeckt, in dem er bald ein Meister war, und zusammen mit der Pornographie – er war bereits Stammgast in den verluderteren Etablissements von Soho – wurde dieser Zeitvertreib eine wahre Leidenschaft. Doch das Schuljahr nahm gemessenen Schritts seinen Lauf.

Eines Tages traf Marko seinen Vetter über die Schulbücher gebeugt am Küchentisch an.
»Ich mach die Reifeprüfung nicht, Kleiner.«
»Wenn du so weitermachst, bestimmt nicht.«
»Wird eine Riesenenttäuschung für die arme Tante Vic, das läßt mir keine Ruhe. Deiner Mutter Kummer zu machen, mein ich.« Marko schaute besorgt drein.
»Dann fang an zu lernen, jetzt gleich. Letztes Mal hast du's auch gepackt.«
Marko schüttelte den Kopf. »Diesmal nicht, keine Chance.« Er setzte sich an den Tisch und nahm sich Nickos Lineal, mit einem Ende davon kratzte er sich nachdenklich die Pickel. Plötzlich knallte er das Lineal auf den Tisch. »Großer Gott, ich hab eine grandiose Idee! Was, wenn du für mich die Klausuren schreibst?«
»Du bist wohl nicht ganz dicht, ich bin kein Betrüger. Für dich die Klausuren schreiben? Das wäre ja wie lügen.«
»Lügen ist leicht«, sagte Marko. Er sprach wie einer, der gründlich über die Erfahrungen eines langen und abwechslungsreichen Lebens nachgedacht hatte und auf Wunsch bereit war, für die Verwirrten eine Philosophie, eine Richtlinie zu formulieren. »Du mußt das erstbeste sagen, das dir in den Kopf kommt. Auf Anhieb, mein ich. Erst überlegen hat gar keinen Zweck. Das Gymnasium war wenigstens zu etwas nutze. Ich kann jeden glauben machen, was immer ich will. Klar braucht man dazu Übung.«
»Mein Gott, was bist du für ein Schwein! Außerdem würde ich erwischt werden.«
»Würdest du nicht. In den Klausuren sitzen Hunderte, vielleicht sogar Tausende. Du brauchst bloß meinen Namen einzutragen. Das ist nicht mal gelogen. Ich bin Marcus Nicholas, du bist Nicholas Marcus. Das ist dasselbe, nur bei dir

verkehrt rum. Außerdem würden wir's für deine Mutter tun, vergiß das nicht. Es wäre unser Geheimnis.«
Nicko ließ ihn abblitzen. »Also ich mach das nicht. Wenn du durchfällst, dann ist das eben deine Sache.«
Marko seufzte sorgenvoll. »Und du nennst dich einen Sohn. Gib ja nicht mir die Schuld, wenn sie das umbringt.« Er setzte sich wieder hin. »Würdest du eigentlich gern studieren?«
»Keine Chance. Wir sind nicht alle stinkend reich.«
»Siehst du, und deswegen kannst du von Glück sagen, daß du mich hast. Wenn ich die Zulassung zur Uni bekäme, würde ich meine Leibrente kriegen. Dann brauche ich nichts weiter zu tun, als dir was davon abzugeben – und natürlich auch Tante Victoria. Aber wenn du nicht dran interessiert bist ... ich find's wirklich jammerschade.«
Nicko starrte ihn für einen Augenblick fassungslos an. »Das würdest du nicht tun, nie im Leben.«
»Klar würd ich. Wir sind schließlich Vettern, oder?«
Nicko geriet in einen Freudentaumel. Er sprang auf und streckte die Hand aus. »Ich mach's!«
Die Vettern reichten sich feierlich die Hand.
Und so bereitete Nicko sich auf beide Prüfungen vor. Er gönnte sich wenig Schlaf, trennte sich sogar für die Mahlzeiten nur widerwillig von seinen Büchern, litt an Kopfschmerzen, wurde bleich, bekam dunkle Ringe unter den Augen. Er war ständig erkältet. Marko spielte Poker, tastete Brüste ab und drückte Pickel aus. Schließlich bestand Marcus Nicholas Goetzen die Reifeprüfung mit Auszeichnung; Nicholas Marcus Goetzen bestand seinen Allgemeinen Schulabschluß mit einem so guten Notendurchschnitt, daß er von der Reifeprüfung befreit wurde.
Victoria war überglücklich. »Wie großartig! Wie wunderbar! Zwei so hochbegabte Jungen!«

Am nächsten Morgen spielten die Vettern am unteren Ende des Gartens Kricket. Der Dreistab war mit Kreide auf die Tür des Geräteschuppens gemalt. Marko schlug und Nicko warf. Nach einer Weile unterbrach Marko und ging mit schwerem Schritt auf seinen Vetter zu, wobei er seinem vernarbten Gesicht die allertraurigste Miene aufsetzte. Nicko ließ den Ball fallen und streckte die Hand nach dem Schläger aus. Aber Markos Gesichtsausdruck hatte nichts damit zu tun, daß er seinen Lieblingsplatz an der Geräteschuppentür aufgeben wollte. Der ältere Junge legte dem jüngeren tröstend die Hand auf die Schulter.

»Hab schlechte Nachrichten für dich, Kleiner.« Marko behielt den Kricketschläger und benutzte das Griffende, um sich einen Pickel am Kinn zu kratzen. »Die Sache ist die, Genosse, ich werde dich doch nicht auf die Uni schicken können.«

Nicko entwand sich dem Griff seines Vetters. »Du mieser Schweinehund! Du elender Lügner! Du hast überhaupt nie vorgehabt, mir zu helfen!«

»Immer mit der Ruhe, alter Junge, das habe ich wohl. Aber die Lage hat sich geändert, verstehst du. Gestern abend hat mir deine Mutter die Einzelheiten der Erbschaft mitgeteilt. Die Leibrente ist nicht so hoch, wie ich angenommen hatte, und an das Kapital komme ich erst ran, wenn ich einundzwanzig bin. Es reicht also nur für mich.«

»Aber du hast es mir versprochen, einen heiligen Eid geschworen, wir haben uns die Hand drauf gegeben! Du Stinktier, du Bastard!«

»Ich an deiner Stelle wäre vorsichtig, wen ich einen Bastard nenne.«

»Du ... du ... Scheißer! Du Lump!« Nicko biß sich hart auf die Unterlippe, denn er wollte vor Marko nicht heulen. Er machte auf dem Absatz kehrt und rannte ins Haus. Oben knallte er die Tür seiner Dachkammer zu und warf sich aufs Bett.

* * *

Die Tür zum Donovan's ging auf. Erschrocken wandte Goetzen sich um. Im Türrahmen sah er die wohlgeformte Silhouette einer Frau, auf ihrem Kopf türmte sich ein Afro, den das Gegenlicht der Straße in einen Heiligenschein aus dichten blonden Löckchen verwandelte. Sie schloß hinter sich die Tür und tat ein paar Schritte in den Raum, wo sie im Halbdunkel für einen Augenblick stehenblieb, wie von zahlreichen Blitzlichtern geblendet, dann schaute sie sich mit einem Lächeln um, als nähme sie den stummen Applaus einer unsichtbaren Menschenmenge entgegen. Sie pustete Donovan einen Kuß zu. Dann zuckte sie die Achseln, strich sich das Kleid über der Hüfte glatt, warf die Locken in den Nacken und machte sich hüftschwenkend auf den Weg zu Donovans Ende der Bar.

»Hallo, Dolly!« Donovan lächelte sogar. Er faltete sein Exemplar von *Midstream* zusammen und legte es unter den Tresen. Er beugte sich vor, schloß die Augen und spitzte den Mund.

»Hallo, selber!« Da sie größer war als Donovan, lehnte sie sich vor und küßte ihn auf die Stirn, wo sie ein Mal in lebhaftem Karminrot hinterließ.

»Na, wie ging's?«

»Schaut gut aus, Donovan, schaut gut aus.«

»Du meinst, der Alte spuckt die Knete aus, du hast nen Sponsor?«

»Kann gut sein.«

»Kein Quatsch?«

»Europa, ich komme. Yippii!«

Donovan schaute zu Goetzen und runzelte die Stirn. Er und Dolly steckten die Köpfe zusammen und setzten ihr Gespräch im Flüsterton fort.

Goetzen trank einen Schluck von seinem Whisky. Er sah sich wieder das Plakat an und erkannte langsam die Frau, die mit Donovan redete. Natürlich, Dolly Divine! Sie war stark und sorgfältig geschminkt, ein höchst reizvoller Anblick. Ihr kecker Po küßte kaum den Barhocker, während sie sich im Gespräch vorbeugte. Vielleicht ... Aber seine aktuellen Probleme waren mächtiger als seine libidinösen Phantasien. Goetzen versank wieder in Gedanken.

* * *

Und so hatte Marko sich an der London University eingeschrieben, genauer, am Clerihew College, nahe beim St. Giles Circus. Vom Tage seiner Zulassung bis zum Tage seiner Promotion sollten fast vierzehn Jahre vergehen. Marko hatte schließlich keine Eile. Zu seiner Überraschung stellte er fest, daß ihm das Studentenleben zusagte, ihm sogar recht gut gefiel – natürlich nicht die akademische Seite, doch dafür die gesellschaftliche. Die Universität versorgte ihn mit einem schier endlosen Strom von Mädchen, die alle früher oder später, meistens früher, seinen Schmeicheleien erlagen. Obwohl ihm das gute Aussehen und die Eleganz seines verstorbenen Vaters abgingen, hatte er es irgendwie geschafft, die väterliche Technik zu meistern.

Von Zeit zu Zeit überredete ihn ein Mädchen, mit ihr zusammenzuziehen, meistens versuchte Marko aber, selbst ein begrenztes Zusammenleben zu vermeiden. Er fand das Gift für eine Liebelei. Es war ihm lästig, über sein Kommen und Gehen befragt zu werden; es war ihm ekelhaft, überall auf Belege weiblicher Bedürfnisse und femininer Schwächen zu treffen. Nörgeleien führten zu ausgewachsenen Streitereien, Streitereien zu Tränen und Tränen zu Markos Auszug. Er kehrte dann in das Haus in Hampstead zurück und bewohnte wieder sein altes Zimmer. Ein anderes Mädchen, so wußte er, wartete bereits in den Kulissen und sehnte sich danach, von ihm auf die Mitte der Bühne gebeten zu werden. Auf seine Weise genoß Marko auch das intellektuelle Ambiente der Universität, das abgehobene Gerede über Politik und Kunst, die nächtlichen Gelage mit seinen Kommilitonen. Über die Jahre schnappte er eine kleine Auswahl an Zitaten auf, an Bonmots, an Standpunkten und Themen, an ideenbildenden Haltungen, all das, was sein Vater Koko als »Blabla« verspottet hatte. Kultur, das waren für ihn verstreute Blütenblätter auf einer weiten Schotterfläche. Manchmal wurde bedauerlicherweise ein Blättchen fortgeweht, bevor ihm seine Schönheit aufgefallen war. Hier mochte ein Blättchen zertreten werden, dort mochte ein anderes welken und sterben. Aber im großen und ganzen gelang es ihm, sich unter den flotten Jungs den Ruf eines geistreichen Spötters zu bewahren. Er war klug genug, sich niemals in eine gründliche Diskussion verwickeln zu lassen. Außerdem gewährte die Universität ihm genügend Freizeit. Selten ergab sich die Notwendigkeit, wirklich etwas zu tun. Er besuchte die Universität, und das war, in seinen Augen und denen der Welt, Tätigkeit genug. Allein die Tatsache seiner Universitätszugehörigkeit verlieh ihm Ansehen oder jedenfalls einen Status, der dazu beitrug, die starren Schranken zwischen Angehörigen verschiedener Klassen und Ethnien aufzuweichen, Schranken, die in jenen Jahren anson-

sten seine soziale Mobilität entscheidend eingeschränkt hätten. Er bewegte sich mit Gewandtheit in den verschiedensten Kreisen. Er entwickelte einen undefinierbaren »Ton«. Er gehörte dazu.
Nicko hatte derweil die Schule am Ende der fünften Klasse verlassen. Er trat ins Berufsleben ein als Lageristenlehrling bei Dindan Frères, einer französischen Tuchgroßhandelsfirma mit Geschäftsräumen unweit der Regent Street. Als seine Arbeitgeber bemerkten, daß er über ausgezeichnete Deutsch- und passable Französischkenntnisse verfügte, wurde er zum – wenn auch reichlich subalternen – kaufmännischen Angestellten in der Abteilung befördert, die die Firma ihr Auswärtiges Amt nannte. Victoria hatte sein rasches Fortkommen mit Stolz erfüllt.
Während der Jahre, in denen Marko mit zögerlichen Schritten dem Erwerb seiner akademischen Grade nachging, stieg Nicko über diverse Stationen zu einem hohen Posten auf, zum Leiter des Auswärtigen Amtes von Dindan Frères. Er verachtete seine Arbeit, aber er kannte keine andere. So wurde er fast zum Einsiedler, verbrachte die meisten Stunden seiner Freizeit allein, entweder in der Bibliothek des Britischen Museums, im zweiten Rang von Covent Garden oder zu Hause bei seinen Büchern und seinem Grammophon. Er besaß wenig Freunde, keiner davon stand ihm nahe. Seine Beziehungen zu Frauen waren sporadisch und unbefriedigend. In ihrer Nähe wurde er gehemmt und schüchtern. Seine Minderwertigkeitsgefühle verbarg er hinter einer Maske anachronistischer romantischer Ritterlichkeit.
»Es hat keinen Sinn, Marko. Ich lerne eben nie eine kennen, mit der ich wirklich reden kann, da liegt der Hase im Pfeffer. Wo könnte ich sie finden? Die Frauen, die mir begegnen, wissen nichts von all dem, was mich interessiert.

Es besteht keine Aussicht auf ein halbwegs vernünftiges Gespräch.«

»Vernünftiges Gespräch, du blöder Tropf? Großer Gott, was hat denn das mit dem Vögeln zu tun?«

Nicko zog jedoch ebenfalls einigen Genuß aus Markos Jahren an der Universität. Von Anfang bis Ende verfertigte Nicko sämtliche von Markos schriftlichen Arbeiten für ihn. Das war eine beide Seiten zufriedenstellende Übereinkunft. Für Nicko bedeutete sie Anleitung und Zielsetzung für seine Lektüre und die Herausforderung ernsthafter Kritik für seine Arbeit; für Marko bedeutete sie zusätzliche Freizeit und halbwegs anständige akademische Leistungen. Weil Nickos Interessen zur englischen Literatur tendierten, hatte Marko sich für dieses Fach eingeschrieben; als Nicko sein Augenmerk auf die Elisabethaner und das Renaissancedrama richtete, tat Marko es ihm gezwungenermaßen nach; und als sich Nicko gegen Ende der akademischen Laufbahn seines Vetters der Eltern-Kind-Beziehung im Shakespeareschen Drama zuwandte, wurde *Die Eltern-Kind-Beziehung im Shakespeareschen Drama* Markos Dissertationsthema.

Eines Abends Ende Januar 1964 schaute Marko bei seinem Vetter im Hampstead-Haus vorbei. Opa war schon lange tot; Victoria Goetzen war 1955 gestorben, wobei ihre letzten Jahre dank Nickos beruflichem Fortkommen »behaglich«, um ihr Wort zu benutzen, gewesen waren. Seit ein paar Monaten lebte Marko mit Sybil Bowen, einer Doktorandin der Ernährungskunde, in einer ziemlich verlotterten Wohnung in der Praed Street zusammen. Nicko hatte wenig von ihm gesehen. Seine Ankunft kündigte sich an durch das Zuknallen der Haustür und den Ausruf »Heda, alter Hahn!« Nicko, der lesend am Wohnzimmerkamin saß, überlief ein Schauder.

»Da bist du ja! Bestens!« Marko blieb einen Augenblick in der Tür stehen und zupfte in gespielter Unterwürfigkeit an seiner Stirnlocke. Er sprühte vor guter Laune und Ausgelassenheit. Der fröhliche Schwung seiner Störung hatte die Grammophonnadel veranlaßt, aus ihrer Rille zu springen. »Kein Kratzer, hoff ich.«

Nicko seufzte. »Mach gefälligst die Tür zu. Es zieht wie Hechtsuppe.«

Marko ging schnurstracks zur Vitrine und schenkte sich einen großen Whisky ein. »Ex! Ah, ja, schon besser.«

Nicko stand auf und schloß die Tür. Er stellte den Plattenspieler ab. So viel zu »*Porgi amor*«.

»Gott sei Dank, das Gejaule ist aus.« Marko ging zum Kamin, stellte sich mit dem Rücken davor und schirmte Nicko so vom wärmenden Feuer ab.

»Zieh den Mantel aus, wenn du schon bleibst.«

»Gleich, bin halb erfroren.« Marko breitete die Mantelschöße um seinen Hintern aus. »Das ist das Richtige.« Er wippte kurz auf den Zehenspitzen. »Ist dir was an meinem Gesicht aufgefallen?«

»Du siehst ein bißchen gelblich aus.«

»Nein, du Trottel, die Akne, sie geht weg.«

»Aha.« Das war eine lange Geschichte, und Nicko war klug genug, nicht zu protestieren. In Wahrheit war Markos Akne bis auf den gelegentlichen Ausbruch von ein oder zwei winzigen Pickeln schon lange weg und hatte sein Gesicht ohne Narben hinterlassen. Aber er war besessen von dem, was er als seine Verunstaltung betrachtete. Im Spiegel sah er immer noch das zerfressene und pickelige Gesicht seines jugendlichen Ichs und probierte sämtliche Heilmittel, die ihm über den Weg liefen, von Essigbädern und Sardellenpaste bis zu Hypnose und Geistheilern.

»Hab ich alles Sybil zu verdanken. Hat einen Blick drauf geworfen und mir gesagt, mein Problem sei Vitamin-A-Mangel. Mein Körper hungert danach, so einfach ist das. Seitdem hab ich mich mit dem Zeug vollgepumpt, Mohrrüben, Tabletten, alles. Schmeckt mir sogar ganz gut. Macht ungeheuer was aus, wie du siehst.«

»Schön für Sybil.«

»Spotte du nur. Aber sie ist in all den Jahren die erste, die zu irgendwas nutze ist außer zum Vögeln. Nicht, daß ich mich in der Hinsicht beklagen könnte.«

»Und deshalb bist du hergeeilt, um mir das zu erzählen?«

»Äh, nein, nicht ganz.« Marko sah für einen Augenblick geknickt aus, aber nach einem kräftigen Schluck Whisky fing er sich wieder. »Wie kommt meine Diss voran, mein Sohn?«

»Unsere Diss ist so gut wie fertig.«

»Du brauchst nicht drauf rumzuhacken.«

»Ich bringe noch die letzten Fußnoten auf Hochglanz.«

»Primstens!« Marko stand offensichtlich kurz davor, eine große Neuigkeit zu verkünden. Er stärkte sich noch einmal am Whisky, seine gelben Augäpfel glitzerten, die Hand um das Glas zitterte vor Erregung. Dennoch brachte er einen beiläufigen Ton zustande. »Du erinnerst dich sicher, daß ich mich im letzten November um eine Dozentur in Amerika beworben habe? Ich hab dir doch davon erzählt. Nein? Also, da war eine Anzeige im TLS.* Man weiß ja nie, hab ich mir gedacht. Wer nichts wagt, der nicht gewinnt, dieser ganze Quatsch. Hab meine Zeugnisse hingeschickt, den Quim veranlaßt, ein gutes Wort für mich einzulegen. Die Sache ist die, alter Junge, ich hab den Job!« Marko zog einen dünnen, rot-, weiß- und blaugeränderten Briefumschlag aus der

* A. d. Ü.: *Times Literary Supplement*, die Literaturbeilage der *Times*

Tasche und schwenkte ihn triumphierend über dem Kopf. »Heute morgen angekommen. Blöderweise ist die Bestallung abhängig vom Abschluß der Promotion. Ich muß mit dem ›Doktorhut in der Hand‹ kommen. Man sollte meinen, das sei ein Wettbewerb im Wichsen. Jedenfalls bin ich erleichtert zu hören, daß die Diss fertig ist. Brauch dir vermutlich nicht zu sagen, wie dankbar ich dir bin.«

»Gratuliere.« Nicko lächelte und gab sich Mühe, seinen Neid hinunterzuschlucken. »Welches College?«

»Mosholu. Komischer Name, was? Hat einen jüdischen Beigeschmack, fromme Erben gründen ein College, so in der Art: Zum Andenken an unsere geliebten Eltern Moshe und Lou Katz.« Marko rieb sich fröhlich die Hände. »Es ist in der Bronx, wo immer das sein mag. Irgendwo bei New York, hat man mir gesagt.«

»Marko, siehst du dich hinter einem Katheder? Meinst du ehrlich, du bist fähig, Collegestudenten zu unterrichten?«

»Das sind bloß blöde Amerikaner, du Depp. Das ist leicht verdiente Kohle. Was zum Teufel wissen die schon?«

* * *

Die Dissertation wurde angenommen. Professor C. U. T. Quimby hatte sie eine Spur exzentrisch gefunden, berichtete Marko. Der große Gelehrte hatte die Lippen um die Zungenspitze geschürzt. »Gewiß, mein lieber Junge, wiederholt nicht jede Begegnung zwischen Vater und Sohn das Treffen des armen Laios mit seinem wehrhaften Sprößling auf dem Weg nach Theben. Sie sind, fürchte ich, völlig den hebräischen Melodien Ihres Glaubensbruders erlegen, jenes schamlosen kleinen Doktors aus Wien.« Trotzdem hatte er zugegeben, daß die Dissertation in ihrer Beweisführung

zwingend und ausreichend belegt war, ja vielleicht sogar einen Verleger finden würde. Er hatte eine dünne kalte Hand ausgestreckt. »Sie entschwinden also in die ehemaligen Kolonien, wie? Vielleicht werden sich dort unsere Wege kreuzen. Viel Glück, mein lieber Marko!« Quimby hatte das Gesicht abgewandt, eine Träne war über seine geschminkte und eingefallene Wange gekullert. »Ach, Marko, Marko!« Rührung hatte den alten Mann überwältigt.
Marko erschien wieder in Hampstead, um unter den Goetzen-Möbeln eine Auswahl für die Verschiffung nach New York zu treffen.
»Mein Gott, Marko, deine Gesichtsfarbe ist ja grauenhaft!«
»Hab eine Höhensonne benutzt.«
»Du solltest zum Doktor gehen.«
»Aber ich bin doch ein Doktor, alter Junge.«
»Was sagt Sybil?«
»Sybil sagt: ›Mach's noch mal, Marko! Hör nicht auf!‹ Das sagt Sybil.« Er zwinkerte und macht pumpende Bewegungen mit den Hüften.
Einen Monat vor Markos geplanter Abreise flog Nicko nach Paris, um mit seinem Pendant im Hauptsitz von Dindan Frères zu konferieren. Er war drei Tage fort. Bei seiner Rückkehr empfing ihn ein Telefonanruf des Haupttrauerträgers.
»Ich habe tragische Neuigkeiten, Nicko. Du mußt jetzt tapfer sein.«
»Was ist denn?«
»Marko ist tot, er wurde gestern am frühen Abend auf der Oxford Street überfahren.« Der Haupttrauerträger hatte durch lange Übung eine Art, solche Dinge mitzuteilen, die irgendwie die Bedeutung der Worte abmilderte. Trotzdem war es ein Schock.
»Ich kann's nicht glauben!«

»Ich weiß, ich weiß. Ihr zwei standet euch sehr nahe. Die Beerdigung ist morgen, am üblichen Ort. Ich habe alles veranlaßt. Sie mußte nämlich aufgeschoben werden, wegen der sonderbaren Begleitumstände. Er war leuchtend quittegelb. Es mußte eine Autopsie vorgenommen werden. Ich hole dich um halb zehn mit dem Auto ab.«
»Aber du hast gesagt, er wurde überfahren.«
»Wurde er auch in gewisser Weise. Wie es scheint, ist er mitten auf dem Damm zusammengebrochen und dabei einem Bus der Linie 113 in die Quere gekommen. Der Fahrer hat versucht, ihm auszuweichen, aber es war zu spät. Es gab zahlreiche Zeugen. Den Fahrer traf keine Schuld. Marko hat den Verkehr laut Radio eine dreiviertel Stunde lang aufgehalten. Zum Glück nicht im Berufsverkehr. Du erkennst doch sicher das Muster, Nicko? Es wird wieder eine gerichtliche Untersuchung der Todesursache geben, genau wie damals für den armen Koko.«
Die Gerichtsverhandlung ergab als Todesursache »Mohrrübensaftsucht«. In der Beweisaufnahme stellte sich heraus, daß der verblichene Dr. phil. Marcus Nicholas Goetzen in den letzten zehn Tagen seines Lebens, ohne Berücksichtigung früherer Lebensgewohnheiten, achtzig Millionen Internationale Einheiten Vitamin A in Tablettenform zu sich genommen hatte. Darüber hinaus hatte er in diesem Zeitraum etwa fünfzig Liter Mohrrübensaft getrunken. Dr. med. Gerard Barker, der für die Autopsie verantwortliche Pathologe, bezeugte, daß die Wirkung einer so unmäßigen Einnahme von Vitamin A aus Mohrrüben und Tabletten sich von einer Alkoholvergiftung praktisch nicht unterscheiden ließ. »Das führt zu den gleichen Folgeerscheinungen«, sagte er. »Leberzirrhose. Der Mann war tot, bevor der Bus ihn erwischte.«
Die Beerdigung war spärlich besucht. Am Grabe fanden sich

außer Nicko, dem Haupttrauerträger und Tante Cicely nur Sybil Bowen, Dr. C. U. T. Quimby und ein barscher junger Rabbi ein, der das Ganze so schnell wie möglich hinter sich bringen wollte. Der Wind blies heftig aus einem tief hängenden, schmutziggrauen Himmel, peitschte die Seiten vom Gebetbuch des Rabbis und klebte Sybil das schwarze Kleid an den Körper. Unzweifelhaft schwanger, starrte Sybil blicklos aus roten, verquollenen Augen. Nicko nahm ihren Arm, um sie zu stützen, denn sie schien kurz vor einem Zusammenbruch zu stehen.

Alle starrten auf den Sarg hinunter, der Haupttrauerträger gleichmütig, Tante Cicely grämlich. Regenschauer kamen und gingen. Quimby stand etwas abseits von den übrigen Trauergästen, hielt sich ein schmutziges Taschentuch an die Nase, schnaubte, wischte, schnaubte. Er schien ehrlich betrübt und beobachtete den jungen Rabbi mit hungriger Aufmerksamkeit. Später gab er den Familienmitgliedern die Hand. »Meines liebsten Mündels beraubt«, murmelte er und putzte sich die Nase. »Tragisch, ein unschätzbarer Verlust.« Er wandte sich an den Rabbi. »Darf ich Sie mit zurück in die Stadt nehmen, lieber Junge? Ich habe ein oder zwei Anmerkungen zum Ritual, die Sie vielleicht interessieren werden.«

Der Haupttrauerträger ergriff mit einer sich sträubenden Tante Cicely im Schlepptau die Gelegenheit, mehrere über den Friedhof verteilte Familiengräber aufzusuchen. Ihm war die glatte und fröhliche Art des berufsmäßigen Fremdenführers zu eigen, der ganz versessen darauf ist, den Reisenden die örtlichen Altertümer und Sehenswürdigkeiten zu zeigen.

Nicko begleitete Sybil zurück zu ihrem wartenden Taxi. Sie weinte leise. »Ich habe ihn auf dem Gewissen«, sagte sie.

»Wenn Sie etwas zur Erinnerung an ihn haben möchten ...«

»Er war völlig gesund, bis ich ihm von dem verfluchten Vitamin A erzählt habe. Ich sollte mich selbst anzeigen. O Gott, Marko, Liebling! O Marko!«
Nicko half ihr ins Taxi. Er warf verstohlen einen weiteren Blick auf ihre Leibesmitte. »Ich nehme an, er hat bereits alles geregelt. Man vergißt, daß er sowieso im Begriff stand, fortzugehen.«
»Fort?« Jetzt schaute sie ihn an, nicht durch ihn hindurch.
»Nach Amerika, sein Lehramt antreten.«
Ihre großen schönen Augen schwammen in Tränen. »Ach bitte, von Amerika hat Marko nichts gesagt. Warum sollte er dorthin wollen? Das hätte er mir doch sagen müssen. Ich hätte mich ja auf die Reise vorbereiten müssen.«
»Ganz recht. Verzeihen Sie, ich bin durcheinander. Hören Sie, falls noch irgend etwas sein sollte …« Er suchte in seiner Jackentasche. »Hier ist meine Karte. Setzen Sie sich mit mir in Verbindung, haben Sie keine Bedenken.«
Sie reagierte nicht darauf. Ihre Augen blickten ins Leere. Sie hielt die Karte starr in der Hand.
»Sie wissen die Adresse, Fahrer? Dann bringen Sie sie nach Hause.«
Natürlich hörte er nie wieder etwas von Sybil.
Während er einen Brief an Professor Aristoteles Papadakis, Leiter des Fachbereichs Englisch, Mosholu College, verfaßte und erklärte, warum Marko nicht in der Lage sei, sein neues Amt im Herbst anzutreten, kam Nicko eine glänzende Idee, eine Idee, so atemberaubend in ihrer Kühnheit wie furchterregend in ihren Weiterungen. Es war eine sehr einfache Idee. Warum konnte nicht er an Markos Statt nach Amerika gehen? Wer würde es merken? Wenn dieser Papadakis darauf vorbereitet war, einen Marcus Nicholas Goetzen aufzunehmen, und ein Nicholas Marcus Goetzen erschien, mit der

beglaubigenden Promotionsurkunde »onanistisch in der Hand«, würde ihn die Namensumstellung skeptisch machen? Warum sollte sie?

Aber nein, irgendwo mußte die Sache einen Haken haben. Ausgerechnet Nicko würde nie damit durchkommen. Bravourstücke im großen Stil waren kaum seine Stärke. Er machte sich wieder an den Brief.

Aber die glänzende Idee weigerte sich zu verschwinden. Sie stupste und neckte seine Konzentration, lockte seine Gedanken vom Brief fort. Dieser akademische Grad war ganz gewiß viel mehr der seine, als er je Markos gewesen war. Wie herrlich, wenn er in der Lage wäre, sein Leben der Literatur zu weihen, der Forschung, dem Streben nach Wahrheit! Wie unaussprechlich wundervoll, wenn er zum Fackelträger in der dunklen Nacht des Unwissens werden und die Flamme der Gelehrsamkeit in den Hirnen wißbegieriger junger Menschen entfachen würde!

Amerika, im Westen gelegen, bot unbegrenzte Hoffnung, eine *vita nuova*. Die natürliche Neigung der Goetzens zerrte an ihm. Aber konnte er – er, der gesetzestreue, zaghafte Nicholas – eine so ungeheuerliche Täuschung, einen so abscheulichen Betrug zuwege bringen? Und würde er es wagen? Geistesabwesend zupfte er an einem eingebildeten Pickel auf seiner Wange. Nur, wenn er tatsächlich und nicht bloß in der Phantasie Marko werden würde, konnte er die eisernen Gitter seines Kerkers durchbrechen und ins strahlende Licht der Freiheit gelangen.

Goetzen machte sich auf den Weg.

* * *

»Kopf hoch, mein Junge. Sie hat's nicht so gemeint. Und falls doch, na wennschon!«

»Was?« Goetzen sah auf und entdeckte Dolly Divine an seiner Seite, mit ihrem Drink in der Hand lächelte sie ihm aufmunternd zu.

»Es sieht immer schlimmer aus, als es ist.«

»In meinen Augen sieht es sogar sehr gut aus«, sagte Goetzen galant. »Sie sind Dolly Divine, nicht wahr?«

»Ja«, hauchte sie. Ihr breites Lächeln zeigte, wie sehr sie sich freute, erkannt zu werden. »Sind Sie ein Fan?«

»Ich bin Martin Chuzzlewit*«, sagte Goetzen. »Ich bin freier Journalist.«

»Echt wahr? Ham Sie gelesen, was das *Wall Street Journal* über meine Show geschrieben hat? Ich war ein Superhit im Spinozas's. Schreiben Sie auch Kritiken, Marty?«

»Über Bücher, manchmal. Darf ich Ihnen einen Drink ausgeben?«

Sie wirbelte den Rest ihres Getränks im Glas herum. »Vielleicht später. Kommen Sie, wir setzen uns drüben ans Fenster. Ich warte auf meine Schwestern.«

Donovan hinter der Bar zog mißbilligend sein *Midstream* hervor und blätterte.

Dolly schunkelte auf ruhigem Hochwasser durch den Raum zu einem Fensterplatz. Goetzen vergaß augenblicklich seine Sorgen und folgte ihr bewundernd. Sie setzten sich einander gegenüber an einen Tisch.

»Was hat Ihnen an meiner Show am besten gefallen, Marty?«

»Tja, also ...«

»Meine ›Stormy Weather‹-Nummer, stimmt's? Ja, die ist im-

* A. d. Ü.: Roman von Charles Dickens. M. C. geht nach Amerika, um dort sein Glück zu machen, gerät in die Pleite eines betrügerischen Unternehmers hinein und kehrt reumütig und geläutert nach England zurück.

mer bombig angekommen. Früher dachte ich, das liegt an den Fransen. Erinnern Sie sich an die Fransen, Marty? Im Spinoza's standen die Leute auf ›Stormy Weather‹.«
Inzwischen war die Tür zum Donovan's auf- und wieder zugegangen. Dolly sah hoch und winkte aufgeregt. Eine Brünette und eine Rothaarige kamen auf sie zu. Goetzen erhob sich.
»Wie ist es gelaufen, Dolly?« fragte die Brünette besorgt.
Dolly zeigte mit dem Daumen nach oben.
»Echt wahr? Nu erzähl schon endlich!« Die Brünette hielt sich die Hand an die linke Brust, als müßte sie ihren Herzschlag beruhigen.
»Später. Aber keine Angst. Du bist auch mit dabei. Setzt euch doch, ihr beiden. Sie auch, Marty.«
Sie setzten sich.
»Das sind meine Schwestern«, sagte Dolly. »Sugar Plum ...«
»Freut mich«, sagte Sugar, schob eine Schulter vor und sah unter gesenkten Lidern zu ihm auf. Ihre Zungenspitze fuhr kurz über ihre Oberlippe. Sie war die Brünette, die Haare fielen ihr weich auf die Schultern, ein Pony bedeckte ihre Stirn. Ihr Gesicht, wie das von Dolly stark, aber geschickt geschminkt, war ein wenig spitz, und sie war vielleicht nicht ganz so üppig ausgestattet wie ihre Schwester. Trotzdem sah sie hinreißend aus.
»... und die Kleinste, Candy Peaches.«
Candy, die sich trotz der harten, unfreundlichen Oberflächen von Donovans Kapitänsstuhl so ausgestreckt hatte, daß nur ihre Schultern und ihr Steißbein ihn berührten, sagte nichts. Aber sie nickte Goetzen lächelnd zu und zwinkerte unerklärlich, verschwörerisch.
»Ich bin Martin Chuzzlewit«, sagte Goetzen.
»Marty ist ein Fan«, erklärte Dolly. »Außerdem schreibt er

eine Kolumne. Stimmt doch, Marty? Er hat mir gerade erzählt, wie ihn meine ›Stormy Weather‹-Nummer umgeschmissen hat. Also hab ich mir gedacht, vielleicht will er was über heute bringen. Ich meine, so ne richtige Hintergrundstory. Gut, daß wir uns getroffen haben.«

»Darf ich den Damen einen Drink spendieren?«

Dolly leerte ihr Glas. »Klar doch.«

»Aber gern«, sagte Sugar Plum.

Candy zwinkerte wieder nur.

»Barkeeper!« rief Goetzen streng und schnippte mit den Fingern.

Donovan sah hoch, seufzte, legte *Midstream* hin und schlurfte hinüber. »Hi, Sugar Plum. Hi, Candy.«

»Meine Damen«, sagte Goetzen großmogelig, »was darf's sein?«

»Strammer Daiquiri«, sagte Dolly.

»Steifer Wodka«, sagte Sugar Plum. »Wenig Eis.«

»Harter Eierlikör, mit 'm Schuß Brandy«, sagte Candy.

»Und ich nehme noch einen Scotch mit Wasser. Haben Sie das?«

Donovan hob die Augen zur Decke und schlurfte hinter die Bar.

»Ihre Geschmäcker bei scharfen Sachen sind so verschieden wie Ihr Aussehen. Jede von Ihnen ist einzigartig schön.«

»Mama ist viel rumgekommen«, sagte Sugar Plum.

»Und Sie sind alle im Showbusineß?«

»Dolly ist die echte Künstlerin«, sagte Sugar traurig. »Ich bin die älteste – nicht, daß ich alt bin«, fügte sie hastig hinzu, »aber, na ja, wissen Sie, ich wurde als erste geboren. Eine mußte ja schließlich – na jedenfalls hab ich's nie bis ganz nach oben geschafft, nie ne Chance gekriegt. Und Candy, die hat man eben bloß angefangen.«

»Das ist echt gut, Sugar«, sagte Candy. »›*Bloß* angefangen‹ ist gut.«
Sugar Plum schien nicht zu kapieren.
»Macht nichts, Schatz«, sagte Dolly und beugte sich vor, um ihrer älteren Schwester aufs Knie zu klopfen. »Du schaffst das schon. Du mußt nur dran glauben, das ist alles.«
Die Drinks kamen, wurden von Donovan den Schwestern mit schwungvoller Geste serviert und Goetzen mit gereiztem Knurren hingestellt. Sie tranken, wobei die Schwestern den Wechselfällen des Showbusineß nachsannen.
»Dolly ist nicht bloß ne Stripperin, Marty«, sagte Sugar Plum. »Bobby – das ist unser Sponsor –, Bobby sagt, sie ist heißer als ne Heckdüse.«
»Sie ist Meisterin der Ekdysis, Schäfchen!« Candy gab Sugar Plum einen liebevollen Klaps auf die Schulter.
»Wer ist denn Bobby?«
»Er is 'n Multimillionär«, sagte Sugar Plum. »Er wird Dolly zu ner internationalen Berühmtheit machen.«
»Okay, Sugar, das reicht«, sagte Dolly hastig. »Passen Sie auf, Marty. Ich weiß, Sie haben Verständnis. Die Dinge sind im Moment noch in der Schwebe. Wir haben diesen Sponsor, verstehen Sie? Diesen Geldgeber. Aber es ist noch nicht alles unter Dach und Fach. Er möchte seinen Namen vorläufig nicht genannt sehen. Aber da Sie ein Freund sind, kann ich Ihnen sagen: es sieht gut aus.«
»Sie bereiten eine Show in Europa vor«, sagte Goetzen. »Tut mir leid, aber ich hörte Sie mit Donovan reden.«
»Loten die Möglichkeiten aus, könnte man sagen«, sagte Dolly und hielt sich bedeckt. »Sondieren mal das Terrain. Sie wissen ja: noch nichts Festes. Die Mistkerle brauchen nur zu wittern, daß der Rubel rollt, und die Preise heben ab. Sie kaufen nur ein lumpiges Kleid, und das kann alles ab sie-

benhundertfünfzig aufwärts kosten. Und Straußenfedern? Können Sie vergessen!« Der Weg nach ganz oben war mit Felsblöcken übersät. »Wissen Sie, was meine Kostüme wert sind? Wollen Sie mal raten? Zwischen zwanzig und fünfundzwanzig Riesen!«

»Wie haben Sie Bobby kennengelernt?«

»Ich bin mal auf ner privaten Fete in Westchester aufgetreten, so vor zwei, drei Jahren, mit meiner ›Scheherazade‹-Nummer. Bobby hat's gefallen. Ich weiß nicht mehr, hab ich meine ›Scheherazade‹ im Spinoza's gemacht? Wissen Sie's noch, Marty? Jedenfalls bin ich mit Bobby ins Gespräch gekommen, und wir haben festgestellt, daß wir viel Gemeinsames hatten. Sie wissen ja, wie das ist. Er ist ein reizender alter Knabe.«

»Und Sie fahren alle mit ihm nach Europa?«

»Dolly fährt mit ihm«, sagte Sugar Plum. »Und wir fahren mit Dolly.«

»Wittere ich da eine Romanze?«

»Offiziell«, sagte Dolly mit verschmitztem Grinsen, »sind wir einfach gute Freunde.«

»Noch eine Runde, meine Damen?« Goetzen schnippte Donovan herbei, zeigte auf den Tisch und machte mit dem Finger eine Kreisbewegung.

»Ich wollte immer schon zum richtigen Theater«, sagte Dolly.

»Und du hast das Zeug dazu«, sagte Sugar Plum.

Candy zog ein Gesicht und verdrehte die Augen zur Decke. Donovan stellte die zweite Runde auf den Tisch und entfernte schwungvoll die leeren Gläser.

»Es ist nicht einfach, das Image zu wechseln, vom Tingeltangel weg- und vielleicht am Broadway rauszukommen oder sogar in Hollywood.« Dolly verstummte angesichts der phantastischen Möglichkeiten. Jeden Tag gelang irgend jemandem der große Sprung nach oben.

»Du hast das Zeug dazu«, sagte Sugar Plum wieder. »Doch, hat sie. Los, erzähl ihm von der Show.«

Dolly sah Goetzen unschlüssig an.

»Er ist okay«, sagte Sugar Plum. »Sie quatschen doch nichts davon aus, oder, Marty?«

»Ich schweige wie das Grab.«

»Also ich hab da eine Idee für ne Show, ne Show mit Niveau … Interessiert Sie das echt, Marty?«

»Ich finde es faszinierend.«

»Ich stell mir vor, so nach und nach ins ernste Fach zu rutschen. Ich mach mir drüben einen Namen, und wenn ich dann in die Staaten zurückkomme, hab ich das Sagen. Also muß ich mir 'n andres Publikum suchen, nicht nur 'n Haufen Kerle, die bloß meine Dingsbumsdinger sehen wollen. Klar wird's immer noch nackte Mädels auf der Bühne geben, drei oder vier Stripper, ne Komikerin, 'n paar Akrobatinnen, 'n Frauenorchester, so was alles. Und wissen Sie, was wir dann machen? Wir machen Szenen aus Shakespeare.«

»Eine sagenhafte Idee!«

»Ja«, sagte Dolly bescheiden, »nicht übel. Ich hab sogar schon nen Titel, Candy hat mir den gemacht. Was war's noch gleich, Can?«

»*Die Hamlet-Follies.*« Candy räkelte sich auf ihrem Stuhl, nippte an ihrem Drink und schlug ein ansehnliches Bein über das andere.

»Das ist wahrscheinlich genau die Vitaminspritze, die das etablierte Theater braucht«, sagte Goetzen. »Girls in sämtlichen Rollen: *Die Hamlet-Follies*. Mir gefällt's.«

»Candy war auf dem College«, sagte Sugar Plum stolz. »Sie ist ein Bachelor-Girl.«

»Ich hab sogar schon eine Szene ausgearbeitet«, fuhr Dolly fort. »Aus *Hamlet*. Kennen Sie das Stück, Marty? Also Candy hat mir von so nem Buch erzählt, das sie gelesen hat, und ich hab gleich gesehen, was da drin steckt. Das ist von so nem Klapsdoktor, einem Kumpel von Freud.« Sie schnippte Candy ungeduldig an.

»Jones«, sagte Candy freundlich, »Ernest Jones, ein britischer Schüler.«

»Ich stell mir das so vor. Der Vorhang geht auf. Die Bühne ist dunkel, nur ein Verfolger auf Gertrud. Das bin ich, ich bin ne Königin. Ich hab nur so 'n schwarzes Negligé an, sehr geschmackvoll natürlich. Ich sitze auf nem Thron, kämme mir eventuell die Haare. Dann setzt die Musik ein, Ravels *Bolero*, anfangs leise, quasi verträumt und traurig. Das ist Hamlets Thema, der ist mein Sohn. Ein Verfolger holt ihn ab. Er tritt auf, tanzt langsam. Er tanzt rüber zu mir, und dann geht er in die Knie und hält meine Hand, fieberhaft, man merkt, daß er aufgewühlt ist, aber irgendwie wehmütig.«

»Dritter Akt, vierte Szene«, hauchte Goetzen.

»Richtig. Jedenfalls tritt in dem Augenblick Hamlets Papa auf, mein erster Mann. Ein dritter Verfolger holt ihn ab. Ach, das hab ich Ihnen gar nicht gesagt: der ist tot. Der ist nämlich ein Gespenst. Also ist er total weiß angemalt und hat so 'n weißes Gewand an. Jetzt setzt sein Thema ein, ›Der Hochzeitstagswalzer‹. Ich hab nämlich völlig vergessen, daß heute unser Hochzeitstag ist. Langsam zieht er sein Gewand aus. Aber er macht es würdevoll, schließlich ist er ja 'n König und aus dem Jenseits. Dann setzt sich sein Thema durch, wird immer stärker. Er fängt an, so auf mich zuzutanzen, im Takt zur Musik. Wie ich gesagt hab, er ist von oben bis unten weiß geschminkt, auch auf seinem na, Sie wissen schon. Man sieht gleich, er ist 'n König. Er bewegt die Hüften, fährt sich mit den Händen an den Schenkeln rauf und runter. ›O. How we danced. On the night. We were wed. Di-dam. Di-di-dam. Didi-dam. Di … di … dammm.‹ Können Sie mir folgen, Marty?«

»Völlig.«

»Gut. So, und jetzt küßt mich der Geist. Und wenn er sich zurückzieht, erhebe ich mich vom Thron, mein Mund klebt immer noch an seinem. Dann streift er mir das Negligé ab, so voll Trauer, voll Wehmut. Schließlich ist er bloß 'n Gespenst, also was kann er schon machen? Wir gleiten in unsere Tanznummer, langsam und weich, vielsagend, aber geschmackvoll. Jedenfalls hat Hamlet, immer noch auf den Knien, uns die ganze Zeit beobachtet. Man merkt, er ist verrückt. Er steht auf. Dann setzt sein Thema wieder ein und wird immer lauter: ›BUM. Bababa-BUM. Bababa-bum-bum BUM.‹ Der ›Hochzeitstagswalzer‹ ist kaum noch zu hören. Dann rast er rüber und reißt mich dem Geist aus den Armen. Der Verfolger auf den Geist geht aus. Er verschwindet. Dann fangen Hamlet und ich unsern Tanz an. Er zieht sich beim Tanzen das Hemd aus. Er greift sich an die Hose. Licht aus. Vorhang.« Sie schwieg.

»Umwerfend!« sagte Goetzen. »Aber ich dachte, in der Show treten nur Girls auf.«

»Ja, schon«, sagte Dolly. »'N paar kleine Schönheitsfehler müssen noch ausgebügelt werden.«

Goetzen betrachtete Candy mit wachsendem Interesse. »Sie haben sich das alles selber ausgedacht?«

»Die Grundidee.« Candy setzte ihren reizenden Zügen ein Schmollmündchen sittsamen Stolzes auf. »Selbstverständlich hat Dolly alles ausgearbeitet. Sie ist die Künstlerin.«

Dolly nickte bescheiden. Candy zwinkerte Goetzen wieder zu.

Candy, so räumte Goetzen bereitwillig ein, war kein Dummchen. Diese atemberaubende junge Frau, deren räkeligste Pose noch Liebreiz besaß, verfügte über einen Sinn für Ironie, der seinem eigenen gleichkam. *Die Hamlet-Follies* brauchten sich nicht hinter *Picobello* zu verstecken! Wäre er nicht bereits so entsetzlich verstrickt gewesen, hätte er versucht sein können, sie sehr viel näher kennenzulernen. Doch in seiner Lage war es besser, zu gehen. Außerdem hatte er nicht genug Geld dabei, um eine weitere Runde bezahlen zu können.

»Die Stunde naht, nun ist sie da«, sagte Goetzen. »Leider muß ich gehen. Es war mir eine große Freude, Sie alle kennenzulernen.« Er stand auf. »Viel Glück mit den *Hamlet-Follies*.«

»Hier, Marty.« Dolly entnahm ihrer Tasche eine Visitenkarte und reichte sie ihm. »Mein Agent. Sie können mich jederzeit erreichen.«

* * *

Goetzen verließ das Donovan's und machte sich auf den Heimweg. Seine Lebensgeister waren wieder erwacht. Whisky und der hermetische Frieden vom Donovan's hatten sicherlich eine Rolle gespielt, aber das wirksamste Tonikum war die Begegnung mit Dolly, Sugar und Candy gewesen. Candy ist Brandy, dachte Goetzen in Abwandlung des bekannten Aphorismus, und feuriger als Heuriger.

Hatte Amerika sich als die Antwort auf das Nicko-Problem erwiesen? Amerika hatte ihn gut behandelt; er war zu Ansehen und Wohlstand gelangt. Er hatte den zurückhaltenden, zaghaften, wenig durchsetzungsfähigen Nicko hinter sich gelassen, hatte mit seiner neuen Rolle vielleicht zu viel von dem schurkischen Marko angenommen – so weit, daß er in flüchtigen Augenblicken beschämter Selbstbeobachtung (Augenblicke jedoch, die in letzter Zeit an Häufigkeit zunahmen) von sich meinte, seinen Vetter Marko übertroffen zu haben. Er hatte die Maske von Marko angelegt, und nun fürchtete er, daß sie ihm angewachsen war. »Ach, Nicholas, du bist solch ein Lügner«, hatte Stella heute zu ihm gesagt. Er hegte nicht den Wunsch, sein Leben als Marko fortzusetzen, konnte aber auch nicht eine Rückkehr zu dem Nicko früherer Zeiten gutheißen. Konnte nicht das Beste von Marko mit dem Besten von Nicko verbunden werden? Doch leider konnte nur Marko, nicht Nicko, mit der gegenwärtigen Krise fertig werden.

Schlimmstenfalls brauchte er nur Gabe Princip sein »Bestanden« zu geben und ihn ziehen zu lassen. Was Stella betraf, nun, er würde eben eine Weile untertauchen. Sollte sie ruhig annehmen, er sei Poore-Moody auf der Spur. Aber liebte er sie? Und Quimby blieb ein Problem. Er durfte keine Gelegenheit erhalten, sein Wissen preiszugeben. Aber wie ließ sich das bewerkstelligen? Es mußte einen Weg geben. Goetzen sprach sich Mut zu; er würde ihn finden.

ACHT

Am Montag morgen begab sich Goetzen in fröhlicherer Laune als sonst wieder ins Mosholu. Die Probleme, die noch gestern so unlösbar ausgesehen hatten, schlängelten sich bereits wie von selbst ihrer Lösung entgegen. Man brauchte nur den Rat einer ganz gewöhnlichen Taxifirma anzunehmen: Zurücklehnen und entspannen. Eine ruhig durchgeschlafene Nacht hatte alles verändert. Er war nun in der Lage, den Rest der Lehrveranstaltungen dieser Woche abzusagen, vielleicht schon heute seine Studenten früher nach Hause zu schicken. Ja, während die Gottheit emsig gestaltete, würde Goetzen sich an einem Swimmingpool im Sonnenschein Kaliforniens räkeln.

Auf dem Weg zu seiner Amtszelle steckte er den Kopf ins Fachschaftsbüro und rief ein herzliches guten Morgen hinein. Schreibmaschinen unterbrachen ihr geschäftiges Klappern, und drei mollige Bronx-Schönheiten, Sekretärinnen, die sich voneinander nur durch minimale Varianten in der Kleidung unterschieden, hoben drei wasserstoffblonde Häupter von der Arbeit. Sie antworteten im Chor, zwitscherten im gleichen Tonfall: »Guten Morgen, Nicholas.« Mrs. Trutitz, ihre gestrenge Leiterin, beanspruchte eine persönlichere, zugewandtere Begrüßung. Dementspre-

chend hielt sie den Blick auf ihre Arbeit gesenkt und schwieg.
»Wie geht's, wie steht's, Bella?« sagte Goetzen galant.
Bella Trutitz zeigte auf eine Stelle zwischen der Spitze ihrer umoperierten Nase und ihrer gerunzelten Stirn. »Wir stekken den ganzen Vormittag bis hier drin.« Sie klopfte scharf auf ihren Schreibtisch. Ihre Mädels mußten zurück an die Arbeit. Die Schreibmaschinen nahmen ihr Geklapper wieder auf. »Ich habe Ihnen eine Nachricht ins Fach gelegt, Nicholas. Ari möchte Sie sehen, sobald Sie einen Augenblick Zeit haben.«
Goetzen hatte sich nie an die familiäre Anredeform gewöhnen können. Er zuckte zusammen, in seinem Gefühl für Rangordnung und Titel verletzt. »Wie wär's jetzt gleich? Ist er frei?«
»Ich glaube. Kleinen Moment.« Sie stand auf und stieß sich dabei am Schreibtisch das Knie. Sie warf ihm einen Blick zu, in dem sich Pein, Enttäuschung und Vorwurf mischten, humpelte aber tapfer zur Tür des Fachschaftsleiters, wo sie schließlich doch wohlerzogen anklopfte, bevor sie eintrat.
Goetzen verbrachte die paar Sekunden ihrer Abwesenheit damit, sich ein Liedchen zu summen: »*La donna e mobile.*«
Die Tür ging auf, und Mrs. Trutitz kehrte zurück. »Es ist recht, Sie können reingehen. Nur tun Sie mir den Gefallen, machen Sie's nicht zu lang. Er hat heute einen vollen Terminplan.« Plötzlich stöhnte sie auf, griff sich ans Knie und hoppelte in dieser unglücklichen Haltung an ihren Platz zurück. »Mein Gott, ich glaube, es schwillt an!«
»Dann trolle ich mich mal hinein«, sagte Goetzen aufgeräumt. »Darf den Gütigen Despoten nicht warten lassen.«
Papa Doc saß ausgestreckt in seinem Sessel, die Hände hinter dem Genick verklammert, die in Tennisschuhen stecken-

den Füße auf dem Schreibtisch übereinandergeschlagen. Er sah aus wie ein großer, fallengelassener Kartoffelsack in grob angedeuteter Menschengestalt, oben mit einer weißen Maske, der ein ungeübtes Kind mit Kohlenstaub Gesichtszüge aufgemalt hatte, unten mit schmutzigen Turnschuhen, damit das Ding Füße hatte. Ebenfalls auf dem Schreibtisch befanden sich ein Kaffeebecher, ein halbgegessenes Plunderstück und, dem Besucher zugewandt, ein Farbphoto von Frau und Tochter, beide dümmlich lächelnd.

»Ich hab Ihnen ja schon gesagt, daß Sie Diotima schwer beeindruckt haben, wissen Sie noch? Weiter so, Mann. Kann nicht schaden, wenn der geheiligte Name von Mosholu in die Geisteszentren der Alten Welt zurückgetragen wird. Sie fährt total auf Sie ab.«

»Bella sagte, Sie wollten mich sehen.«

»Ich hab Ihretwegen schon zwei Anrufe bekommen, einen von Dillinger, den anderen von Pio Nono. Das muß ich Ihnen lassen, Nick, keiner kann Ihnen vorwerfen, daß Sie übermäßig mitteilsam sind.«

»Ach, Sie meinen Los Angeles. Das Ganze schien noch recht fraglich, sonst hätte ich Sie informiert.«

»Nicht gleich sauer sein, Nikos. Mann, ich find's super!« Der untere Teil von Papa Docs Maske öffnete sich zur Grimasse eines Lächelns. »Glückwunsch. Laut Dill haben Sie die Entdeckung des Jahrhunderts gemacht.« Er beugte sich über den Schreibtisch und reichte Goetzen eine feuchte Pranke, die dieser kurz drückte. »Wußte gar nicht, daß Sie's mit dem Mittelalter haben.«

»Ich bemühe mich, in meinem Gesichtskreis nicht zu eng zu sein.«

»Weiter so, genau mein Standpunkt. Jedenfalls ist Pio Nono ganz scharf darauf, daß ein weiterer *vexillarius regis* gen Westen marschiert, er erwartet die Kooperation der Fachschaft, organisatorische Hilfe, sollten Sie welche brauchen, was auch immer. Also, kann ich irgendwas tun, um dem Forscher den Weg zu ebnen?«

»Gar nichts, Ari.«

»Sind Sie sicher? Heraus damit, Nick, jetzt ist der Augenblick. Das ist ein erster kleiner Anfang, verstehen Sie. Sie sind mein Präzedenzfall. Wir werden's doch noch schaffen, mitzumischen. Wir sind eine aktive Fachschaft, aber, machen wir uns nichts vor, größtenteils unsichtbar. Bis dato. Das Rampenlicht beginnt sich endlich in unsere Richtung zu kehren, und mit dem Rampenlicht kommt der warme Regen. Die Schwingungen sind gut, Nikos, sehr gut. Wenn Sie irgendwas brauchen, Sie kriegen's.«

Goetzen schüttelte den Kopf.

Papa Doc erhob sich mühsam und zeigte damit das Ende des Gesprächs an.

»Da ist noch Quimby, Ari.«

»Kein Problem, Junge, Pio Nono hat schon dran gedacht. Sie sind aus dem Schneider.« Papa Doc piekte sich in die Wamme. »Der alte Ceece Quimby wird von Papadakis höchstpersönlich vorgestellt.«

»Hervorragend. Äh, noch eins, Ari, meinen Sie, Sie könnten es vermeiden, mit dem alten Herrn über mich zu sprechen?«

»Warum sollte ich das?« Papa Docs Augen verengten sich.

»Kein richtiger Grund. Ich dachte nur, ich würde ihn gern mit einem Telefonanruf überraschen. Wahrscheinlich sentimentaler Quatsch. Eigentlich war es Dillingers Idee. Er dachte, es könnte dem alten Mann Freude machen, so aus heiterem Himmel einen transkontinentalen Anruf von einem ehemaligen Schüler zu erhalten. Er sagte, Dekan Pioggi wäre auch der Meinung. Aber wenn Sie das anders sehen ...«

»Kein Problem, Junge, eine tolle Idee«, beeilte sich Papa Doc zu sagen. »Aber was ist, wenn er nach Ihnen fragt?«

»Also in dem Fall ...«

»Kein Problem. Können Sie mir irgendwas von privaterer Natur über ihn sagen, irgendwas, das meine einleitenden Bemerkungen aufpeppt? Sie wissen schon, seine Vorlieben, so was?«

»Er hat eine Vorliebe für Radieschen, die zotigeren Passagen in Marlowes *Hero und Leander* und für junge dralle männliche Arschbacken.«

Papa Docs Grinsen war etwas gequält. Er begleitete Goetzen zur Tür, den Arm um dessen Schulter. »Wissen Sie, Nicko, ich habe einen Traum ...« Seine Stimme zitterte. »Ich habe einen Traum ...« Er blieb an der Tür mit der Hand auf dem Knauf stehen. »Junge, auf Ihren Schultern ruht eine Menge, ich möchte, daß Sie das wissen. Verbocken Sie das nicht.«

Goetzen ging fröhlich summend seines Wegs. Der Gestalter war emsig dabei, zu gestalten. Zurücklehnen und entspannen.

* * *

Goetzen betrat forsch den Hörsaal, verlangsamte jedoch seine Schritte, als er den ehrwürdigen Feibelman am Pult warten sah. Dem alten Mann, dessen Lebensgeister sich nicht unterdrücken ließen, war seine Erregung deutlich anzumerken. Er wiegte sich vor und zurück wie im Gebet, mit gebeugten Knien, gekrümmtem Rücken und geschlossenen Augen. Als er Goetzen vor sich hörte, öffnete er die Augen und straffte sich. Auf seinem Gesicht lag ein Lächeln, das Goetzen beunruhigend fand.

»Professor, haben Sie vielleicht eine Minute für mich Zeit?«

Goetzen sah auf die Uhr. »Tut mir leid, das wird warten müssen. Gehen Sie an Ihren Platz, Mr. Feibelman.«
Geknickt drehte sich der alte Mann um und schlurfte davon. Goetzen betrachtete vom Pult aus seine Hörerschaft. Eine repräsentative Auswahl. Antonia Anstruther war an ihrem Platz, unbewegt und entblößt wie üblich. Drüben saß der elende Hakim, ein Plagiator, ordentlich gekleidet in dezentem grauem Anzug, die teure Seidenkrawatte ein Lobgesang auf den eleganten Geschmack. Princip war, wie erwartet, nicht erschienen. Als Goetzens Blick Giulietta Corombona streifte, hob diese fragend eine Augenbraue und zuckte die Achseln. Sein Blick glitt weiter, ohne innezuhalten.
Goetzen schaute in die grinsenden Gesichter vor ihm und wußte, daß die heutige Lehrveranstaltung nicht lange dauern würde.
Er berichtete ihnen vom Institut zur Erforschung des Mittelalters und der Renaissance, von der überraschenden Aufforderung, vor einer illustren Versammlung zu sprechen, von seinen Verpflichtungen gegenüber der Forschung und ihrer aller Alma mater. Er bedauere den notwendigen Ausfall von Seminaren, wisse aber, daß sie dafür Verständnis hätten. Wenn der Trompete erzener Ruf erschallte, erwarteten sie zu Recht, ihn in der Vorhut anzutreffen. Sie alle würden sich jedenfalls heute in einer Woche wiedersehen und bis dahin *Macbeth* gelesen haben. Leider Gottes müsse er den Rest der heutigen Vorlesung ausfallen lassen, da letzte Vorbereitungen seine Aufmerksamkeit erforderten. »Sind noch Fragen?«
Mr. Feibelman hob die Hand.
Goetzen nickte und zeigte.
»Bevor Sie gehen, Sir, seien Sie doch so gut: Was hat Lear auf Cordelias Lippen gesehen?«

»Ach ja, unsere kleine Quizfrage vom letzten Donnerstag. Gut, Mr. Feibelman.«
»Nu?«
»Ich bin geneigt, diesen entscheidenden Punkt offen zu lassen, wenn auch nur, um sicherzugehen, daß Sie alle am nächsten Montag wiederkommen.« Er legte eine Pause für das erwartete leise Gelächter ein und wurde nicht enttäuscht. Er setzte ein warmes Lächeln auf. »Aber ich gebe Ihnen einen Hinweis. Cordelia wurde erhängt, Sie erinnern sich. Welches Problem würde die zusammengeschnürte Kehle ihrer Seele bereiten? Aha, ich sehe, daß einigen von Ihnen ein Licht aufgegangen ist.« Goetzen sah nichts dergleichen.
Er sammelte seine kostbaren Vorlesungsnotizen ein und begab sich zur Tür. Feibelman und dahinter Giulietta trafen ihn dort. Goetzen widmete sich kurz seinen Bittstellern. »Vereinbaren Sie doch bitte mit Mrs. Trutitz einen Sprechstundentermin gleich nach meiner Rückkehr, aber jetzt, fürchte ich, muß ich weiter.« Und Goetzen floh, denn er dürstete nach einem gepriesenen Augenblick von Wertzeit in der Abgeschiedenheit seiner Blechzelle.

* * *

Das traute Kuddelmuddel umfing ihn sofort beruhigend. Die Rouleaus waren heruntergelassen, das Licht gedämpft. Ein milder Geruch von zerfallenden Büchern kitzelte sanft seine Nase. Die Chaiselongue lockte einladend, sie sehnte sich nach ihm, aber er wollte erst die Post durchgehen, die er sich auf dem Rückweg abgeholt hatte, und so setzte er sich an seinen Schreibtisch und sortierte rasch Stück für Stück den Haufen College-Müll aus, der sich immer ungebeten und unerwünscht in seinem Fach ansammelte. Schließlich stieß er auf einen dicken braunen Umschlag von der Fachschaft Geschichte. Aha, Dillinger hatte Wort gehalten. Hier war sein Haftentlassungsschein. Er wog den Umschlag in der Hand. Es war ein Meisterstück der gestaltenden Gottheit, ihn für die Dauer von Quimbys Visite auf Reisen zu schicken. Wenn Papa Doc zuverlässig den Mund hielt, dann hatte der letzte der Goetzens mit fliegenden Fahnen einem weiteren Dämonensturm getrotzt, und das stolze Schiff halste fröhlich nach backbord.

Er öffnete den Umschlag und fand darin eine dicke Programmbroschüre der Tagung in Los Angeles, Landkarten von Westwood und Umgebung, Formulare für wahlweise Abstecher nach Disneyland, zum Getty-Museum oder zum Studiogelände von Columbia Pictures, einen Voucher über Hin- und Rückflug und einen Scheck für Nebenkosten. Beigefügt war auch ein kurzer Brief: »Sie hatten natürlich recht mit Gryllus. Tamara Grieben, meine Sekretärin, kümmert sich um alle Buchungen. Übrigens, wir übernachten im Bel Air, nicht in den Billigherbergen aus der Broschüre, also packen Sie Ihren Handkoffer entsprechend. Geben Sie Tamara Bescheid, wenn Sie irgendwas brauchen. Sehe Sie dann in LA. John.« Man mußte vor Dillinger den Hut ziehen. Der Mann wußte die reine Forschung umzumünzen in *la dolce vita*.

Goetzen durchblätterte die Tagungsbroschüre. Hier war die Artus-Abteilung. Dillinger vom Mosholu sollte eröffnen mit »Neues Licht auf Camelot«; Terence Hill* von der Harvard University sollte erwidern mit »Alter Wein in neuen Schläuchen?« Goetzen blätterte weiter. »Die Babylonische Gefan-

* A. d. Ü.: Der Hollywood-Schauspieler Terence Hill ist der Partner von Bud Spencer in zahlreichen Prügelwestern.

genschaft und Proto-Protestantismus: eine Neueinschätzung«, »Die Jungfrau von Orléans und die Grenzen medizinischer Forschung«, »Der europäische Markt für levantinische Manuskripte 1300–1450«. All das unter der Sonne Kaliforniens und nur einen Steinwurf weit vom Pazifik.

Der Flugticket-Voucher glitt aus den Reiseunterlagen und weckte seine Aufmerksamkeit. Er hob ihn auf. Was war das? Reiseziel: London, England. Reisezweck: Tagung des Königlichen Instituts für Artus-Altertümer, Clerihew College, London University. Verdammter Mist! Dillingers Tüchtigkeit reichte nur bis zu seiner Sekretärin, die ihn für die falsche Tagung eingetragen hatte. Die Königliche Artus-Gesellschaft sollte sich in der kommenden Woche versammeln, wie Dillinger selbst ihm erzählt hatte. War es nicht einmal Tamara Grieben in den Sinn gekommen, daß eine Broschüre für Los Angeles und ein Ticket nach London unvereinbar waren?

Er hatte schon lange die Hoffnung fahrenlassen, das Leben könnte einfach sein. Aber warum mußte es durch die wohlmeinende Einmischung der Geistesschwachen täglich verdreht und verknotet werden? Wenn er diesen Fall von Dummheit bereinigen wollte, mußte er selbst zur Fachschaft Geschichte gehen. Ja, er mußte den gefährlichen Fußmarsch über den Campus auf sich nehmen und Mrs. Grieben mit dem unwiderleglichen Beweis ihrer Schwachsinnigkeit konfrontieren. Es war wirklich ein Glücksfall, daß er ihren Irrtum rechtzeitig bemerkt hatte. England im April? Nicht, solange der warme Sonnenschein, die Palmen und der luxuriöse Swimmingpool im Bel Air winkten.

Es klopfte an die Tür. Aufgebracht und noch nicht klar denkend, rief Goetzen: »Herein.« Die Tür ging auf, und ein grinsender Feibelman stand da. »Huhu, ich bin's.«

Goetzen hatte sich schon fast dazu überredet, er allein habe bei Gryllus den Beweis dafür entdeckt, daß Merlin Jude war. Aber in seinem Kopf blieb immer noch ein kleiner und dahinschwindender Winkel, der Feibelmans Vorrang anerkannte. Der alte Mann verdiente es, angehört zu werden.
»Wie Sie sehen, bin ich stark beschäftigt, Mr. Feibelman. Aber ich kann Ihnen ein paar Minuten gewähren. Worum geht's?«
»Was ich Ihnen heute morgen sagen wollte, Professor, das war, daß Sie mich diese Woche nicht mehr sehen werden.« Feibelman trat ins Zimmer und setzte sich auf die Chaiselongue. »Aber nach dem, was Sie im Hörsaal gesagt haben, sieht's so aus, ich werde Sie doch noch sehen, nämlich in Westwood. Was sagen Sie dazu?«
Goetzens Magen machte einen unangenehmen Satz. »Wie meinen Sie das?«
»Hab ich einen Schwiegersohn! Sie würden's nicht glauben. Ein wichtiger Mann in Boston, ein Arzt, ein Spezialist, Hals, Nase, Ohren, meine Tochter Sharon ist seine Frau. Er hat einen Patienten. Und wer ist das? Ausgerechnet Professor Terence Hill, der Harvard-Mann, Mr. Mittelalter, brauch ich Ihnen nicht zu sagen.«
Goetzen begann unter Feibelmans Grinsen zu ertrinken. In seinem Magen brannte ein giftiges Mineral. »Weiter.«
»Ums kurz zu machen, Morris erzählt dem Professor Hill zufällig was von meiner Theorie. Der arme Kerl, er hat eine Mittelohrentzündung, sehr schmerzhaft, können Sie sich vorstellen. Kein Problem, keine Sorge, Morris weiß sofort, was da zu tun ist. Was passiert? Letztes Wochenende arrangiert Morris am Telefon eine Konferenzschaltung, ich, der Professor und Morris und Sharon.« Feibelman krauste die Stirn. »Ich möchte Sie auf keinen Fall kränken. Aber in der

Forschung ist Raum für viele Meinungen. Und in Harvard ist es möglich, daß Merlin Jude ist. Also schlägt Professor Hill vor, ich soll zu der Tagung fliegen. Wenn er dran ist mit reden, wird er mir ein paar Minuten seiner Zeit geben. Vor allem, sagt er, möchte er, daß Professor Dillinger hört, was ich zu sagen habe. Also was meinen Sie? Nicht schlecht für einen alten Mann.«

Goetzen, bleich und in kalten Schweiß gebadet, fürchtete, sich übergeben zu müssen.

»Sharon ruft inzwischen überall in LA an, um sicherzugehen, daß ich koschere Mahlzeiten kriege. Wenn ich ihr sage, daß mein eigener Professor dasein wird, wird Sie sich bestimmt auch für Sie umtun. Hören Sie, koscheres Essen ist gar nicht so schlecht. Jedenfalls dachte ich mir, Sie sollten's wissen.«

Goetzen schluckte Galle. »Meinen Glückwunsch, Feibelman.«

Feibelman stand auf. »Ach übrigens, bin natürlich neugierig, worüber werden Sie reden? Das will ich nicht verpassen.«

»Ich darf mir nicht in die Karten schauen lassen«, sagte Goetzen. »Warten Sie's ab.«

»Sieht so aus, als hätten Sie noch mehr Kundschaft«, sagte Feibelman an der Tür. »Hallo, Mädel.«

Die üppige Giulietta Corombona stand da und wartete.

»Bedaure, Miss Corombona«, sagte Goetzen in geändertem Tonfall, »aber ich meinte, was ich sagte. Keine Sprechstunden bis zu meiner Rückkehr.«

Sie lächelte ihn warm an und schlenderte hüftwackelnd zur Chaiselongue. Sie war, dachte Goetzen, der Traum jedes Besetzungschefs für die Carmen, dunkel, feucht, verführerisch, unverschämt, sich ihrer Wirkung sicher. Er seufzte und schloß die Tür. Der Versuch, sie loszuwerden, würde ihn mehr Zeit kosten, als sie anzuhören.

»Fassen Sie sich kurz, Miss Corombona.«

»Ich mach mir Sorgen wegen meiner Zensur im Kurs.«

»Das überrascht mich kaum. An Ihrer Stelle würde ich das auch tun.«

»Ich würde alles tun, um eine Eins zu kriegen, wissen Sie, was ich meine? Alles.« Sie zwinkerte.

»Eine Eins ist wohl zu diesem Zeitpunkt außerhalb Ihrer Reichweite, meine Liebe. Was waren es bisher? Zwei Fünfen und eine Vier. Aber es würde helfen, wenn Sie die Stücke lesen und vielleicht Ihr Scherflein zur Diskussion beitragen würden.«

Sie fuhr sich langsam mit der Hand übers Bein und nahm dabei genug von ihrem Rock mit, um die Fülle ihrer Schenkel zu enthüllen. »Nein, ich meine, Sie sagen mir einfach, was Sie wollen, vietnamesische Massage, Lecken und Lutschen, Leder und Peitsche, Kinderspiele ...« Sie spreizte leicht die Beine, blinzelte noch einmal und pustete eine rosa Kaugummiblase auf. »Mann, ich weiß, Bildung ist wichtig. Letztes Semester stand ich sogar auf der Auszeichnungsliste des Dekans. Sie brauchen mir bloß zu sagen, wie Sie's mögen.«

»Ich glaube, Miss Corombona, Sie gehen jetzt besser.«

Beleidigt setzte sie sich mit einem Ruck auf und begann in ihrer Schultasche zu wühlen. »Wissen Sie, was das ist?« In der Hand hielt sie ein Stückchen blaue Ägäis. »Sie sind auch nicht besser als die andern. Gabe hat mir gestern von Ihnen und Nome Berkowitz erzählt. Das ist aus Gabes persönlicher Sammlung. Er hat mir gesagt, ich soll's mitbringen. Du mußt es einsetzen, hat er gesagt, setz es ein. Jetzt brauch ich mir bloß noch das T-Shirt zu zerreißen, ›Vergewaltigung‹ zu schreien, und Sie sind hier so schnell raus, als wären Sie auf

Scheidenschleim ausgerutscht.« Sie steckte Nimuës Slip wieder in die Tasche. »Und jetzt wette ich, daß meine Zensuren so oder so abheben werden, alles klar?« Sie schloß die Augen und küßte die Luft.

Ein guter Schlachtenlenker weiß, wann er zum Rückzug blasen muß. Goetzen seufzte. »Vielleicht können wir auf eine bessere Zensur am Ende des Semesters hoffen. Wir reden nach meiner Rückkehr aus Los Angeles weiter.«

»Ich warte auf Sie.« Sie griff sich ihre Tasche und stand auf. Die Tür fiel hinter ihr zu. Goetzen sank in seinen Sessel.

Wie war das passiert? Erst vor wenigen Minuten war er auf dem Wege nach Los Angeles gewesen, seine Finger hatten sich praktisch schon um einen eisgekühlten Plastikbecher geschlossen, seinen ersten Drink im Flugzeug. Welch Wahnsinn, welch heller Wahnsinn! Er hatte zuwenig auf die verschlüsselten Warnungen der Anti-Goetzen-Mächte achtgegeben, hatte sich in der Neuen Welt vor dämonischen Feindseligkeiten in Sicherheit gewähnt. Hybris hatte ihn zu Fall gebracht. Seine Augen brannten; er lief rot an; er schluckte. Welchen Trick, welchen Kunstgriff, welches Schlupfloch kannst du jetzt finden, um dich vor offener Schande zu bergen?

Er hob seinen Flugvoucher auf und wollte ihn schon in Stücke reißen, dieses bitter ironische Sinnbild seiner verlorenen Welt, als ihm plötzlich eine Epiphanie widerfuhr. O kleingläubiger Goetzen! War es nicht wahrscheinlich, daß der Gestalter selbst seine Hand in dem scheinbaren Fehler von Tamara Grieben gezeigt hatte? Er schlug sich an die Stirn, ganz in der bewunderten Manier der Diotima von Hoden. Und hatte sich die Hand des Gestalters nicht in einen Finger verwandelt, der nach London wies? Wahrscheinlich? Nein, es war gewiß!

Was war er nur für ein Narr gewesen! Von dieser neuen Warte aus gesehen hatten die letzten paar Tage ihm eine ganze Reihe von Winken, von Fingerzeigen beschert, jeder ein wenig stärker als der vorige. Goetzen vermochte, wenn auch dunkel und nur in Umrissen, den Plan des Großen Bildners zu erkennen. Im tiefen Schoß und Abgrund der Zeit formte sich etwas. Sein Schicksal rief ihn; er würde nicht zaudern. Ein ritterlicher Goetzen würde seiner Zukunft entgegeneilen wie ein anderer den Armen der Geliebten. Noch diese Nacht. Es gab kein Zögern.

Mit dem Flugvoucher in der Hand, verließ Goetzen sein Büro. Auf nach Osten!

2. TEIL

London
Mitte bis Ende Frühjahr 1974

NEUN

Zumindest dem äußeren Anschein nach hatte sich Tante Cicelys Haus seit der Zeit, als es noch ihrem Vater gehörte, nicht verändert. Eine hölzerne Pforte zerteilte säuberlich die hohe, ordentlich gestutzte Hecke, die das Grundstück vom öffentlichen Gehsteig abgrenzte. Von der Pforte schlängelte sich das Mosaikpflaster des Weges zu der von einem Torbogen überwölbten Haustür. Robuster englischer Rasen zu beiden Seiten des Weges führte zu begrenzenden Blumenbeeten und Steingärten und wieder zu hohen, ordentlich gestutzten Hecken, die Großpapa Blums Garten vor unerwünschter Bewunderung der Nachbarn schützte. Das Haus selbst war massiv, zweistöckig, das Dachgeschoß nicht eingerechnet, und in nachgeahmtem Tudorstil erbaut, weißer Stuck über Ziegelsteinen, auf alt getrimmte Fachwerkbalken zwischen den Stockwerken, ein Übermaß an heimeligen Ziegelschornsteinen und Bleiglasfenstern.

Goetzen stand vor der Tür und drückte auf die Klingel. Von dem Regen, der ihn in Heathrow begrüßt hatte, war keine Spur geblieben; das lebhafte Blau des Himmels wurde hier und da von freundlichen weißen Wolkenwattebäuschchen unterbrochen. Er drückte wieder auf die Klingel und hörte Schritte. Die Tür ging auf.

»Hallo, Tante Cicely.«
Ein spitzer Schrei. »Nicholas! Bist du's wirklich? Ich kann's nicht glauben! Komm herein, komm schon, komm!«
Es war ohne Zweifel seine Tante Cicely, aber eine seltsam veränderte Cicely. In der Dekade seit seiner letzten Begegnung mit ihr hatte sie sich um zehn Jahre verjüngt. Sie hatte zugenommen, war fast rundlich. Und was war aus dem wüsten Mop grauer Haare geworden, der vor dem Frühstück den Kamm gesehen hatte und danach seinem eigenen Willen folgen durfte? Cicelys Haare erstrahlten jetzt in warmem Rotbraun, waren modisch geschnitten und schmiegten sich weich. Ihr Gesicht war geschminkt. Statt der ungestalten »praktischen« Tweedsachen von damals trug sie ein Kleid aus schwerer bunter Seide.
»Du siehst todschick aus!«
»Ach, du Schlingel«, sagte sie, offenkundig erfreut, »genau wie dein Vater.« Sie umarmte ihn. »Aber was in aller Welt führt dich hierher, so plötzlich, so unerwartet? O nein! Doch nicht mein Brief? Wie gedankenlos von mir! Es war überhaupt nichts Dringendes. Aber ich komme in die Jahre, weißt du, und so ist einiges, worüber ich mit dir reden wollte.«
Und doch war der Brief einer der Fingerzeige des göttlichen Gestalters gewesen. »Keine Sorge. Ich habe viel Arbeit in der Bibliothek des Britischen Museums vor mir. Im Sommer wäre ich ohnehin gekommen. Dein Brief hat mich lediglich in meinen Absichten bestärkt. Warum warten, dachte ich. Zum Glück fand sich ein jüngerer Kollege bereit, mich zu vertreten.«
»Dann ist es dir zum Guten ausgeschlagen, dein amerikanisches Abenteuer?«
»Ganz gut. Den großen Erfolg können wir nicht erwarten. Du erinnerst dich an Onkel Ferri und seine Dämonen?«

»Und ob ich mich daran erinnere. Ein liebenswürdiger Mann, wenn auch ein wenig sonderbar, wie alle auf eurer Seite.«

»Sag mal, könntest du mich wohl für eine Nacht aufnehmen? Morgen suche ich mir ein Hotel.«

»Überhaupt kein Problem. Eins der Gästezimmer ist hergerichtet. Es wird ein bißchen feucht sein, aber für eine Nacht geht das schon. Wir können es den ganzen Tag lüften. Mr. Fishbane ist in Großpapas altem Zimmer, sonst könntest du das haben.«

»Mr. Fishbane?«

»Wie dumm von mir! Das weißt du ja gar nicht, woher auch?« Sie kicherte kurz mit gesenkten Augenlidern und hielt sich mädchenhaft die Hände vor den Mund. »Ich habe jetzt einen Untermieter, ist das nicht komisch? Nach deinen Maßstäben sicher ein älterer Herr. Wir haben uns vom ersten Augenblick an verstanden, du weißt ja, wie das manchmal geht. Und so habe ich also einen Untermieter.« Sie senkte sittsam den Blick. »Er ist natürlich gar kein Untermieter. Nein, er ist mein Freund, Mr. Fishbane ist mein Hausfreund. Das hat meinem Leben eine Wende gegeben.«

»Nun, vielleicht komme ich ungelegen ...«

»Unsinn, davon will ich nichts hören, das machen wir schon. Außerdem bist du wegen meines Briefes hier – mit Einwilligung von Mr. Fishbane, wie du sicher schon erraten hast. Also komm, du mußt ihn einfach kennenlernen. Er wird dir bestimmt gefallen. Er würde jedem gefallen.« Sie nahm ihren Neffen bei der Hand und führte ihn in den rückwärtigen Teil des Hauses, durch die Spülküche in die eigentliche Küche.

In einem Schaukelstuhl vor dem Herdfeuer saß Mr. Fishbane, uralt und winzig, und löffelte Haferbrei aus einem

Napf, den er sich vor die Brust hielt, mit gesenktem Kopf, die Hakennase fast in die Milch gestippt. Er trug eine nicht zugeknöpfte schwarze Weste über einem gestreiften Hemd, dessen abnehmbarer Kragen sich anderswo befand. Ein um die Schultern gewundener Schottenkaroschal und schlapp von den Zehen hängende Schottenkaropantoffeln erklärten ihn zugleich zu einem Campbell und einem McTavish. Als sie die Küche betraten, sah er von seinem Napf auf: ein dünnes, spitzes Gesicht, aus dem rotgeränderte Augen seltsam glitzerten, wie mit Lurex überzogen.

»Percy, das rätst du nie! Schau mal, wer da ist. Mein Neffe Nicholas kommt uns besuchen. Unser Brief hat gewirkt wie Backpflaumen!«

»Hi, Cowboy!«

»Mr. Fishbane hat viele Jahre lang in Amerika gelebt.«

»Lewissohn Stadium, Third Avenue E1, Ebbets Field«, sagte Mr. Fishbane. »Kenne New York wie meine Westentasche.«

»Setz dich, Nicholas, da drüben, an den Tisch. Hattest du einen guten Flug? Du mußt todmüde sein. Ich hole dir was zu essen.«

»Bemüh dich nicht, ich habe überhaupt keinen Hunger.«

»Mach ihm nen Toast. Und ne Kanne Tee.« Fishbane streckte Goetzen die hochgereckte Handfläche entgegen, um allen Protest zum Verstummen zu bringen. »Ist keine Mühe, gar keine.« Mit der anderen Hand hielt er seinen leeren Napf in die Richtung von Tante Cicely, die ihn mit stolzem Lächeln nahm und in die Spülküche trug. Fishbane hatte seine glitzernden Augen nicht eine Sekunde lang von Goetzen abgewandt. »Okay, Sie kommen also ofenwarm aus den guten alten Staaten, Boy?«

»Tante Cicelys Brief schien dringlich ...«

»'Türlich is vor 'n paar Jahren, oder ich müßt mich irren, das

Atlantikkabel verlegt worden. Sie hätt sich auch an die Strippe hängen können, genausogut.« Fishbane holte eine Zigarette aus ihrem Versteck hinter seinem Ohr hervor und steckte sie sich zwischen die Lippen. Dort hing sie erst schlaff und bald feucht.

»Außerdem muß ich dieses und jenes in der Bibliothek vom Britischen Museum nachschlagen ...«

»Dann kennen Sie ja wohl den berühmten Sessel von Karl Marx. Ham Sie etwa schon mal selber drauf gesessen?«

»Es gibt keinen Karl Marx-Sessel, um die Wahrheit zu sagen. Das ist eine Legende.«

»Ach so«, höhnte Fishbane. »Sicher was, um das Proletariat ruhig zu halten.« Er feixte in der Manier eines Parlamentsredners, der einen höchst wirkungsvollen Treffer erzielt hat. »Waren Sie schon mal auf dem Friedhof von Highgate? Gar nicht weit von hier, lohnt den Besuch. Da liegt er nämlich begraben – falls sich das nicht auch als Legende rausstellt.«

Tante Cicely kam mit Toast und Tee in die Küche. Fishbane packte seine knotigen Pranken auf die Armlehnen des Schaukelstuhls und stieß sich energisch auf die Beine. Sobald er sich auf diesen befand, regte er kurz die Ellbogen, stolzierte wie ein Zwerghahn zum Tisch und hopste auf einen Stuhl Goetzen gegenüber, zu dem er höflich sagte: »Alles in Butter, Kumpel?«

»O ja.«

So versichert, beugte Fishbane sich über seinen Toast und begann zu mümmeln.

»Ich lasse euch zwei mal allein, dann könnt ihr plauschen«, sagte Tante Cicely. »Nickos Zimmer muß gelüftet werden, Percy. Ich hab ihn in dem neben deinem untergebracht.«

Fishbane winkte ihr eifrig kauend mit dem Messer zu, als

wollte er sagen, nur zu, mach dir meinetwegen keine Sorgen. Sie aßen in Stille, oder wenn nicht in Stille, so doch ohne Worte.

Goetzen sah aus dem Fenster. Der Himmel bezog sich wieder. Unter höheren grauen Wolken eilten tiefere schwarze rasch aus Westen heran. Das Laub der Bäume regte sich in Vorahnung des Wetterwechsels. Und doch schien die Sonne immer noch aus dem fleckenlosen Blau, das den Rest des Himmels füllte. Regen oder Sonnenschein, er würde hinausmüssen. Er empfand sich als Eindringling in die geregelte häusliche Ordnung der beiden.

Der alte Mann schob seinen Teller weg und öffnete den obersten Hosenknopf. »So«, sagte er, »dann wollen wir mal die intellektuelle Elite hören, die akademische Sicht.«

»Auf was?«

»Kommen Sie mir nicht so. Wir wissen hier alles über die Proteste, die Friedensmärsche, die Sit-ins. Ihr habt da drüben eine Gesellschaft am Rande des Zusammenbruchs, Jungchen. Jeder mit ein bißchen Grips hat das kommen sehen. Ihr könnt nicht immerlos jahrein, jahraus die breite Masse unterdrücken und nie mit ner Explosion rechnen.«

»Ich habe mich aus der Politik ziemlich rausgehalten.«

»Ach, haben Sie, ja? Glaub ich, glaub ich. Aber das Glück hatten nicht alle von uns. Unsereins ist seit zwanzig Jahren nicht mehr drüben gewesen. Hab mich rechtzeitig abgesetzt. Immer ne Kolumne geschrieben für *Das Sprachrohr des Arbeiters*, von diesem demokratischen Presseorgan haben Sie bestimmt gehört. Die letzte Tageszeitung, die die ungeschminkte Wahrheit auftischt.«

»Warum sind Sie wieder nach England gegangen? Aus Heimweh?«

»Komitee für unamerikanische Umtriebe. Erinnern Sie sich

noch an den Scheißer mit dem dreckigen Grinsen? Das FBI war hinter mir her.«

»Warum denn, um Gottes willen?«

»Das wär jetzt aber aus dem Nähkästchen geplaudert, oder?« Fishbane legte einen schwieligen Finger an die Nase und zwinkerte verschwörerisch. »Ich will nicht sagen, daß ich eine gewisse Mitgliedskarte hatte, aber ich will auch nicht sagen, daß ich überhaupt nie eine hatte.«

»Verstehe.«

»Ach so, ja?« sagte Fishbane wütend. »Die vom FBI ham sich das auch eingebildet. Man kann das Leben eines Mannes nicht in Scheibchen schneiden wie eine Salami. Ich habe Gerechtigkeit gesucht, das war alles. Deswegen habe ich fürs *Sprachrohr* geschrieben. Wir wollten nicht gleich die Regierung umstürzen. Wir wollten bloß 'n fairen Anteil für den kleinen Mann.«

»Das ist doch gut.«

»Ja, sicher«, sagte Fishbane besänftigt.

Geräusche aus der Spülküche kündigten ihnen Tante Cicelys Rückkehr an. Fishbane, der Goetzen keine Sekunde lang aus den glitzernden Augen ließ, schob den Mund zur Spülküchenseite seines Gesichts und fragte mit lauterer Stimme: »Bist du's, Ciss?«

»Hier bin ich«, sagte Tante Cicely fröhlich, als sie hereinkam.

»Interessanter Bursche, dein Neffe, Ciss, hochinteressant. 'Türlich ist er nicht so engagiert wie du oder ich. Er sagt auch nicht viel, aber ich merke schon, er hat ne Menge auf dem Kasten.«

»Ich habe das Fenster ein bißchen aufgemacht und den elektrischen Heizofen angestellt, Nicholas, aber ich denke, dein Bett sollte noch nicht gemacht werden. Wenn du dich hinlegen möchtest, geh besser in mein Zimmer, wenigstens bis deins trocken ist.«

»Tausend Dank, Tante Cicely.«

»Tausend Dank, Tante Cicely«, äffte Fishbane *sotto voce* nach.

»Ich bin eigentlich nicht müde. Ich dachte, ich spaziere ein bißchen durch London.«

»Fatzke«, murmelte Fishbane kaum hörbar.

»Aber Nicholas, wir haben Unmengen zu bereden.«

»Ach, dafür bleibt noch Zeit genug. Der Junge hat Ferien. Soll er sich die Sehenswürdigkeiten ansehen. Außerdem, sich regen bringt Segen, hab ich recht, Kumpel?«

»Unbedingt.«

In diesem Augenblick setzte ein anderer Regen ein, und die ersten dicken Tropfen klatschten an die Fensterscheibe.

* * *

Der Regen begann nachzulassen. Inzwischen war es früher Abend, und Goetzen hatte etliche Meilen auf seinem zwanghaften, gewundenen Weg durch das Straßengewirr von London zurückgelegt. Er hatte nicht mehr das Gefühl, im Ausland zu sein, hatte die Richtungswahl längst seinen Füßen überlassen. Die City war ihm mit der Nässe in Fleisch und Blut übergegangen und hatte wieder von ihm Besitz ergriffen. Sein New Yorker Ich war anderswo.

Goetzen war einer Route gefolgt, die sich durch die City schlängelte und ringelte und oft selbst kreuzte. Jetzt kam er aus der New Bond Street und nahm Kurs auf den Oxford Circus. Warum, hätte er nicht zu sagen vermocht. Er war todmüde und schleppte sich dennoch weiter, ging auf den Kissen offener, äußerst schmerzhafter Blasen. Aber er mochte nicht an Aufhören denken. Eigentlich war er inzwischen gar nicht mehr fähig, einen zusammenhängenden Gedanken zu fassen. In seinem Kopf wirbelten Bruchstücke durcheinander, die mannigfachen chaotischen Bestandteile seines Lebens vereinten sich in tollem Tanz mit seinen Eindrücken der City, seine rotgeränderten Augen knipsten Szene um Szene und warfen die Schnappschüsse ins geistige Wirrwarr. Mit schmerzverzerrtem Gesicht, das sich dennoch um ein Lächeln bemühte, humpelte Goetzen weiter.

Sogar die Oxford Street war in die Krise geraten, in eine graue Schäbigkeit, die vom tiefhängenden Himmel und dem Papierfetzen übers Pflaster peitschenden Wind keineswegs gemildert wurde. Die großen alten Kaufhäuser, oder doch einige davon, führten verzweifelte Rückzugsgefechte gegen den Verlust der feinen Lebensart, aber gute Manieren und Eleganz hatten sich an andere Orte geflüchtet. Ihr Bollwerk in Mayfair hatte sich zwar behauptet, so auch einige schlecht verteidigte Schanzen in Regent Street, Jermyn Street und Picadilly. Aber im großen und ganzen hatten sie sich nach Süden und Westen verlagert, nach Kensington, nach Knightsbridge, zur Sloane Street, zur Brompton Road. Ausländer, von denen es, so kam es Goetzen vor, in London eine schier unvorstellbare Menge gab, drängelten sich überall, zeterten in ihren hektischen Sprachen, suchten in Stadtplänen, beglotzten Gebäude und Gedenktafeln und Denkmäler und photographierten sich sogar gegenseitig vor Harrods. Goetzen wollte seinen Augen nicht trauen.

Oxford Street, obwohl während der Geschäftszeit belebter denn je, obwohl von Touristen wimmelnd, war zur Billigmeile verkommen. Imbißbuden kreischten um die Wette mit Getränkeshops, Jeansschuppen, Stellenvermittlungen, Pfandleihen und Schuhläden. London hatte die Oxford

Street den in- und ausländischen Princips und Corombonas überlassen, der ungebärdigen und verlumpten Jugend, zusammen mit Picadilly Circus, Leicester Square und der Shaftesbury Avenue. Vorbei, alles vorbei ... Regent Street ging kaputt, ebenso Lower Regent Street und Haymarket. Goetzen wandte sich nach Süden und dann nach Westen, zur Hyde Park Corner.

Aber vielleicht war das der klügste Weg, ein wohlbedachter Plan zur Eindämmung: begrenzte Zentren hier, hier und hier. Demgegenüber war die City sauberer, als Goetzen sie in Erinnerung hatte, rußfrei. Und in dieser Jahreszeit schlugen die Bäume aus, trieben Blüten und Blätter: London war grün. Und in den seltenen Augenblicken zwischen Regenschauern, wenn die Wolken kurz aufrissen, geschah es, daß die gewaschene und gereinigte City blitzte.

Er bog von Picadilly in die Old Park Lane. Und da versagten ihm die Füße. Er konnte einfach nicht mehr gehen. Direkt vor ihm lag das Inn on the Park. Vielleicht würde ein Drink ihn beleben. Als er in die Auffahrt bog, rauschte ein Taxi knapp an ihm vorbei, und seine Räder verspritzten schmutzigen Sprühregen. Er sprang heroisch zurück, schmerzdurchzuckt auf wehen Füßen, und ersparte sich ein Duschbad. Ein livrierter Portier mit Stutzzylinder schritt zum Taxi und öffnete schwungvoll den Schlag.

Als erstes erschien ein langes, elegant geformtes Bein und blieb mit abwärts zeigendem Zeh eine Sekunde in der Luft schweben; dann erschien der schöne und mit einem blonden Afro geschmückte Kopf und lächelte blicklos nach links und rechts einem imaginären Publikum zu; und dann erschien der Rest von ihr mit einer reizenden Schlängelbewegung und einem abschließenden Hüftschwenk. Dem Portier, der ihr behilflich gewesen war, pustete sie einen Kuß zu. Es war

Dolly Divine. Goetzen wollte ihr schon zurufen, da sah er eine zweite Gestalt aus dem Taxi krabbeln, eine Gestalt, die ihn aus seiner Ermattung riß und ihm ein Lächeln auf die Lippen rief. Denn dort, den Taxifahrer entlohnend, stand niemand anders als Robert Poore-Moody. Goetzen trat hinter eine Säule und starrte ihn an, wollte seinen Augen nicht glauben. Aber es war ohne Frage Stellas Gatte, ein Mann, der offenbar selbst Dämonen zum Opfer gefallen war. Hier steckte also Dollys Sponsor, der geheimnisvolle Bobby. Goetzen hatte Stella versprochen, Poore-Moody zu finden, und bei Gott, er hatte ihn gefunden.

Poore-Moody folgte Dolly in die Halle, Goetzen folgte Poore-Moody in sicherem Abstand. Drinnen nahm Dolly den alten Mann besitzergreifend beim Arm, und zusammen erstiegen sie die Treppe zum Mezzanin, wobei sie ihn weit überragte. Goetzen sah zu, wie Dolly sich über Poore-Moody beugte und ihn auf die Glatze küßte. Poore-Moody ergriff ihre Hand, hielt sie einen Augenblick ans Herz, küßte sie dann leidenschaftlich und ließ sie schließlich widerstrebend los. Er ging zum Fahrstuhl. Sie stand, wo er sie verlassen hatte, und winkte ihm zu, bis sich die Fahrstuhltüren schlossen.

»Dolly!« sagte Goetzen und trat vor.

Sie drehte sich um, musterte ihn einen Augenblick kurzsichtig und lächelte dann. »Hallo, schau mal, wer da ist. Hi, Marty.«

»Na, wie steht's mit dem großen Durchbruch?«

Sie krauste die Stirn. »Sieht nicht so toll aus.«

»Sie haben doch hoffentlich nicht Ihren Sponsor verloren?«

»Nein, nein. Haben Sie 'n Moment Zeit? Ich bin drin mit den Mädels verabredet. Kommen Sie guten Tag sagen.«

Goetzen sah auf die Uhr. Ihm lag daran, Stella schnellstens

ein Telegramm zu schicken; andererseits wollte er gern Candy wiedersehen. »Gut, auf einen Moment.«

Er begleitete Dolly in die Bar. Am Eingang blieb sie stehen und schaute sich in dem Raum um, der zu dieser Stunde gut besucht war. Sugar Plum, die an einem der Tische saß, winkte ihnen zu. Dolly winkte zurück und durchquerte hüftschwenkend das Lokal. Das gedämpfte Gemurmel verstummte; aller Augen, so schien es, folgten ihrem Vormarsch. Sie lächelte und nickte blicklos ihrem Publikum zu.

»Candy noch nicht hier?« fragte Dolly. »Sieh mal, wen ich gefunden habe.«

»Hi, Marty.« Sugar schien ebensowenig überrascht, ihn zu sehen, wie Dolly vor ein paar Minuten. Vielleicht waren solche Begegnungen in der Welt des Showbusineß die Regel.

»Hi, Sugar.«

Goetzen und Dolly setzten sich, und das Gemurmel im Raum erhob sich wieder.

»Wie ist es gelaufen? Wie bist du mit Bobby zusammen vorangekommen?« fragte Sugar.

»Den Champagner kannst du zulassen«, sagte Dolly verdrossen. »Ich hab dir gesagt, du sollst dir keine allzu großen Hoffnungen machen.« Sie seufzte.

»O nein, Dolly«, sagte Sugar. »Was ist passiert?«

»Bobby kennt hier drüben Theaterleute, ganz große Nummern«, erklärte Dolly Goetzen. »Da waren wir heute. Wir wollten sie abtasten, mal sehen, ob sie anbeißen.« Sie wandte sich an Sugar. »Keine Chance«, sagte sie. »Die Royal Shakespeare Company will's nicht anfassen, nicht mal, wenn Bobby sich einverstanden erklärt, die Verluste zu übernehmen. Die dachten erst, wir wollten sie auf den Arm nehmen. ›Bemerkenswerter Sinn für Humor, altes Haus!‹ Sie haben gesagt, vielleicht irgendwo in der finstersten Provinz, vielleicht in Harrogate oder so. Und außerhalb der Saison. Und nur vielleicht. Aber eins muß ich Bobby lassen: er hält zu uns. Er hat ihnen gesagt, wohin sie sich das stecken können.«

»O Mann, Dolly«, sagte Sugar.

»Ich hab Bobby gesagt, vielleicht sollte ich mich mit der finstersten Provinz anfreunden. Ich meine, was soll's. Wenn wir da draußen einen Riesenerfolg haben, können wir immer noch später in London rauskommen. Aber du kennst ja Bobby. Entweder ich komme gleich im West End raus oder gar nicht.«

»Und was jetzt?« fragte Goetzen.

Dolly zuckte die Achseln. »Wir suchen nach einem neuen Medium. Finde ein Medium, sagt Bobby, und er kümmert sich um den Rest. Er sagt, ich bin wie geboren fürs Musical. Vielleicht hat er recht. Er ist nicht Millionär geworden, bloß weil er Dixie pfeifen kann.«

Goetzen kämpfte dagegen an, daß ihm die Augen zufielen.

»Ich weiß, Bobby hat's nicht gern, wenn ich meine Dingsbumsdinger rumzeige«, sagte Dolly gerade. »Männer werden immer so besitzergreifend, nehmen Sie's nicht übel, Marty. Also vielleicht redet er deshalb vom Musical. Wenn ich auf seinen Rat höre, muß ich das mit bedenken.«

»Du gibst doch nicht etwa die *Follies* auf, Dolly?« jaulte Sugar. »Was ist mit mir?« Sie wandte sich an Goetzen. »Da ist eine große Nummer drin, wo ich nichts weiter anhabe als bloß zwei so kleine Schlangen. Ich bin so ne ägyptische Königin, wissen Sie?«

»*Antonius und Cleopatra*?« fragte Goetzen.

»Genau, das ist das Dingens. Dolly hat's versprochen.«

»Bobby tut sein Bestes«, sagte Dolly. »Er kennt auch noch 'n paar andre Leute.«

Die Stimmung wurde jedoch immer gedrückter. Goetzen in seinem bequemen Sessel im Inn on the Park wurde von der Erschöpfung seiner stundenlangen Wanderungen durch London eingeholt. Seine Augenlider waren unerträglich schwer. »Kopf hoch, Mädels«, sagte er. »Die *Hamlet-Follies* sind eine viel zu großartige Idee, um einfach zu verschwinden. Jemand wird das aufgreifen. Paris vielleicht oder West-Berlin.« Mühsam stand er auf.

»Sie wollen schon gehen?« fragte Dolly. »Candy muß jeden Augenblick kommen. Trinken wir doch was.«

»Candy fand Sie richtig süß«, sagte Sugar.

»Nun laß doch, Sugar!« ermahnte Dolly.

Diese Neuigkeit gefiel Goetzen, erregte ihn sogar. Aber er hatte bis zu seinem Bett noch eine meilenweite Reise mit der U-Bahn vor sich. Und er mußte Stella noch ein Telegramm schicken. »Sie bleiben doch noch eine Weile hier? Gut. Sagen Sie Candy, wie leid es mir tut, sie verpaßt zu haben. Ich melde mich. Bitte sagen Sie ihr das.«

»Bis dann«, sagten Dolly und Sugar.

* * *

LIEBSTE STELLA HABE WANDERMOENCH IN GESELLSCHAFT DREIER WIEDERHOLE DREIER NUDISTENNONNEN AUFGESPUERT STOP FRA ROBERTO WEILT IM INN ON THE PARK LONDON STOP BEFUERCHTE GLAUBENSABFALL STOP DRAHTE ANWEISUNGEN AN AMEX HAYMARKET STOP NICHOLAS

* * *

Goetzen hatte Schwierigkeiten, einzuschlafen. Tante Cicelys Bemühungen, das Zimmer auszutrocknen, hatten Äquatorklima herbeigeführt. Die Luft war heiß, feucht und legte sich schwer auf die Lunge; das Zimmer stank nach Dschungelfäulnis. Er lag nackt auf dem Bett, drehte sich auf diese, dann auf jene Seite, sein Körper war naß, eine wehrlose Oberfläche für Kondensationsprozesse.
Durch den dampfenden Dschungel flog er nun, flatterte, flitzte, fort, fort, durch grünliches Halbdunkel und gewundene moosige Gänge. Das Geräusch von Pantoffeln, die an seiner Tür vorbeischlappten, brachte ihn zu seinem einsamen Ich zurück. Die Tür zu Fishbanes Zimmer ging auf und zu. Ein Bett quietschte und quietschte wieder. Der unverkennbare Laut von weichem Fleisch, das in heftige Berührung mit anderem weichen Fleisch tritt, war zu vernehmen.
Das inzwischen rhythmische Quietschen begann langsam, gewann aber bald an Tempo. Stöhnen mischte sich darunter.
Goetzen zog sich das Kissen über den Kopf.
Ein spitzer Schrei.
»O Percy, o Percy, o Perce-erce-erce-iii!«
»Kikerikii! Kikerikii!«
Stille.
Goetzen fiel endlich in unruhigen Schlaf.
»Er hat mich gezwungen«, sagte Nimuë tapfer, »mich auf die schlimmsten und perversesten Handlungen einzulassen, Praktiken, die noch in der Erinnerung die Schamröte auf die holde Wange der Sittsamkeit treiben. Was kümmerte ihn mädchenhafte Unschuld? Was kümmerte ihn außer der Befriedigung seiner grausamen und viehischen Lüste?«
Im holzgetäfelten Gerichtssaal Schreie des Entsetzens, Schreie des Abscheus. Ein Aufschluchzen: »O Himmel, das arme liebe Kind.«

Seine Lordschaft setzte die Perücke zurecht und machte strenge Miene.
»Der Elende«, sagte Princip und zeigte empört mit dem Finger auf den Angeklagten, »lockte die zarte Jungfrau mit Hilfe einer schändlichen List in seine Lasterhöhle, und zwar gab er vor, ihr beim Blankpolieren ihrer bereits strahlendleuchtenden Verse behilflich sein zu wollen. Ich lege Euer Ehren zur Durchsicht und gewiß auch zur Erbauung ein nicht untypisches Beispiel ihrer auserlesenen Dichtkunst vor. Euer Ehren werden insonderheit die Echtheit des Gefühls bemerken.«
Seine Lordschaft blickte von dem Gedicht »Vetternschaft IV« zum Angeklagten. »Tz-tz.«
»Kaum hatte sie seine Gemächer betreten, diese Vestalin des Apollo und der Musen, da warf er sie schon auf sein sybaritisches Sofa und hätte sie geprüft bis *à l'outrance.*«
Schreie: »Nein, nein. Oh, der Teufel!«
»Er hätte, sage ich, sie so geprüft, wäre ich nicht rasch – und Dank sei dem raschen Mute – hinzugestürzt. Denn eine Gottheit ist's, die unsre Zwecke formt, wie wir sie auch entwerfen.«
»Das ist höchst gewiß.« Seine Lordschaft betrachtete den Angeklagten mißbilligend und wandte sich dann wieder dem Zeugen zu. »Was veranlaßte Sie, hinzuzustürzen, wie Sie sagen?«
»Auch darin war des Himmels Vorsicht wach. Er hatte letztens mich beleidigt, nannte mich Schelm, rauft' mir den Bart und warf ihn mir ins Antlitz ...«
»Ist's möglich?«
»Ich hatte seines Rufes Nummer in der Börse. Hier ist die Abschrift, lest sie ohne Hast. Ich habe mehr als Taubenmut.«
»Höchst löblich. Nächster Zeuge.«

Der nächste Zeuge wankte in den Zeugenstand. »Der Angeklagte ist ein Dieb, ein Scharlatan.«
»Der Name des Zeugen?«
»Alec Feibelman, Reisender in Damenwäsche, im Ruhestand.«
Seine Lordschaft bemerkte mit Erbarmen das ehrwürdige Alter und die damit einhergehende Gebrechlichkeit des Zeugen. »Büttel, sorgt für eine *sella* oder in der Sprache des gemeinen Pöbels einen Schemel, einen Hocker, einen Stuhl für seine *honorificabilitudinitas*.«
»Danke, Euer Ehren. Wisset denn, dieser böse Schurke stahl mir die Entdeckung, daß Karl der Große Jude war, und gab sie für die eigne aus.«
»Oh, der Elende! Pfui, Schande!«
»Mir ward nicht das Glück der holden und noch unbefleckten Nimuë zuteil.« La Corombona nahm inmitten empörten Aufstöhnens aus dem überfüllten Gerichtssaal im Zeugenstand Platz. Ihre Wangen und Lippen waren rougebedeckt, ihre vollen Brüste sprengten fast die zarte Spitze ihres Mieders. »Er nahm mich in der Blüte meiner jungfräulichen Unschuld, eine Waise, deren einz'ger Schatz die ungeprüfte Tugend war, das Fallgitter der unbemannten Festung rammt' er ein und pflückte so die Rose. Welch Weg blieb mir durchs Leben als der schwärenbedeckte Pfad zur Hölle?«
Als letzter kam und ging C. U. T. Quimby. »Euer Ehren, es betrübt mich, zu Protokoll zu geben, daß der Angeklagte überhaupt nicht der ist, der zu sein er vorgibt. Kurzum, er ist ein Betrüger!«
Sensation im Gerichtssaal.
»Angeklagter«, sagte Seine Lordschaft und legte sich ein schwarzes Seidentüchlein auf die Perücke, »haben Sie etwas zu sagen, bevor ich das Urteil verkünde?«

»Euer Ehren, niemals hat man einem so abscheulich mitgespielt.«
Seine Lordschaft rümpfte die Nase.
»Euer Ehren, ich bin ein Mensch.«
»Das sagen sie alle. Seien Sie so gut, draußen zu warten.«
Goetzen wurde während der Nacht durch ein weiteres Hahnenkrähen geweckt.

ZEHN

Goetzen stand trotz der nahezu schlaflosen Nacht am nächsten Morgen früh auf, doch sein Wunsch nach einem ruhigen Start in den Tag wurde von Percy Fishbane durchkreuzt, der gerade in dem Augenblick, als Goetzen sich zu einer Tasse Tee niedersetzte, in die Küche geschlurft kam. Fishbane war mit einem bodenlangen wollenen Schottenkaromorgenmantel bekleidet, unter dem die Spitzen von winzigen Schottenkaropantoffeln hervorlugten.

»Morgen«, sagte Fishbane fröhlich. »Ah, Tee. Schön, schön.«

Goetzen stöhnte.

»Nein, bleib sitzen. Unsereins holt sich selbst eine Tasse.« Er verschwand kurz in der Spülküche, kehrte mit einem Becher zurück, auf dem ein reich verziertes P prankte, und hüpfte auf einen Stuhl am Tisch. »Tantchen dreht sich manchen Morgen gern noch mal um, also werden wir beide uns selbst versorgen müssen. Wie wär's mit Toast und Marmelade?«

»Danke, gern.«

»Brot ist im Kasten, Butter im Kühlschrank, Marmelade im Küchenschrank.« Fishbane wies mit dem Kopf in die verschiedenen Richtungen.

Brummelnd machte sich Goetzen daran, ihr Frühstück zu bereiten.

»Hörte dich aufstehen, nicht, daß du viel Krach gemacht hast, aber unsereins hat einen leichten Schlaf. Hier ist eine Gelegenheit, Perce, sagte ich mir, für einen kleinen Plausch unter Männern.«

»Ich muß leider gleich weg. Ich habe das eine oder andere zu erledigen.«

»Sicher, sicher«, sagte Fishbane unbeirrt. »Immerhin hast du ja noch deinen Tee und deinen Toast vor dir. Reichlich Zeit für das, was unsereins zu sagen hat.« Er trank einen Schluck Tee, mit dem er sich geräuschvoll den Mund spülte, bevor er ihn hinunterschluckte. »Was ich dir jetzt erzählen werde, davon weiß dein Tantchen nichts, und bis ich dir was andres sage, verlasse ich mich auf dich als Kamerad in Herzensdingen, daß es so bleibt.« Mit seinen glitzernden Augen musterte er prüfend Goetzens Gesicht; Goetzen nickte. »Wie du vielleicht schon erraten hast, handelt es sich um eine ziemlich delikate Angelegenheit.« Er machte eine bedeutungsschwangere Pause; Goetzen nickte wieder. »Deshalb brauche ich erst mal einen Moment, um dich in die Vorgeschichte einzuweihen.« Er löffelte Marmelade auf eine Ecke von seinem Toast und biß ab, kaute langsam und starrte dabei zur Decke, als fänden sich dort die passenden Worte. Schließlich begann er seine Erzählung.

Fishbanes Bericht über seine frühen Jahre in Amerika, seine Einsamkeit, seine Begeisterung für die Brooklyn Dodgers, seine vergeblichen Bemühungen, die Massen zu politischem Bewußtsein zu erwecken – »es war, als wollte man die Sanftmütigen dazu aufwiegeln, das Erdenrund in Besitz zu nehmen« –, seine Artikel für linke Zeitschriften, seine wachsende Überzeugung, daß er vom FBI überwacht wurde, all dem schenkte Goetzen wenig Aufmerksamkeit. Seine Gedanken waren mit Poore-Moody und Stella beschäftigt. Aber etwas

von Fishbanes Erzählung drang in seine privaten Überlegungen ein.
»Ihr Name«, sagte Fishbane mit tremolierender Ehrfurcht, »war Miriam Pechvogel.« Seine glitzernden Augen schweiften über die Vergangenheit. »Sie hatte auch andere Namen, aus beruflichen Gründen, aber Miriam Pechvogel war der, mit dem sie geboren wurde.«
Sich ein- und ausblendend, bekam Goetzen mit, daß Miriam Pechvogel, »eine Bühnenkünstlerin, ein Rasseweib«, die erste große Liebe in Fishbanes einsamem Leben war. Fishbane konnte sein Glück gar nicht fassen. Was eine Frau von solch üppiger Schönheit in ihm sah, blieb ihm unerfindlich. »Sie nannte mich immer ihren Zwerghahn.« Als er sie kennenlernte, etwas über ein Jahr bevor er gezwungen war, die Staaten fluchtartig zu verlassen, hatte sie bereits zwei uneheliche Kinder von verschiedenen Männern. »Nichts von kleinbürgerlicher Moral bei ihr. Philosophisch waren wir beide Verfechter der freien Liebe.«
Eine Änderung im Tonfall zeigte an, daß Fishbanes Geschichte sich ihrem Höhepunkt näherte. Goetzen hörte aufmerksamer zu. So leidenschaftlich war die Hingabe der Liebenden, daß Miss Pechvogel zu gegebener Zeit *enceinte* wurde. Percy Fishbane sollte Vater werden. Doch das FBI schnüffelte herum, fragte sogar Miss Pechvogels Kinder auf dem Schulhof aus. »Dabei war ich nur ein harmloser Reporter und hab die Taktiken der faschistischen Regierung gegen die Gewerkschaften bloßgestellt. Man hätte denken können, ich wär ein Experte für Atomphysik!« Ein Tip von einem Freund warnte vor drohenden Verhaftungen in den Zeitungsredaktionen. Fishbane hatte seinen Paß eingesteckt und sich sofort eingeschifft, erreichte England mit wenig mehr als seinen Kleidern am Leib.

»Es geht darum: Ich hab drüben ein Kind, das jetzt Anfang zwanzig sein muß, dem ich nie begegnet bin und von dem ich nichts weiß. Als ich New York verließ, war Miriam in Chicago. Sie war im vierten Monat, einer ihrer letzten öffentlichen Auftritte. In ihrer Branche kann man ja nicht gut bis zur letzten Minute arbeiten.« Aus Angst vor angezapften Telefonen und in dem Bewußtsein, rasch fort zu müssen, hatte er sich nicht mehr mit ihr in Verbindung setzen können. Später hinderte ihn der Gedanke, daß er ihre Karriere gefährden könnte, daß sie auf die schwarze Liste kommen könnte, daran, ihr zu schreiben – »die haben sogar Briefe aufgemacht; die sind gegen Leute im Showbusineß hart vorgegangen«. Als dann der Senator aus Wisconsin keine Bedrohung mehr war und die Hysterie im Lande sich gelegt hatte, war Fishbane das Gefühl der Dringlichkeit abhanden gekommen. Er hatte bereits sein Leben in England wiederaufgenommen.

»Miriam und ich, das ist Schnee von gestern«, sagte er. »Außerdem bin ich jetzt gut situiert, und Miriam ist es hoffentlich auch. Ich liebe dein Tantchen, und ich weiß inzwischen die Annehmlichkeiten einer intellektuellen Partnerschaft und die Lebenskultur einer bürgerlichen Erziehung zu schätzen. Nicht, daß ich den alten Wahrheiten den Rücken gekehrt hätte. Aber ich weiß jetzt, daß gute Manieren manchmal von einem guten Herzen zeugen.« Er warf Goetzen einen verschmitzten Blick zu.

Goetzen war von Fishbanes Geschichte durchaus gerührt, aber er hatte eigene Probleme. Ostentativ sah er auf die Uhr.

»Ein bißchen Geduld, mehr verlange ich gar nicht«, sagte Fishbane gekränkt, »hör mich bis zu Ende an. Warum trinkst du nicht noch einen Schluck Tee?« Er füllte Goetzens

Tasse auf. »Ich habe über die Jahre ein bißchen beiseite gelegt, bei den Kapitalisten abgeschrieben. Warum auch nicht? Ich bin mein Leben lang ein Sklave gewesen. Was in meine Tasche wandert, wandert nicht in die Taschen von diesen Armleuchtern. Auf den armen Indio-Tagelöhnern wird sowieso rumgetrampelt. Also hab ich ein bißchen an der Börse spekuliert. Und 'n guten Schnitt gemacht mit mexikanischem Silber, dank eines Tips von deinem Tantchen. Ja, und wem soll ich's nun hinterlassen? Und da kommst du ins Spiel. Stell für mich in den Staaten ein paar diskrete Nachforschungen an. Ich kann dir nicht sagen, wo du anfangen mußt. Versuch den Sohn von Percy Fishbane zu finden. Wer weiß, was er jetzt treibt? So, wie er wahrscheinlich aufgewachsen ist, stehn die Chancen ziemlich gut, daß er hinter Gittern sitzt. Miriams Kreise, wie du dir vorstellen kannst, waren nicht die allerfeinsten, wenn man's recht bedenkt. Aber zögere nicht zu lange. Die Zeit ist ein Fluß ohne Wiederkehr, wie du weißt.«

»Ich werde natürlich tun, was ich kann. Aber meine Pläne sind im Moment recht ungewiß. Ich weiß noch nicht, wann ich in die Staaten zurückfahre.«

Fishbane wiegelte mit einer Geste ab. »Es brennt nicht. Du kannst hier so lange bleiben, wie du willst, drei Tage, vier, fünf. Meinetwegen brauchst du nicht ins Hotel zu ziehen. Dies ist ein offenes Haus. Aber sobald du wieder drüben bist ...« Er sah plötzlich auf. »Morgen, Ciss. Schön geschlafen?«

Tante Cicely stand in einem modischen Seidenmorgenrock an der Küchentür. »Da seid ihr ja, ihr zwei. Möchtet ihr Rühreier mit Schnittlauch?«

»Wär ne Wucht«, sagte Fishbane. »Dein Neffe und ich, Ciss, wir haben uns mal so richtig ausgesprochen. Jetzt kennen wir uns ne Ecke besser, und das war alles, was Percy Fishbane wollte.«

»Für mich nicht, danke. Ich habe einiges in der Stadt zu erledigen«, teilte Goetzen seiner Tante mit. »Ich werde im Laufe des Nachmittags mein Gepäck abholen.«

»Dann los mit dir«, sagte Fishbane. »Und vergiß nicht, was ich dir gesagt habe.«

»Was denn, Percy?«

»Was unter Männern«, sagte Fishbane vergnügt.

* * *

Was ihn drüben am Mosholu erwarten mochte – nun, Goetzen zog es vor, nicht daran zu denken. Zum allermindesten würde man von ihm verlangen, dem College die Kosten seines Flugtickets zu erstatten. Diese ließen sich jedoch wiedererlangen, falls er das Finanzamt davon überzeugen konnte, daß die Reise beruflich notwendig war. Deshalb machte er sich auf den Weg zum Britischen Museum, um sich ein oder zwei mit dem Datum abgestempelte Ausleihscheine zu besorgen. Er bog in den großen Vorhof des Museums. Ein Banner quer vor der Fassade gab eine Ausstellung von Michelangelo-Zeichnungen bekannt. Er würde kurz in den Lesesaal schauen, sich sein Beweismaterial beschaffen und dann eine angenehme Stunde in der Ausstellung verbringen.

Eine unerwartete Gestalt schritt die Treppe vom Haupteingang herunter und trat ins gleißende Sonnenlicht. Es war Candy Peaches. Man mag übers Tingeltangel sagen, was man will, aber es hatte sie gelehrt, eine so alltägliche Tätigkeit mit ungewöhnlich sinnlicher Grazie auszuführen. An ihrer Erscheinung jedoch war nichts, was auf Tingeltangel hindeutete. Sie trug ein elegantes marineblaues Schneiderkostüm, dessen Strenge von einer weichen Spitzenschleife am Hals einer weißen Bluse gemildert wurde. Ihr herrliches Haar war ordentlich frisiert. Sie schenkte ihm ein strahlendes Lächeln.

»Mein Gott, Marty, Sie sehen ja grauenhaft aus. Was haben Sie denn bloß getrieben, oder darf man nicht fragen?«

London war trotz all seiner wimmelnden Millionen ein Dorf. »Tut mir leid, daß ich Sie gestern verpaßt habe. Ich habe solange gewartet, wie ich konnte.«

»Ja, Sugar hat's mir gesagt. Wieso humpeln Sie denn?«

Goetzens Füße, am Morgen hastig bandagiert, waren von seinen Wanderungen mit schmerzhaften Blasen bedeckt. »Hab mir beim Aufstehen den Zeh gestoßen.«

Er wies auf das Museum hinter ihr. »Sie schauen sich die Sehenswürdigkeiten an?«

»Könnte man sagen.« Sie blies ihm eine Kaugummiblase entgegen, sog sie wieder ein, kaute und grinste. »He, laden Sie 'n Mädel zu ner Tasse Kaffee ein?«

»Wird gemacht.« Der Lesesaal und Michelangelo konnten warten. Sie nahm seinen Arm, und zusammen begaben sie sich auf die Suche nach einem Coffeeshop.

Als er ihr dann mit Kaffee vor sich an einem wackligen Tischchen gegenübersaß, genoß Goetzen diesen Moment der Nähe zu einer schönen jungen Frau. Aus den Tiefen seiner Müdigkeit holte er seinen Charme hervor. »Haben Sie schon Pläne für heute abend?«

Sie hielt in gespieltem Entsetzen die Hände hoch und blitzte ihm ihr bezauberndes Lächeln entgegen. »He, bin ich denn auch sicher so hier mit Ihnen?«

Goetzen fühlte sich ermutigt und meinte, das Drehbuch zu erkennen. Also setzte er nach. »Soweit sind Sie es, aber ich garantiere für nichts.«

»Marty, ich möchte mal ein paar Dinge von Anfang an klarstellen.« Sie zählte sie an ihren schlanken Fingern ab. »Erstens, ich bin nicht blöd; zweitens, ich laß nicht jeden ran.«
Goetzen, völlig aus dem Takt gebracht, sagte: »Oh.«
Sie lachte über seine Bestürzung. »He, Kopf hoch, wir können immer noch Freunde sein.« Sie feixte schelmisch. »Einige meiner besten Freunde sind Männer.«
Goetzen probierte ein Lächeln.
»Die meisten Männer, und das sage ich denen auch, denken erst mal, sie sind die Ausnahme. ›Leg dich zurück und entspann dich, Schatz, das wird dir gefallen.‹« Sie führte ein paar rasche Stöße mit der steif vorgestreckten Handkante aus. »Ich kann ziemlich gut Karate. Doch, mit meiner Libido stimmt alles. Ich finde nur, mein Körper gehört mir, und vielleicht habe ich ein Mitspracherecht über seine richtige Verwendung und Benutzung.«
»Äußerst löblich«, sagte Goetzen schwach. »Trotzdem scheint das kaum in Einklang mit Ihrer Berufswahl zu stehen. Ich meine, eine Meisterin der Ekdysis verhüllt nicht gerade ihre Intimzone. Und der Vortrag selbst lädt zu der Art männlicher Reaktionen ein, die Sie verdammen.«
»Ach, das«, sagte sie. »Intimzone kann man so oder so sehen. Aber was Sie sagen, hat was für sich. Jedenfalls werd ich mal drüber nachdenken.« Sie zog einen Zettel aus ihrem Notizbuch und schrieb sich etwas auf. »Ich werd's mit meinem Psychiater besprechen. Aber Striptease ist nicht mein Beruf. Da bin ich nur durch die Familienbande reingerutscht.« Sie zwinkerte. »Sogar Mama kann noch Shimmy tanzen. Sie hat draußen in Sausalito nen kleinen Laden, Mimi-a-Go-Go. Hin und wieder zeigt sie für die Senioren eine ihrer alten Nummern. Aber ich mach das Tingeltangel nur nebenbei. Die Bezahlung ist gut, Sie würden staunen. Ich

hab mich durchs Collegestudium am Ohio State gestrippt, und jetzt strippe ich mich durchs Graduiertenstudium.«
O schöne neue Welt, die solche Geschöpfe aufzuweisen hat! Er war nicht fähig, seine Überraschung zu verbergen.
»Erste Eindrücke, Marty?« Sie lachte hochentzückt.
»Aber was studieren Sie? Und wo?«
»Psychologie, an der Yale. Jetzt arbeite ich gerade an meiner Magisterarbeit: ›Verdrängte Erotik in den Romanen von Autorinnen des frühen neunzehnten Jahrhunderts‹. Wenn ich mit Jane Austen fertig bin, wird sie nie wieder so aussehen wie vorher.«
Sie schaute auf die Uhr. »Dabei fällt mir ein, ich habe noch ein paar Stunden im Lesesaal vor mir. Kommen wir zur Sache, ja? Ich war Ihnen gegenüber offen, und ich möchte, daß Sie mir gegenüber offen sind.« Sie legte ihre Hand auf seine. »Ich bezweifle, daß Sie Martin Chuzzlewit heißen, ich kenne meinen Dickens. Außerdem kenne ich Spinozas Schuppen, und ich gehe jede Wette ein, daß Sie da kein Stammgast sind. Deshalb frage ich Sie ganz direkt: was wollen Sie von Dolly und Sugar? Sie sind meine Schwestern. Sie sind nicht gerade Intelligenzbestien, und ich will nicht, daß sie eins auf die Nase kriegen.«
Verschreckt von diesem Frontalangriff, sagte Goetzen die Wahrheit. Jedenfalls nannte er ihr seinen Namen und seine akademische Zugehörigkeit. Was sein Interesse an den Schwestern betraf, so war er drei schönen jungen Frauen ohne männliche Begleitung begegnet. Es bereitete Vergnügen, mit ihnen zu reden. Das war doch sicherlich nicht so absonderlich? Gewiß wollte er keiner von ihnen etwas zuleide tun. Und hatte es sich nicht bereits für ihn ausgezahlt? Saß er nicht im Moment freundlich plaudernd mit Candy zusammen?

»Sind Sie mir heute zum Museum gefolgt?«
»Aber nein, bestimmt nicht!« Da dies tatsächlich die Wahrheit war, sagte er es im Brustton der Überzeugung.
»Sind Sie verheiratet, Marty?«
»Nicholas. Nein, natürlich nicht.«
»Tun Sie nicht so entsetzt. Ich hab mich nur gefragt, warum Sie uns nicht Ihren richtigen Namen genannt haben.«
Wiederum war Goetzen gezwungen, auf die Wahrheit zurückzugreifen. »Ich habe mir in den letzten Jahren die Unsitte des Lügens angewöhnt. Meistens lüge ich ohne triftigen Grund.«
»So war ich früher auch«, sagte sie. »Aber dann bin ich erwachsen geworden. Gewöhnen Sie sich das ab, Nicholas. Besonders, wenn wir Freunde werden sollen.«
»Abgemacht«, sagte er. Ach, wenn das nur so einfach wäre!
Sie standen auf, um zu gehen.
»Ich begleite Sie zurück zum Museum, wenn Sie einverstanden sind«, sagte er, »aber ich glaube, meinen eigenen Besuch werde ich vertagen.«
Sie nahm seinen Arm. Ein Weilchen gingen sie schweigend.
»Ist es Dolly und Sugar Ernst mit den *Hamlet-Follies*?« fragte er.
Candy grinste. »Doch, das ist ihr Ernst. Von Zeit zu Zeit setzt sich Dolly was in den Kopf. Es wird nichts draus werden. Aber sie ist gut in ihrem Beruf. Wirklich. Sie ist eine der Besten in der Branche. Sugar ist auch ziemlich gut, hat's aber irgendwie nie bis ganz nach oben geschafft. Hören Sie, ich liebe die beiden, das sind meine großen Schwestern, also verstehen Sie mich nicht falsch. Aber das klassische Theater? Damit nicht.«
»Die Szene aus *Hamlet*, das müssen Sie zugeben, die hatte was.«

»Klar, das gebe ich zu«, sagte sie, »aber Dolly will im Old Vic rauskommen, oder mindestens im Garrick.« Sie drückte seinen Arm.

»Was spielt Bobby dabei für eine Rolle?«

Candy zuckte die Achseln. »Wer weiß? Dolly kann gut auf sich aufpassen, wenn's zu romantischen Abenteuern kommt. Vielleicht hat sie einen Sponsor aufgegabelt, vielleicht etwas mehr. Sie sagt, er ist süß. Sie muß es wissen.«

Sie waren beim Museum angelangt.

»Viel Glück mit Jane Austen«, sagte er. »Ich fand diesen Vormittag schön.«

»Ich auch. Übrigens, um Ihre erste Frage zu beantworten, heute abend habe ich keine Zeit. Aber es gibt noch andere Abende. Melden Sie sich.«

Sie stellte sich auf die Zehenspitzen und küßte ihn sanft auf die Wange. Er stand da und sah ihr nach, bis das Museum sie verschluckte.

* * *

Tante Cicelys guter Freund war nicht da, als Goetzen in Hendon anlangte, um sein Gepäck abzuholen. Er war nämlich in der Stadtbücherei, wo er gern wenigstens einmal die Woche ein oder zwei Stunden zubrachte. »Mr. Fishbane ist ein begeisterter Leser der russischen Klassiker«, erklärte Tante Cicely. »Er wird bald zurück sein, aber davor haben wir reichlich Zeit für unsere kleine Aussprache.«

Sie saßen zusammen im Vorderzimmer, aßen heiße, gebutterte Scones und tranken Tee.

»Du hast dich verändert, Nicholas.«

»Hoffentlich nicht zum Schlechteren.«

»Ich habe das Gefühl, ich kenne dich gar nicht. Es ist, als

ruhtest du nicht in dir selbst, als wäre dir irgendwie in deinem eigenen Körper nicht wohl. Als hättest du keinen Halt.«

»Die Dinge ändern sich, die Menschen ändern sich. Die Zeit vergeht. Du hast dich auch verändert.«

»Mr. Fishbane meint es gut.«

»Davon bin ich überzeugt.«

»Du darfst nicht schlecht von ihm denken, weil er ein bißchen ...«

»Ungehobelt ist?«

»Bitte sag das nicht. Er hatte nicht unsere Kinderstube. Aber er hat einen starken Familiensinn, vielleicht weil er selbst alleinstehend ist. Er fand es falsch, daß wir überhaupt keine Verbindung mehr hatten. Er ist ein guter Mann.«

Goetzen wurde versöhnlicher. »Das ist er sicher, sonst wärst du nicht so eng mit ihm befreundet.«

Sie lächelte. »Aber zuerst das Geschäftliche, lieber Nicholas. Du sollst wissen, daß das Haus in Hampstead immer noch dir gehört, ich habe es nie verkauft. In Wahrheit habe ich es immer nur kurzfristig vermietet – meistens an amerikanische Akademiker. Zur Zeit ist ein Professor Luftmensch drin. Er hat irgendwo einen Lehrstuhl für zwischenmenschliche Dynamik, was immer das sein mag. Aber er zieht morgen aus. Sobald er fort ist, kannst du mit dem Haus tun und lassen, was du willst. Und dann ist noch dieses Haus da, das dir eines Tages zufallen wird, zusammen mit dem, was von Großpapas und meinem Vermögen verblieben sein wird. Soviel zum Geschäftlichen.«

»Tante Cicely –«

»Nein«, unterbrach sie ihn, »kein Wort.« Nach einer kurzen Pause fuhr sie fort: »Mit deinem Vater habe ich mich nie besonders gut verstanden, wie du weißt.«

»Ich weiß. Ich dachte immer, es hätte etwas damit zu tun, daß ich ein Bastard bin.«
»Du bist kein Bastard, Nicholas, auch wenn das nicht das geringste geändert hätte. Deine Mama und dein Papa haben vor deiner Geburt geheiratet.«
»Es war aber eine Mußheirat.«
»Es hat Großpapa fast das Herz gebrochen. Diese Schande! Heutzutage fällt es schwer zu glauben, was für ein Aufhebens früher davon gemacht wurde. Aber Großpapa hatte eben sehr strenge Moralvorstellungen. Schließlich war er ein Viktorianer von echtem Schrot und Korn. Er hat sogar deine Mutter nach der alten Königin benannt. Dein Vater war jedoch sehr charmant, das muß ich zugeben; er hatte ein gewinnendes Wesen. Deine Mutter hat ihn angebetet, ihn geradezu vergöttert. Aber er war ein schrecklicher Schürzenjäger. Alle waren sie das, alle Goetzens, sogar dein Onkel Ferri, der bei weitem der anständigste von allen war. Die arme Victoria! Wie hat sie sich die Augen aus dem Kopf geweint wegen der Seitensprünge von ihrem Felix, und wie hat er sie in ein paar Minuten wieder um den Finger gewickelt! Aber weißt du, Nicholas, ich bin alt genug geworden, um meine Schwester zu beneiden. Ich beneide sie um die Vollkommenheit ihrer Liebe zu deinem Vater. Das war's, denke ich, obwohl ich damals lieber gestorben wäre, als es zuzugeben: diese pure Körperlichkeit. Sie hat sie bis zur Ekstase genossen. Als dein Vater starb, hatte sie das Gefühl, daß auch ihr Leben vorbei war. Und in mancher Hinsicht stimmte das. Du erinnerst dich wahrscheinlich nicht an seine Beerdigung, du warst zu der Zeit noch ein kleiner Junge, armes Kerlchen. Deine Mutter wurde fast wahnsinnig vor Schmerz. Sie haben sie nicht mal in die Nähe vom Sarg gelassen. War auch gut so. Barbarische Geschichte. Der Rabbi war eine Gestalt

aus einem polnischen Horrorfilm. Ja, und ich habe nun Mr. Fishbane, und wir werkeln hier beide zusammen im Haus herum, und ich liebe ihn. Oh, ich weiß, wie er auf die Außenwelt wirken muß, aber ich liebe ihn.« Sie drehte sich plötzlich um. »Ach, Percy, hast du mich erschreckt!«

Fishbane stand in der Tür, eine Schottenmütze auf dem Kopf, einen Schottenkaroschal dreimal um den Hals gewickelt, zwei Bücher unter dem Arm. »Da seid ihr ja«, sagte er. »Eine Szene familiären Friedens, wie sie selbst Tolstoi das Herz wärmen würde. Und noch dazu im Vorderzimmer. Ich hoffe in aller Bescheidenheit, ich störe nicht.«

»Überhaupt nicht«, sagte Goetzen liebenswürdig. »Wir haben auf dich gewartet, damit du das Bild vervollständigst.« Tante Cicely langte über den Tisch und drückte seine Hand.

ELF

Es war zwei Uhr nachmittags am folgenden Tag. Goetzen saß bedrückt in der Gaiety Bar des Russell-Hotels. Vor ihm auf einem Tischchen stand ein halbleeres Glas helles Bier und ein Pappteller mit einem Schinkensandwich, dessen Ecken sich aufwarfen. Die Ausstattung des Raumes in Violett und Rot lud zu sarkastischen Gedanken ein. Man konnte auch hier verfaulen, dachte er. Kurz zuvor war er in der Bibliothek des Britischen Museums gewesen, nicht nur auf der Suche nach Candy – obwohl er sich natürlich im Lesesaal nach ihr umgeschaut hatte –, sondern weil er sich immer noch seine abgestempelten Leihscheine besorgen mußte. Dort hatte er auf einem Sessel gesessen, der einst vielleicht Karl Marx zu Diensten gewesen war, und sich von Stellas Telegramm, das er im American Express-Büro am Haymarket vorgefunden hatte, zu einem Gedicht inspirieren lassen:

An Stella
Über seine Trennung von ihr

Da ich mich füge (notgedrungen)
In diese Scheidung, die erzwungen,
Im menschenleeren Bett mich sehne

Nach deines Leibes Kantilene,
Die süßer klingt als Orpheus' Lieder,
Wer wärmt mir jetzt die wehen Glieder,
Wer tröstet mich in corpore
Statt deiner, mein' Eurydike?
        Auf der Gedanken Leinewand
Dich nun mein trockner Pinsel bannt,
Sucht mit Karmin und Kadmium
Zu füllen dieses Vakuum,
Gibt dir die Formen Aphrodites
Mit einem Hauch von Zellulitis,
Leiht sich die Farb' der Aprikose
Für das, was sonst verbirgt die Hose,
Und tut es doch nicht gleich dem Schwengel,
Der sonst bestellte diesen Sprengel,
Muß beugen sich als ein Kopist
Dem weitaus beßren Pointillist.
        Kein Heid' verehrte so frenetisch
In grauer Vorzeit seinen Fetisch
Wie ich dein Konterfei im Geiste,
O du Abgöttin meiner Leiste.
Dein bloßes Bild entfacht zu Sturm
Das Blut mir, bis sich reckt der Wurm.
        Ach! Innig Lieb ist nur ein Wahn:
Luftig Fleisch fürs Denkorgan.
Der Geistesmensch wird so zum Harung
Aus Mangel an lebendger Nahrung.
Genug des Leids ist mir getan!
Wann endet dieser Ramadan?

Er fühlte, wie ihm die Augen zufielen, wie ihm der Kopf auf die Brust sank, und richtete sich mit einem Ruck auf. Das ging nun wirklich nicht. Hinter seiner rechteckigen Einfriedung polierte der Barkeeper ein Glas und schüttelte mitleidig den Kopf. Goetzen zog Stellas Telegramm aus der Tasche und wandte dem Barkeeper den Rücken zu. Er entfaltete es und las es noch einmal durch, obwohl er seinen Inhalt bereits auswendig konnte.

LIEBSTER NICHOLAS ANKOMME FREITAG 15 UHR STOP WOHNE ESU CHARLES STREET STOP HIER SCHLECHTE NACHRICHTEN STOP WOHNUNG DEMOLIERT TOTALES CHAOS STOP VERMISSE DICH SCHRECKLICH STOP IN LIEBE STELLA

Wie ihre Ankunft hier sein Leben weiter komplizieren würde, vermochte er nicht zu sagen. Er wußte nicht, ob er sie auch vermißte; ebensowenig wußte er, ob er sich freute, daß sie kam. Was hatte sie mit der Demolierung ihrer Wohnung gemeint? War bei ihr eingebrochen worden? Morgen würde er es wissen. Auf der Rückseite des Telegramms notierte er rasch in der selbstgewählten Rolle des Liebhabers eine Tornada zum Gedicht vom Vormittag:

Venus hörte dieses Karmen,
Faßte allsogleich Erbarmen,
Lindert schnurstracks mein Beschwer:
Schickt mir Stella morgen her!

Goetzen hob den Blick vom Telegramm und schaute durch den Raum zu der schwach beleuchteten Nische ihm gegenüber. Allein an einem Tischchen wie dem seinen saß dort eine rundliche Gestalt, eine Frau in einer Hose und einem Trenchcoat mit Gürtel. Sie beschirmte die Augen mit der fla-

chen Hand und spähte darunter hervor, offenbar genau in seine Richtung. Es war unangenehm. Die Frau ließ die Hand sinken und stieß einen Schrei aus.
»Nobby!«
Es war natürlich Diotima von Hoden – die sich hier, wie sie ihm erst voriges Wochenende erzählt hatte, für ein bißchen Ochserei in der Bibliothek des Britischen Museums aufhielt. London war kein Dorf, es war ein Weiler.
»Nobby!«
Mit dem Gebaren eines Mannes, der mit Entsetzen feststellen muß, wie spät es ist, sah Goetzen auf die Uhr. Aus der Nische kamen die Geräusche eines umstürzenden Tisches, zersplitternden Glases und verschütteter Flüssigkeit.
»Nobby!«
Er stürzte zur Tür, rannte die Treppe hinunter und schritt so rasch und zielgerichtet, wie es seine immer noch wehen Füße erlaubten, über die Straße auf den Square zu.
»Nobby, warte. Ich bin's, Didi!«
Er beschleunigte seine Schritte.
Hinter ihm war das gewaltsame Quietschen von Bremsen zu hören, ein dumpfer Aufprall und dann das melancholische, geistesgestörte Jaulen einer festgeklemmten Hupe. Goetzen blieb nicht stehen.
»Nobby! Warte doch, meine süße Bockwurst … halt … bleib stehen … Achtung!«
Passanten schauten jetzt zu Goetzen, Köpfe wandten sich nach ihm um. Ihn ergriff Panik. Schweiß rann ihm in die Augen. Sein Herz hämmerte. Jemand machte Anstalten, ihn festzuhalten. Er wich aus und fing an zu rennen. Ein Hund bellte. Die Hupe heulte.
»Nun mal langsam, was ist denn hier los?«
Goetzen, dessen Augen brannten, war direkt einem Poli-

zisten in die Arme gelaufen, einem Riesen, der ihn unentrinnbar am Oberarm festhielt. Ein buschiger rotblonder Schnurrbart senkte sich von seinen Nasenlöchern, rankte sich aber dann empor, um seine rosigen Wangen zu schmücken.

»Jemand ist hinter Ihnen her, mein Junge.«

»Was?« Goetzen drehte sich baß erstaunt um, vermochte sich aber nicht dem starken Griff des Gesetzes zu entwinden. Vielleicht zwanzig Meter hinter ihm war Diotima, vornübergebeugt hielt sie sich an einem Laternenpfahl fest und rang nach Atem. »Großer Gott, es ist Mutter!«

»Ach, Ihr Muttchen, ja?« Der Griff ließ ein wenig nach.

»Ja.«

»Na dann wollen wir mal sehen. Kommen Sie mit, Sir.«

Mit gewichtigem und würdevollem Schritt eskortierte der Polizist Goetzen dorthin zurück, wo Diotima, inzwischen aufrecht, keuchend am Laternenpfahl stand.

»Welch ein Glücksfall, dich so zu treffen!« sagte Goetzen ehrlich erfreut. »Das haben wir dem Konstabler zu verdanken, altes Mädchen.«

Goetzen wandte sich zu dem Mann um und studierte dessen Kragenspiegel. »Haben Sie vielen Dank, PC 49!«

PC 49 ließ Goetzens Arm los. Er tippte mit dem Zeigefinger an seinen Helm und zitierte den Schwan von Avon: »Ende gut, alles gut.«

»Heißen Dank, Bobby«, keuchte Diotima in einer der Örtlichkeit angepaßten Ausdrucksweise.

»Schön, schön. Dann werde ich mal wieder.« Die festgeklemmte Autohupe erreichte die Ränder seiner Aufmerksamkeit. »Tz-tz.« Er schritt von dannen, um dem Geräusch auf den Grund zu gehen.

»Hast du mich nicht rufen hören? Ich habe mir die Kehle aus dem Hals geschrien!«

»Nein, ich fürchte nicht. Leider bin ich schrecklich in Eile.«

»Ich habe den Liebestrank, Nobby. Hier in London.«

»Freut mich zu hören. Es war schön, dich wiederzusehen, aber ich bin mit meinem Verleger verabredet und habe mich schon verspätet.«

Diotima war wieder zu Atem gekommen. Ihre Augen verengten sich vor Konzentration. »Aber wir müssen miteinander reden.«

»Nicht jetzt, Diotima. Ich muß wirklich los.«

»Ich wohne im Hotel Isfahan in Swiss Cottage, einen Katzensprung vom U-Bahnhof. Aber wo wohnst du?«

»Im Inn on the Park.« Goetzen sprach wie ein Erleuchteter. »Komm heute abend zu mir, um halb neun. Wir werden in meiner Suite zu Abend essen, nur wir beide. Champagner, Musik und dann ...«

»O ja! Heut abend, mein Schatz! O ja, o ja!«

Er drohte ermahnend mit dem Zeigefinger und zwinkerte. »Nicht den Liebestrank vergessen, Didi.«

»Zweifle nicht an mir, Geliebter.« Sie ergriff seine Hand und drückte ihr einen gierigen Kuß auf. »Heut abend, Nobby Poore-Moody! Heut abend, du meine schöne Bockwurst! Heut abend!«

* * *

Goetzen saß jetzt mit blasenbedeckten Füßen im etwas verblichenen Glanz der Lounge der English-Speaking Union und wartete auf Stella. Zwei ihrer Landsmänninnen hatten sich in einer Ecke niedergelassen und hechelten Spode-Porzellan, Kaschmirwolle und das Londoner Theater durch. Sie wurden offenbar heftig von Zugluft geplagt, aber der uralte Kellner, der vielleicht wirklich taub war, stellte sich jedenfalls taub für ihre Klagen. Goetzen lächelte ihnen mitfühlend zu. Bekanntermaßen, so besagte sein Lächeln, gab es in Amerika generell keine Zugluft.

Er durchblätterte eine alte Ausgabe des *Tatler* und schaute alle paar Minuten ungeduldig auf die Uhr. Er stand dicht vor etwas Entscheidendem. Liebe, etwas anderes konnte es nicht sein, durchflutete ihn. Und wer wollte bezweifeln, daß diese Liebe erwidert wurde? Reif war Stella und strahlend war sie, und sie gehörte zu ihm. Sie gehörte auch, mochten manche sagen, zu Poore-Moody, aber das war eine belanglose Formalität, ein Problem, das die nächsten ein oder zwei Tage lösen würden. Ihre Anhänglichkeit an diesen bejahrten Sünder machte sie für Goetzen nur um so liebenswerter. Daß sie ihrem meschuggenen Mönch aus Mitleid dreitausend Meilen weit hinterherflog, war irgendwie rührend. In Goetzens Armen jedoch würde sie ihre Ruhe finden.

Stellas Stimme aus der Empfangshalle brach in diese glücklichen Gedanken ein. Sie war angekommen! Kaum war er aufgesprungen, da erschien sie in der Tür. Sie küßten sich lange und leidenschaftlich.

Er hielt sie auf Armeslänge bei den Schultern und betrachtete sie. »Du wirst immer schöner«, sagte er. Und so war es auch. Sie sah hinreißend aus. Die dunklen Ringe der Schlaflosigkeit waren an ihr ein sinnlicher Reiz, der ihn wärmte.

»Warum hast du nicht angerufen? Du bist ein schrecklicher Geizkragen! Herrgott, du hättest doch ein R-Gespräch anmelden können.« Sie küßte sein Ohrläppchen, knabberte dabei sanft mit den Zähnen daran. Ihre Zungenspitze fuhr pfeilschnell in sein Ohr und wieder heraus. »Wir müssen über so vieles reden. In New York ist die Hölle los. Ich habe das College angerufen, und dann ist da noch die Wohnung. Und was ist mit Robert?« Sie küßte ihn wieder, drängend.

Das Klappern einer Teetasse auf ihrer Untertasse erinnerte ihn daran, daß sie nicht allein waren. »Das Wichtigste zuerst«, sagte er. »Wir wollen dich als erstes in deinem Zimmer unterbringen.« Er wies mit dem Kopf zu ihren Landsmänninnen, die hingerissen dasaßen und sich von der Zugluft nicht mehr gestört fühlten.
Stella zwinkerte ihnen zu. »Komm, das Wichtigste zuerst«, sagte sie mit lüsternem Unterton. »Bring mich als erstes in meinem Zimmer unter, ja?«
»Meine Verlobte«, sagte Goetzen.
»Mein britischer Liebhaber«, sagte Stella und zog ihn am Arm fort.

* * *

Sie liebten sich hartnäckig, zügellos, selbstsüchtig. Sie lagen sich in den Armen, streichelten sanft empfänglich gewordene Haut, und sie küßten und drehten und wanden sich Fleisch an Fleisch. Und bald begannen sie von neuem, doch zärtlich; und lagen dann, endlich erschöpft, Seite an Seite, ihre Hand umfaßte ihn sanft, seine Rechte ruhte schwer auf ihrer feuchten Scham.
»Hunger?« fragte er nach einer Weile. »Wir sollten irgendwo einen Tisch reservieren. Wäre dir das Red Lion recht?«
»Es mag ein wenig geschmacklos anmuten«, sagte sie, »angesichts unserer gegenwärtigen Situation, aber ich meine, es ist an der Zeit, daß du mir von Robert erzählst.«
»Später. Du hast recht, es ist geschmacklos.«
»Aber Nicholas –«
»Später. Erzähl mir erst von New York. Habe ich dich recht verstanden, daß du das College angerufen hast?«
»Was sollte ich denn anderes tun? Ich mußte mich unbedingt

mit dir in Verbindung setzen. Ich dachte, sie würden mir deine Londoner Adresse geben.«

»Ich habe denen überhaupt nicht gesagt, daß ich hier bin, um Himmels willen! Mein Gott, Stella, was hast du getan?« Er sprang aus dem Bett und zog sich die Hose an.

»Woher sollte ich denn das wissen?« sagte sie. »Wo willst du hin?«

Goetzen hatte keine Ahnung. Er setzte sich neben sie aufs Bett. »Erzähl mir, was passiert ist.«

»Wahrscheinlich, was du ein ›komplettes Schlamassel‹ nennst. Anfangs haben sie behauptet, du seist in LA, bestanden darauf, aber ich habe ihnen gesagt, ich hielte dein Telegramm aus London in Händen. Dann sagten sie, ja, sie hätten schon gehört, daß du an der Westküste nicht aufgetaucht seist, und es gäbe einige ernste Fragen zu klären. Dann mußte ich ein Weilchen warten. Schließlich fragten sie, wer ich eigentlich wäre und ob ich mit deinem Fachbereichsleiter sprechen wollte? Da habe ich lieber aufgelegt.«

»Ach, mach dir keine Sorgen«, sagte Goetzen seufzend. »Es wäre sowieso alles herausgekommen.« Er führte ihre Hand an die Lippen und küßte ihr die Fingerknöchel.

»Ich bewundere deine Ritterlichkeit, Liebling, und ich bin mir voll bewußt, daß du nur meinetwegen in dieser Klemme steckst. Nein, leugne es nicht. Ich meine, wie du alles hast stehen und liegen lassen, um Robert für mich zu suchen.«

»Ach das, ja. Ich habe dir schließlich mein Wort gegeben. Aber, Stella, ich muß dir etwas sagen –«

Sie legte ihm die Hand auf die Lippen. Ihre Augen waren feucht. Nun, Goetzen hatte es versucht.

»Was hat dich auf seine Spur geführt?« wollte sie wissen.

»Das ist eine lange Geschichte. Außerdem, du weißt doch, wir wollen noch nicht von Robert reden.«

»Du solltest aber das College anrufen.« Sie drehte sein Handgelenk um und schaute auf seine Uhr. »Drüben ist noch früher Nachmittag. Vielleicht kannst du den Schaden ja in Grenzen halten.«

»Vielleicht mache ich das bald. Aber es gibt doch noch mehr zu erzählen. Was ist mit deiner Wohnung passiert, Stella? Mußtest du dich deswegen mit mir in Verbindung setzen?«

Mit geweiteten Augen sah sie ihn verblüfft an. »Mein Gott, Nicholas, nicht meine Wohnung, *deine*!«

»Was ist damit?«

»Sie ist demoliert worden, ein Trümmerhaufen, völlig zerstört.«

Einem Nachbarn auf Goetzens Etage war Goetzens offene Wohnungstür aufgefallen, er hatte geklopft, hineingeschaut und sich rasch zurückgezogen. Er hatte den Hausmeister informiert, der hatte die Polizei informiert, und die hatte andere Mieter befragt. So hatte Stella es erfahren. Sie hatte angegeben, mit ihm befreundet zu sein, und es übernommen, ihn zu benachrichtigen. Außerdem hatte sie sich die Wohnung angesehen.

Keine Photographie, kein Druck, kein Gemälde war an den Wänden verblieben. Die vollständige Goetzen-Sammlung, Familienphotos, Opas Sarah Bernhardt-Memorabilien, alles zerrissen, alles zertreten, alles zerfetzt, alles auf einem Haufen in der Mitte des Wohnzimmers auf einem Bett aus Glassplittern, Geschirrscherben und Brennholz: zerbrochene Bilderrahmen und abgehackte Tischbeine, helles Holz, ohne sein Furnier wie Totengebein – ein Scheiterhaufen, der jedoch nicht angezündet worden war. Die Barbaren waren davor zurückgeschreckt, ein Streichholz daranzuhalten. Statt dessen hatten sie den Haufen vollgepinkelt.

Die Möbel hatten eine Axt zu spüren bekommen. Die

schwereren Stücke trugen häßliche Kerben und klaffende Scharten. Auf den Polstermöbeln hatten sie ihre Fäkalien hinterlassen, vertrocknende Häufchen als Karikatur der aufgehäuften Goetzenschen Besitztümer oder, in Stellas Worten: Scheiße, die Signatur der Vandalen. Das große Bett war als einziges ungeschoren davongekommen. An den Wänden verkündeten in verschiedenen Handschriften gesprühte Graffitisprüche ideologische Rechtfertigungen für das Werk der Zerstörung: VIVA MAO, TOD ALLEN MÖSENPROFS, HOCH DIE PLO, SCHEKSPIER IST FÜRN ARSCH, ALLE MACHT DEM VOLK.

Die Nachricht traf ihn mit der Übelkeit erregenden Wucht eines Schlags in den Unterleib. Im Laufe ihres Berichts wurde er bleich, alle Kraft verließ ihn, er rang um Haltung, hörte ihr zu, versuchte, ihren Worten einen Sinn abzugewinnen. Es war also alles vorbei. Die materiellen Überbleibsel seiner Vergangenheit, die Hausgötter, waren zertrümmert, und selbst Sarah lag inmitten von Kot und Staub. Mit einem einzigen mächtigen Satz waren die Nagelstiefel die Treppe hinaufgesprungen. Er war jetzt, in einem Sinn, den Tante Cicely nicht vorausgeahnt haben konnte, ohne Halt. Die wesentlichen Quellen seines Daseins, seine mythischen Wurzeln, sein Selbstgefühl – sie alle waren fort: der spiegelblanke, 1847 in Graz von Hand verfertigte kleine Tisch zum Beispiel, der auf den ältesten Familienphotographien zu sehen war, ein Tisch, der unbeschadet von Wien nach Hampstead gereist war und, nachdem Marko ihn für sich beansprucht hatte, unbeschadet von Hampstead nach New York. Jetzt war er verschwunden und darin unterschied er sich am Ende nicht von der gesamten Sippe der Goetzens. Jetzt waren sogar ihre Schatten verschwunden, ihre Abbilder in Sepiatönen, in Schwarz und Weiß, Momente der Zeit, einstmals eingefangen und gesichert, jetzt für immer verschwunden, zerrissen, zertreten, vollgepinkelt und -geschissen.

Stella hielt ihn fest bei der Hand. »Es tut mir so leid, Liebling.«

Goetzen sagte nichts.

»Aber wer könnte so etwas getan haben?« fragte sie.

Goetzen schwieg noch immer. Er wußte es nur zu gut: natürlich Princip, Princip und seine Bande von Rabauken, seine Kohorte von Hooligans. Die Barbaren waren hindurchgetobt. So waren die Zeiten. Ein Bischof von Rom, entsann er sich, hatte sich einst zwischen die Hunnen und seine geliebte Stadt gestellt, hatte die Brust trotzig den Speeren der Invasoren dargeboten: »Nur über meine Leiche!« Die Hunnen hatten ihm nur allzugern den Gefallen getan.

»Nicholas«, fragte Stella besorgt, »fehlt dir was?«

»Ich danke dir, daß du dich um alles gekümmert hast«, sagte er höflich. Er machte seine Hand los und stand auf. »Entschuldige mich bitte einen Augenblick.« Er ging mit der sorgfältigen Bedächtigkeit eines Betrunkenen ins Bad, kniete sich vor die Kloschüssel, beugte fromm den Kopf darüber und übergab ihr dann, sehr demütig, den Inhalt seines Magens.

* * *

Goetzen war nun ruhiger und dachte nach. Stella weichte in der Wanne. Vielleicht sollte er das Mosholu anrufen, diese Geschichte hinter sich bringen, bevor seine gegenwärtige Benommenheit vorüberging. Die Union-Telefonistin stellte gern die Verbindung her. In der fernen Bronx klingelte ein Telefon. »Fachbereich Englisch.«

»Mrs. Trutitz? Hier ist Nicholas Goetzen. Würden Sie mich bitte mit Professor Papadakis verbinden?«

»Ari ist gerade beschäftigt, er hat Dekan Pioggi bei sich im Zimmer. Ich weiß nicht, ob ich da stören soll.«
»Glauben Sie mir, da sollen Sie stören.«
Goetzen, abgepolstert von der schützenden Benommenheit, wartete am Hörer. Stella planschte und stöhnte zufrieden in der Badewanne. Es klickte an seinem Ohr.
»Sind Sie's, Goetzen? Wie war's in LA?« Säure tropfte von Papa Docs Zunge.
»Ja, wissen Sie –«
»Sie waren gar nicht da, oder?«
»Also, es ist so –«
»Lügen Sie mich nicht an. Wir haben schon von Dillinger gehört. Ich meine, da steht unser Dill vor der gesamten Gelehrtenschaft, vor lauter Leuten mit Namen, Nicky-Baby, wie bei einem historischen Moment, und will Mosholus englisches Juwel vorstellen, aber das Juwel hat sich verpißt, Sie Pißnelke. Warten Sie, es kommt noch schlimmer. Dann ist da ein Bursche aus Harvard namens Hill, international ne große Nummer, und stellt einen *unserer* Studenten vor, einen *Ihrer* Studenten, einen Burschen namens Feibelman, und dieser Feibelman verkündet der versammelten Mannschaft, was er für ein großes Ei gelegt hat, ein Ei, das Sie laut Dill für ihr eigenes ausgegeben haben. Wir können noch von Glück sagen, daß wir nicht mitten in einem Riesenskandal wegen Diebstahls geistigen Eigentums stecken. Möchten Sie mir jetzt verraten, wo Sie stecken?«
»Ich bin in –«
»Sie sind in London, stimmt's? Sie brauchen gar nicht zu antworten, Sie Ganove, wir wissen Bescheid. Was tut sich denn da drüben so? Irgendwas Sehenswertes im Old Vic? Was zum Teufel treiben Sie in London?«
»Es besteht kein Anlaß, ausfallend zu werden.«

»Wollen Sie mich verscheißern? Sie haben sich gedacht, was soll's, merkt ja doch keiner, stimmt's? Sie meinen, das ist das Schlimmste? Ich hab noch gar nicht richtig angefangen. Der Dekan hat sich nämlich mit einem früheren Lehrer von Ihnen unterhalten, einem Burschen namens Quimby, können Sie sich an den erinnern? Ich hab Ihnen doch von dem erzählt, Ihnen gesagt, daß er rüberkommt. Also der Dekan erwähnt zufällig Ihren Namen, daß Mosholu so stolz auf Sie ist und so weiter. Wissen Sie, was Quimby gesagt hat? Er hat gesagt, Sie wären tot. Ist das nicht zum totlachen? Ja, er hat gesagt, Sie wären tot. Einer seiner vielversprechendsten Studenten, wenn auch ein bißchen unstet, dahingerafft in der Blüte seiner Jahre. Er hat gesagt, er wäre auf Ihrer Beerdigung gewesen. Wie steht's damit?«

»Ich kann alles erklären.«

»Aber sicher, Freundchen. Bloß habe ich hier auf dem Schreibtisch direkt vor mir die Photokopie einer Doktorurkunde der London University. Sagen Sie mir nur das eine: sind Sie der Marcus Nicholas Goetzen, dessen Name hier geschrieben steht, und zwar in fetter Grotesk?«

»Er war mein –«

»Moment mal. Ist das Ihre Doktorurkunde? Ja oder nein?«

»Nicht direkt, es ist –«

»Haben Sie eine eigene?«

»Nein, ich –«

»Das genügt, sagte der Staatsanwalt. Urkundenfälschung zusammen mit schwerem Diebstahl. Sie haben das Mosholu seit ungefähr zehn Jahren abgezockt, Gehalt, Krankenversicherung, Rentenversicherung, Gott weiß was. Daneben macht sich Ihre kleine Spritztour nach London wie ein Kavaliersdelikt. Haben Sie eine Vorstellung davon, wie hoch das Wasser steht? Sich für einen Doktor der Philosophie auszugeben! Mein Gott, Sie müssen verrückt sein! Und was ist mit illegaler Einreise? Fast genauso schlimm, meinen Sie nicht, Mal? Dekan Pioggi ist nämlich gerade hier.«

Langsam stieg gerechter Zorn in Goetzen auf und vertrieb die Benommenheit. »In die Vereinigten Staaten bin ich übrigens mit eigenem Paß und Visum eingereist. Und es gibt simple Erklärungen für das, was Sie verleumderisch Urkundenfälschung und Diebstahl nennen.«

»Da wette ich drauf. Nur leider bin ich kein Simpel. Wie bitte, Mal? Der Dekan sagt, er ist auch kein Simpel. Haben Sie auch eine simple Erklärung für moralische Verworfenheit?«

»Ich weiß nicht, was Sie meinen.«

»Nein? Ich habe hier einen Brief von einer gewissen Studentin, Mädchen namens Giulietta Corombona. Wollen mal sehen. Sie erhebt gewisse Anschuldigungen der sexuellen Verfehlung gegen ein gewisses Mitglied unserer Fachschaft, wobei die erwähnte Verfehlung auf College-Gelände stattgefunden haben soll; um genau zu sein, hinter einer geschlossenen College-Tür. Wie steht's damit? So was wie, das Bestehen des Kurses sei von ›Liebesdiensten‹ abhängig gemacht worden, womit sie den Vollzug gewisser unnatürlicher, schmutziger und schändlicher sexueller Handlungen meint. Miss Corombonas Vorlieben hinsichtlich der englischen Grammatik und Orthographie sind ebenso pervers wie die sexuellen Neigungen ihres Mentors, aber sie bringt ihr Anliegen rüber, kein Problem.«

»Das ist doch vollkommen lächerlich. Giulietta Corombona ist –«

»Hören Sie, wir haben mit unserer Rechtsabteilung telefoniert, also stimmen wir mit Ihnen überein, die Anschuldigung läßt sich nur schwer beweisen, Sie haben Glück. Aber eine andere Studentin behauptet – bleiben Sie dran, ich hab hier irgendwo ihren Namen, ja, Antonia Anstruther –, sie behauptet, Sie würden sich im Hörsaal absichtlich so hinstellen, daß Sie ihr unter den Rock gucken können. Das ist für Ihre Sache nicht gerade hilfreich. Ja, klar, Mal, klar. Der Dekan möchte Sie sprechen.«

»Hallo, Nicholas? Hier ist Malcolm. Wie geht's Ihnen, altes Haus? Ich bin bereit, Ihre Kündigung hier und jetzt entgegenzunehmen, telefonisch. Das wäre das Beste. Aber Sie müßten uns das natürlich trotzdem noch schriftlich mitteilen, ein Schreiben an Präsident Proudfoot, eins an Ari und eins an meine Wenigkeit.«

»Ich denke, Dekan Pioggi hat alles gesagt, Meister«, sagte Papa Doc. »Das College wird keinen Prozeß gegen Sie anstrengen, solange Sie nicht vors Arbeitsgericht ziehen, okay? Beide Seiten kommen ohne diese Peinlichkeiten aus, oder? Aber wenn Sie vors Arbeitsgericht gehen, bleibt uns keine Wahl.«

Goetzen, der seit einigen Minuten den Hörer etwas vom Ohr weggehalten hatte, beschloß aufzulegen. In diesem Augenblick kam Stella nackt aus dem Badezimmer. Sie strahlte rosig, alle Anzeichen der Müdigkeit waren verschwunden. Goetzen bestaunte sie.

»Hast du mit dem College alles geklärt?«

Goetzen lächelte ein Lächeln, das selbst er nur schwer hätte erklären können. »Wie es scheint«, sagte er, »bin ich vollkommen frei.«

ZWÖLF

Während sie zum Inn on the Park gingen, sprach Stella über das, was sie zu erreichen hoffte. Es gebe da ein Dörfchen in den Schweizer Alpen, Villars, unweit von Vevey, wo sie mit Robert vor Jahren Ferien gemacht habe, ruhig und recht ländlich. Sie habe dort telefonisch reserviert. »Er braucht Ruhe und Liebe. Vor allem Liebe.«
Goetzen war bitter enttäuscht, daß sie solch einen Plan überhaupt gefaßt hatte, aber da er ganz sicher war, daß ihr die Umsetzung nicht gelingen konnte, fragte er nur: »Und wieviel Zeit willst du seiner Genesung voraussichtlich widmen?«
»Wer kann das sagen?«
»Die Ruhe kann er wahrscheinlich brauchen, der arme alte Kerl, aber die Liebe? Was meinst du wohl, was er die ganze Zeit über getrieben hat?«
Sie warf wütend den Kopf zurück. »Was weißt du schon von Liebe? Du meinst, das ist nur eine Funktion deines Schwanzes.«
Sie hatte sichtlich Mühe, sich zu beherrschen. »Versuch doch, Robert zu verstehen. Du kennst ihn nicht. Er ist so empfindlich. So leicht zu verletzen.« Sie nahm seine Hand. »Das mit uns muß ihn am Boden zerstört haben. Trotzdem

hat er zuerst an mich und mein Glück gedacht. Deshalb hat er den Brief geschrieben, verstehst du das nicht? Er wollte es mir leicht machen, mich von ihm zu lösen, er dachte, ich wollte es so.«

»Und willst du es nicht so?«

»Das steht nicht zur Debatte. Wir reden jetzt von ihm und seinen Bedürfnissen.«

»Herrgott, Stella! Er hat sich mit einer Stripteasetänzerin zusammengetan. Einer Tingeltangelkönigin. Er hat sogar ihre Schwestern mit dabei. Für jemanden, der sich leise ausblenden möchte, verabschiedet er sich mit einem höchst bemerkenswerten Knall.«

Sie ließ seine Hand los. »Ja, mach du nur Witze. Ich sage dir, seine Seele ist grün und blau geschlagen.«

»Seine Eier vielleicht.«

»Pst, Nicholas!« Stella sah sich um. Sie legte den Zeigefinger an die Lippen, eine altmodische, melodramatische und absolut bezaubernde Geste.

Es stimmte, er war ziemlich laut geworden. Sie standen vor dem Hoteleingang. Sie waren von Leuten umgeben, Hotelgästen, die eintrafen oder auf ein Taxi warteten.

»Offensichtlich wirst du dich selbst überzeugen müssen. Du meinst wohl, er wandelt in einer Art Trance umher. Aber ich sage dir, er hat sich eingelassen, er hat Pläne, und in der Schweiz verhätschelt werden zählt nicht dazu. Hör mal, er will für sie eine Art Shakespeare-Stripteaserevue auf die Beine stellen. Dahinein wandert das Geld für die angebliche Klosterstiftung. Wahrscheinlich hofft er auf satte Gewinne; vielleicht macht er sie ja auch.« Goetzen spürte, daß ihm Stella entglitt. Sah sie denn nicht, was Poore-Moody da trieb? War seine Heuchelei nicht klar zu erkennen? »Bist du nie auf den Gedanken gekommen: viel-

leicht will er gar nicht gerettet werden? Vielleicht gefällt es ihm so?«
»Das reicht, Nicholas. Er ist krank, er weiß nicht, was er will. Sein Ego muß wieder aufgerichtet werden. Das wir zerstört haben, du und ich. Sein Brief hatte in einem recht: er wird alt. Wer weiß, wieviel Zeit ihm noch bleibt? Er ist ein Mensch. Er braucht Liebe und Verständnis.«
»Und was ist mit mir? Ich bin auch ein Mensch. Meinst du, ich brauche keine Liebe?« Er schaute sich verzweifelt um. »Was ist mit uns?«
»Mit uns?« zischte sie. »Unsretwegen sind wir heute hier. Jetzt müssen wir zusehen, was wir für ihn tun können.«
Sie ließ ihn stehen und rauschte in die Hotelhalle. Ihm blieb nur, ihr zu folgen.

* * *

Im zwölften Stock stiegen sie aus dem Fahrstuhl.
»Was ist, wenn er gerade nicht allein ist?« fragte Goetzen. »Gebietet nicht der Anstand, daß wir erst von unten anrufen?«
»Sei nicht albern, Nicholas. Du wählst die seltsamsten Momente, um deinen Sinn für Anstand geltend zu machen. Vergiß nicht, ich bin seine Frau.«
Sie klopfte an die Tür. Stille. Sie klopfte noch einmal. Aha, es rührte sich etwas. Sie klopfte ein drittes Mal. Jemand war auf der anderen Seite der Tür zu hören.
»Ja, was wollen Sie? Gehen Sie weg!« Eine Frauenstimme am Rande der Hysterie.
Stella rang nach Luft. Goetzen ergriff ihren Arm. Mit lauter Stimme sagte er: »Der Zimmerkellner, Madam. Champagner und Blumen, mit Empfehlung des Hauses.«

»Einen Moment bitte.« Hinter der Tür ging eine kurze, unverständliche Beratung vor sich. »Ja, ja, sehr nett.«
Die Tür öffnete sich einen Spalt. Stella versetzte ihr einen heftigen Stoß und marschierte hinein. Diotima von Hoden, aus dem Gleichgewicht gebracht, fiel in einen glücklich plazierten Sessel. Sie saß da und rieb sich die Stirn, wo die Tür mit ihr zusammengeprallt war. Sie trug einen gestreiften Männermorgenrock aus Seide, der lose über ihrem Blähbauch zusammengebunden war. Ihre grauen Haare sträubten sich wild in alle Richtungen.
Im zerwühlten Bett saß mit gekreuzten Beinen und durchgedrücktem Rücken Robert Poore-Moody. Eine brennende Zigarre hing von seinen Lippen. Sein rundlicher Torso war ein Wald aus wirrem, schwarzweißem Fell, aus dem zwei schlaffe, haarlose Brüste mit zartrosa Warzen hervorstanden. Verknitterte Bettücher bedeckten ihn bis zur Leibesmitte. Mit den gesenkten Armen und den nach außen gewendeten Handtellern glich er einem fernöstlichen Götzenbild.
»Robert«, sagte Stella, »ich weiß nicht, wer oder was diese abscheuliche Kreatur ist, aber bitte fordere sie auf zu gehen.«
Ihre Worte hatten eine unmittelbare Wirkung auf Poore-Moody. Aufstöhnend zog er das Bettuch hoch und warf es sich über den Kopf. Fast augenblicklich verfärbte sich in dem weißen Stoff in Höhe des Kopfes ein kleiner Kreis. Er wurde braun, dann schwarz, und schließlich brach sich, von einer trägen Rauchspirale begleitet, die glühende Spitze von Poore-Moodys Zigarre Bahn. Stella eilte zum Bett, nahm einen Wasserkrug vom Nachttisch und entleerte ihn über dem Haupt ihres Gatten. Er quiekte, blieb aber in Position, kerzengerade, das nasse Gespenst eines Buddhas.

Goetzen schaute von der offenen Tür aus zu und verspürte keine Lust näherzutreten.
»Einen Moment mal, Miss.« Diotima schnellte flink aus dem Sessel hoch und warf sich zwischen Stella und den fröstelnden Poore-Moody. »Was fällt Ihnen eigentlich ein? Mit welchem Recht platzen Sie hier herein? Gibt es keine Gesetze in England? Ich glaube schon, Miss. Mit welchem Recht stören Sie unseren Frieden? Gibt es in London keine Polizisten? Nehmen Sie sich in acht!«
»Robert!« Stellas Tonfall war eisern.
Diotimas Gesicht war inzwischen puterrot. »Das ist doch wohl die Höhe! Ich frage Sie, wo ist Ihre Dienstmarke? Wer sind Sie? Beantworten Sie mir nur diese eine Frage!«
»Seine Frau. Ich bin Mrs. Poore-Moody.«
Diotimas Ellbogen erstarrten mitten in der Bewegung. »Robby«, heulte sie auf, »Robby, meine schmackhafte kleine Bockwurst, ist das wahr, was sie da Schreckliches sagt?«
Der Kopf unter dem Laken nickte. Die zerfledderte Zigarre hob und senkte sich.
»Aha.« Diotima ließ die Arme sinken und beruhigte sich augenblicklich. Das Flackern des Wahnsinns verließ ihre Augen, die hektische Röte ihre Wangen. »Ich gebe mich geschlagen, ich gehe freiwillig.« Sie ging geschäftig zum Schrank und raffte ihre Kleidung zusammen. »Einen Augenblick zum Anziehen, bitte.« Sie verschwand im Badezimmer.
Ein Aufstöhnen drang unter dem Laken hervor.
»Robert, komm darunter vor. Und du, Nicholas, komm endlich rein und mach die Tür zu.«
Beide taten wie befohlen. Für Goetzen war dies eine neue Stella, wenn auch für Poore-Moody vielleicht eine nur allzu vertraute. Sie hatte eine energische, nüchterne Entschlossen-

heit an sich, eine Haltung, die keinen Widerspruch duldete, eine Bestimmtheit, die erwachsene Männer zu kleinen Jungen machte.

Goetzen für sein Teil nahm mit Genugtuung wahr, daß Poore-Moody übel zugerichtet aussah. Diotima mußte ihn hart hergenommen haben. Schwarze Bartstoppeln betonten seine Blässe; seine Augen waren blutunterlaufen. Er sah von der Seite zu Stella auf. Seine Stimme klang jungenhaft schüchtern. »Ich weiß nicht, was ich sagen soll.«

»Dann sag erst mal nichts. Gib einfach Nicholas die Hand. Sobald diese Hexe verschwunden ist, werden wir drei uns ausführlich unterhalten. Aber vor allem, mach dir keine Sorgen. Es gibt nichts, weswegen du dich schämen mußt; alles kommt wieder in Ordnung. Jetzt gebt euch die Hände.«

Gehorsam streckte Poore-Moody Goetzen die Hand hin, der sie übersah.

Die Badezimmertür ging auf. Diotima trat heraus, gesetzt, jeder Zoll eine seriöse Akademikerin.

»Zunächst einmal«, begann sie, sich gelassen umblickend, »möchte ich sagen –« Aber dann nahm sie zum ersten Mal Goetzen wahr. Augenblicklich veränderte sich ihr Ausdruck. »Schwein!« kreischte sie und hastete durchs Zimmer. Bevor er sie daran hindern konnte, versetzte sie dem verblüfften Goetzen eine schallende Backpfeife. »Schwein! Wer Sie auch sind!« Sie ging in Boxerstellung. Ihre Augen funkelten. »Schwein!«

»Offenbar kennt sie dich«, sagte Stella.

»Habe sie noch nie im Leben gesehen.«

»A-ha! A-ha! Kennt mich nicht? A-ha! Kennt das Kohinur nicht? Kennt die Gaiety Bar nicht? Was denn noch? A-ha!«

Diotima umtänzelte Goetzen mit geballten Fäusten und trug Scheinangriffe gegen sein Kinn vor.

»Sie ist verrückt«, sagte Stella. »Robert, kannst du sie zur Räson bringen?«

»Ich bitte dich, Didi«, sagte Poore-Moody kläglich.

Goetzen war in Diotimas Umkreisungen ein wenig bange, gleichzeitig kam er sich mehr als ein wenig dumm vor.

Aber der Kampfgeist verließ Diotima ebenso rasch, wie er gekommen war. Sie schüttelte den Kopf, als wollte sie ihn wieder klarkriegen, und stieß einen Seufzer aus. Ihre Haltung war jetzt die eines Turners in der Schlußstellung nach einer schwierigen Kür, Beine geschlossen, Arme an den Seiten, Kopf leicht gesenkt. Nur ihr Busen verriet die vorausgegangenen Anstrengungen. Sie hatte für jeden von ihnen eine Losung: »Vergiß mich nicht, lieber Robby.« – »Ihr Anrecht auf ihn läuft aus, Madam.« – »Schwein, eines schönen Tages wirst du mir dafür büßen.« Sie ging.

»Wirklich, Robert, im Grunde genommen verstehe ich dich. Ich meine, ich bin mir deiner Bedürfnisse bewußt, deiner physiologischen und deiner psychologischen. Aber wie konntest du nur? Mit solch einer Kreatur?«

»Setz dich, Liebes«, sagte Poore-Moody höflich und klopfte neben sich aufs Bett. Stella fügte sich. Sie hatten, kam Goetzen in den Sinn, etwas von Victoria und ihrem geliebten Albert an sich. Niemand konnte bezweifeln, wer den Thron innehatte. Der Prinzgemahl wandte sich an den Reitknecht der Königin. »Und Sie auch, Sir – Mr. Goetzen, wenn ich nicht irre? Es gibt Stühle genug.« Er winkte in die Runde.

Goetzen lehnte sich halb hockend an ein Sideboard. Seine bemühte Lässigkeit stieß eine dicke Rolle aus rosa Satin aus ihrer Lage. Langsam, langsam entrollte sie sich. Alle drei schauten fasziniert zu. Es war ein altmodisches Fischbeinkorsett, komplett mit Schnürbändern, ein Panzer, wie Opa dieses Kleidungsstück einmal getauft hatte. In ihrer Eile hat-

te Diotima einen grundlegenden Bestandteil ihrer Garderobe vergessen.
»Du verlangst von mir eine Erklärung, Stella. *Du* von *mir*. Du und dein ... dein Nicholas da« – er machte eine wegwerfende Handbewegung in Goetzens Richtung –, »ihr folgt mir zusammen nach England, seid wahrscheinlich während der ganzen Überfahrt nicht aus dem Bett gekommen, und *du* verlangst von *mir* eine Erklärung. Mein Herz, du bist mir stets eine Quelle der Freude und der Überraschung. Wo, so fragt man sich, hast du soviel über die Kunst der Verteidigung gelernt?« Er spielte zerstreut mit den Haaren auf seinem Bauch, wickelte sie um den Finger, ließ sie los, wickelte, ließ los. »Verzeihung«, sagte er. »Das war rüde von mir und beleidigend für dich. Das hast du nicht verdient.«
In dem Bemühen, Unbequemlichkeit in eine Gebärde der Verachtung umzumünzen, verlagerte Goetzen sein Gewicht von einer Pobacke auf die andere. Die Lampe auf dem Sideboard geriet ins Wanken.
»Nicholas, entweder du setzt dich auf einen Stuhl, oder du stehst auf. Gleich wirfst du noch die Lampe runter.« Stella war strikt.
Goetzen stand auf und verschränkte die Arme vor der Brust. Stella nickte billigend und wandte sich wieder ihrem Gatten zu.
»Wie konnte ich nur, fragst du.« Poore-Moody bedachte die Frage. Sein Gesichtsausdruck verriet tiefe Ratlosigkeit. »Ehrlich gesagt, ich weiß es nicht. Sie kam vor ein paar Abenden in mein Zimmer. Es lag wohl irgendeine Verwechslung vor. Sie hatte den richtigen Namen und die richtige Zimmernummer, aber die falsche Person. Jedenfalls kamen wir ins Gespräch. Sie ist eine Art Wissenschaftlerin, weißt du, eine Erotologin. So hat sie sich selbst bezeichnet. Sie

heißt Diotima von Hoden. Sie hat auf der ganzen Welt faszinierende Abenteuer erlebt. Es ist kaum zu glauben, was sie alles getan hat. Sie behauptet, ein hochwirksames Aphrodisiakum entdeckt zu haben, Didis Liebestrank. Sie hatte zufällig eine Phiole davon bei sich und hat mir etwas angeboten. Du weißt ja, wie so etwas geht. Aus lauter Jux und Tollerei habe ich einen Schluck getrunken. Dann kann ich mich an nichts mehr erinnern. Ich muß wohl weggewesen sein.«
Poore-Moody sah sie mit kindlicher Unschuldsmiene an.
»Nein, ich spreche überhaupt nicht bildlich. Ich war wirklich bewußtlos. Und jedesmal, wenn ich wieder zu mir kam – dreimal, glaube ich, insgesamt –, hat mir Diotima noch etwas von dem Zeug eingeflößt. Sie wollte mir gerade eine weitere Dosis verpassen, da kamt ihr.«
»Gott sei Dank sind wir gekommen.«
»Ja, ja, natürlich. Aber weißt du, Stella, das Zeug ist trotzdem fabelhaft. Diotima hat mir erklärt, sobald der Körper eine gewisse Toleranz dafür entwickelt hat, kann man alle physischen Vorteile genießen und bleibt obendrein bei vollem Bewußtsein.«
»Was soll es denn bewirken?«
»Es ist ein Aphrodisiakum, Stella. Was meinst du denn, was es bewirkt?«
»Aber wenn du bewußtlos warst, wie willst du denn dann wissen, daß es wirkt?«
»Oh, ich weiß, daß es wirkt.« Poore-Moody lächelte geheimnisvoll.
Goetzen ging hinüber zu den Fenstern und inspizierte die Aussicht aus dem zwölften Stock. Auf der anderen Straßenseite waren noch einige der prächtigen, vom Adel in der Regency-Zeit errichteten Häuser erhalten. Aber unten an der Ecke waren andere abgerissen worden, um einem weiteren

Hotelhochhaus Platz zu machen, ästhetisch so protzig und klobig wie dasjenige, aus dem er jetzt seine Geburtsstadt betrachtete. Als er nach New York gegangen war, hatte es noch kein Inn on the Park gegeben.

Hinter seinem Rücken spürte Goetzen, wie Poore-Moody mit dem Kopf auf ihn deutete, wie Stella zu ihm herüberschaute, er spürte die dritte ausschließende Vertrautheit und Verschworenheit von Ehegatten. Er wandte sich zu ihnen um.

»Vergessen wir da nicht etwas? Vergessen wir da nicht seinen gottgefälligen Brief an dich in New York? Die alternden Augen, die sich fromm auf die nächste Welt richten? Die Stiftung für das Kloster? Dolly, Sugar und Candy? Die Scheherazade-Nummer in Westchester? Die Liste ließe sich fortsetzen. Dein Mann ist nicht gerade ein unschuldiges Opfer. Wir wollen nicht zu viele Tränen vergießen.«

»Nicholas, wie kannst du so roh, so grausam sein?«

Es gab etwas, so wußten diese beiden, das er nie verstehen würde, gewisse ungeschriebene Verhaltensregeln, die ihm unzugänglich waren, kultivierte Umgangsformen, für die er blind war. Hatte er Poore-Moody in ein falsches Licht gerückt? Nein. War Stella nicht die Frau dieses Mannes? Hatte er nicht gewußt, daß Goetzen und Stella ein Verhältnis hatten? Doch. Natürlich wälzte man nicht die Schuld ab. Aber man mußte sie auch nicht auf sich nehmen. Poore-Moody wäre bei jeder sich ihm bietenden Gelegenheit fremdgegangen, auch wenn Stella und Goetzen sich nicht begegnet wären. Was nur für seine Potenz sprach. Goetzen hoffte, in Poore-Moodys Alter noch die notwendige Kraft zu besitzen. Aber warum hatte Stella das Gefühl, daß sie und Goetzen irgendwie im Unrecht waren? Und warum behandelte sie Poore-Moody wie jemanden, der sich von einer peinlichen Krankheit erholte? Eigentlich müßte der gesunde Appetit des alten Knaben auf ein bißchen Spaßvergnügen ihre Schuldgefühle mindern. Natur machte hierin alle Menschen gleich. Sollte man jedenfalls meinen, bis auf die unsichtbaren Grenzen, die diese wohlhabenden Fremdlinge um sich zogen.

»Ich bin psychologisch stark im Nachteil, mein Liebes, nackt und im Bett. Wie kann ich ihm da antworten?«

»Aber du brauchst ihm gar nicht zu antworten. Nicholas steht nicht zwischen uns, Robert. Er steht uns bei. Das stimmt doch, Nicholas?«

Schweigen.

»Nicholas!« sagte sie scharf.

»Ja, ja.«

»Warum ziehst du dich dann nicht an, wenn es dich so stört? Es muß sowieso ungemütlich sein unter dem nassen Laken. Wir unterhalten uns, sobald du bereit bist.«

»Aber ich kann nicht aus dem Bett raus.«

»Warum nicht?«

»Goetzen, würde es Ihnen etwas ausmachen, mal eben aus dem Fenster zu schauen?«

Goetzen wandte ihm den Rücken zu. Hinter den Dächern konnte er die großen Grünflächen von Hyde Park und Kensington Gardens sehen, voneinander getrennt durch den gewundenen Schlangenarm des stählern blinkenden Serpentine-Teiches.

»Nun schau dir das an, Stella«, flüsterte Poore-Moody heiser.

»Großer Gott!«

»Ich habe dir doch gesagt, Diotima hat recht.«

»Meine Güte!«

Plötzlich kam die Sonne hinter weißen Wattewolken hervor,

huschte über das Grün und küßte das Wasser. Die Haut der Schlange hatte glitzernde goldene Schuppen.
»Äh, Nicholas ...«
Goetzen drehte sich um, gerade als Poore-Moody sich wieder mit dem Laken bedeckte.
»Vielleicht sollten wir unser Gespräch ein wenig später führen. Offenkundig ist Robert noch nicht soweit. Er hat viel durchgemacht. Diese Dinge brauchen Zeit.«
»Ich würde jetzt gern erst mal mit Stella reden, ein Gespräch unter Eheleuten. Sagen wir, in einer Stunde? Höchstens zwei? Sie verstehen, Goetzen?« Poore-Moody grinste.
Goetzen sah Stella an. Sie nickte. Nun, schließlich waren sie immer noch verheiratet. Ein letztes Zwiegespräch? Von ihm aus!
Goetzen schritt durchs Zimmer. Jetzt war Würde gefordert.
»Bis dann, Goetzen«, sagte Poore-Moody fröhlich. »Auf bald.«

* * *

Goetzen saß wiederum in der Halle der English-Speaking Union. Zwei Stunden vergingen sehr langsam. Als ihn der Hunger plagte, ging er Mittag essen. Als er zurückkam, war sie immer noch nicht da. Er schlenderte um den Berkeley Square, schritt zielstrebig Piccadilly hinunter zum Circus und kehrte in die Charles Street zurück. Immer noch keine Stella. Er ließ sich wieder in der Halle nieder, lauschte der Vielfalt der Idiome, zumeist amerikanischer, durchblätterte blind den *Punch*. Um vier Uhr bestellte er bei dem uralten Faktotum Kresse-Sandwiches und ein Kännchen Tee. Er begab sich wieder hinaus, ging die Oxford Street hinauf zum Marble Arch, dann die Park Lane hinunter und so zurück zum Union. Keine Stella. Er setzte sich wieder hin und versuchte sich am Kreuzworträtsel der *Times*. Er fragte wiederholt nach, ob sie schon zurückgekehrt sei. Er stellte sich die Aufgabe, eine Kurzfassung von Miltons Epos vom *Verlornen Paradies* anzufertigen, zwanzig Zeilen oder weniger im Telegrammstil:

Paradies:
Schon ist Knies.
Schlange flüstert,
Eva lüstert,
Beißt in Frucht,
Adam flucht.
Nascht auch vom Baum,
Aus der Traum.
Unerlaubt
Obst geraubt.
Mensch sündigt,
Gott kündigt.
Heimatlos,
Not groß.
Jesus naht,
Weiß Rat,
Stirbt am Kreuz,
Vatern freut's,
Wäscht uns rein:
Das war Schwein!

Er ging zum Shepherd Market und kaufte sich ein Sandwich und eine Flasche Bier, schlenderte weiter, kehrte zum Union zurück. Wiederum keine Stella. Um elf Uhr abends teilte man ihm mit, daß die Lounge schließen wolle. Er erwischte auf der Curzon Street ein Taxi und ließ sich in sein Hotel fahren.

* * *

Trotz anderer Vorsätze erwachte Goetzen erst spät. In aller Hast machte er Toilette und eilte aus dem Hotel.
In der Tottenham Court Road winkte er einem Taxi und nannte dem Fahrer die Charles Street.
Am Empfang der English-Speaking Union wurde ihm mitgeteilt, daß Mrs. Poore-Moody ihr gesamtes Gepäck früh am Morgen hatte abholen lassen. Sie zählte nicht mehr zu den Gästen.
»Hat sie eine Adresse angegeben? Wohin wurde das Gepäck gebracht?«
»Oh, das wäre aber indiskret.« Der Mann musterte Goetzen voller Mißtrauen. »Darf ich Ihren Namen erfahren, Sir?«
»Goetzen.«
Der Mann zog umständlich einen Zettel unter dem Tresen hervor und studierte ihn feierlich. »Etwa Dr. Nicholas Goetzen, Sir?«
»Derselbige.«
»Dann ist es in Ordnung. Ich habe eine Nachricht für Sie, Sir.« Er verlas langsam den Zettel. »›Falls Dr. Nicholas Goetzen anruft, informieren Sie ihn bitte, daß Mrs. Poore-Moody im Inn on the Park zu erreichen ist.‹ Ich denke, ich kann Ihnen jetzt getrost sagen, daß dorthin auch das Gepäck geschickt worden ist.«
Niederschmetternde Neuigkeiten. Goetzen wandte sich zum Gehen.
»Entschuldigen Sie, Sir, werden Sie die Dame in nächster Zeit sehen?«

»Ich gehe jetzt dorthin.«

»Als Madams Koffer heute früh für sie gepackt worden sind, ist unglücklicherweise ein gewisser Gegenstand übersehen worden. Das Zimmermädchen hat ihn vor knapp einer halben Stunde gefunden. Darf ich Sie ersuchen, Sir, ihn der Dame zu überbringen?«

»Aber gern.«

Der Mann griff wieder unter den Tresen. Mit spitzen Fingern und einem Ausdruck rechtschaffenen Abscheus überreichte er Goetzen einen kleinen Umschlag, der einen Gegenstand in der Form einer runden Scheibe und in der Größe etwa einer Puderdose enthielt. »Madam wird dies vielleicht brauchen.«

Goetzen steckte den Umschlag in die Tasche.

Wenn Stellas Nachricht in der English-Speaking Union schon nichts Gutes ahnen ließ, so erwies sich die im Inn on the Park als katastrophal. Mr. und Mrs. Poore-Moody hatten ihre Rechnung bezahlt und – der Empfangschef schaute auf die Uhr – das Hotel vor knapp einer Stunde verlassen. Wohin sie sich begeben hatten, vermochte er nicht zu sagen, aber Mrs. Poore-Moody hatte eine Nachricht für einen Dr. Goetzen hinterlassen, welcher ausgewiesenermaßen nun vor ihm stand. Goetzen spürte ein unglückliches Kribbeln in der Magengrube. Mit einer Unhöflichkeit, die sich prompt auf dem Gesicht des Empfangschefs widerspiegelte, riß er ihm den Brief aus der Hand, stopfte ihn in die Tasche und floh aus dem Hotel.

Im Hyde Park setzte er sich bekümmert auf die erstbeste Bank, die er unbesetzt fand, zog Stellas Brief heraus und las ihn. Er war kurz.

Liebster Nicholas,
Du hast mir immer noch nicht gesagt, Dummchen, in welchem Hotel Du bist. Tut mir leid wegen gestern. Da ist einiges hochgekommen. Aber wie Du weißt, in dieser Situation gilt meine erste Sorge – unsere erste Sorge, Deine sowohl wie meine, hoffe ich – Robert und seiner Wiederherstellung.
Meine Pläne haben sich geändert. Statt in die Schweiz fahren wir nach Deutschland, nach Heidelberg. Man höre und staune! Robert und ich erinnern uns von früheren Besuchen her gern an diese Stadt. Kennst Du sie überhaupt? Die Hügel des Odenwaldes müßten jetzt mit Kirschblüten übersät sein. Und natürlich ist es eine Universitätsstadt, auf entzückende, mittelalterliche Weise friedlich. Zufällig ist dort auch diese gräßliche Frau zu Hause, der Robert im Hotel begegnet ist. Er, diese liebe Seele, hat das Gefühl, daß wir sie ziemlich schlecht behandelt haben. Wir sollten sie aufsuchen, sagt er, und uns bei ihr entschuldigen.
»Aber was ist mit uns?« höre ich dich sagen. Ja, wirklich, was ist mit uns? Roberts Wunden werden Zeit brauchen, um zu heilen. Heidelberg bietet Hoffnung dafür, und auf lange Sicht können meine Erfahrungen dort für Dich und mich reiche Früchte tragen. Sei geduldig, Liebling.

Immer die Deine,
Stella

Das war's dann wohl! Goetzen empfand so etwas wie Ekel. Seine Enttäuschung wurde von Zorn überflutet. Der altersschwache Robert und sein tugendhaftes Weib auf der Jagd nach der dickbäuchigen Didi und ihrem Liebestrank. »Vielleicht werden wir sie aufsuchen.« Er zerriß Stellas Brief in Schnipsel, knüllte sie zusammen und warf sie in einen nahe stehenden Abfallbehälter.

Was sollte er jetzt tun? Seine akademische Laufbahn war zu Ende, ein schmachvolles, groteskes Ende. Seine Vergangenheit, seine Gegenwart, seine Zukunft, alles fort. Er hatte kein Zuhause, keinen Beruf, kein Ansehen. Und jetzt war auch Stella fort; war eigentlich nie wirklich dagewesen. Er stand von der Bank auf und lief ziellos durch den Park, während sein Elend an Kraft gewann und von ihm Besitz ergriff.

DREIZEHN

Einem Tag trostloser Verzweiflung folgten anfangs Benommenheit, dann der Drang, etwas, irgend etwas zu tun, und schließlich der Gedanke an Candy Peaches. Er rief das Inn on the Park an und wurde gebeten, einen Moment zu warten.

»Nicholas?« sagte Candy.

»Ja. Woher in aller Welt wußten Sie, daß ich es bin?«

»Ich wußte es einfach.«

Er schlug ein Treffen auf der ersten Bank links im Green Park beim Eingang nahe der U-Bahn-Station vor, und sie sagte: »Bis dann.«

* * *

Goetzen war zu früh dort. Er setzte sich auf die Bank, tastete gedankenverloren seine Taschen ab und entdeckte an seiner linken Hüfte unerwartet etwas Hartes. Es war der Umschlag, den er in der English-Speaking Union erhalten hatte. Darin befand sich Stellas Pessardose. Sie gehörte in ein anderes Leben, nicht in dieses. Er öffnete sie. Die bepuderte Gummikuppel wölbte sich klinisch. Er betrachtete ihre Rundungen.

»He, was haben Sie denn da, Nicholas? Wollen Sie das an der Sonne bräunen?«
Candy Peaches stand grinsend vor ihm.
»Hab ich auf der Bank gefunden«, sagte Goetzen, »wollte wissen, was drin ist.« Er klappte die Pessardose zu und warf sie zusammen mit dem Umschlag in einen Abfallbehälter.
Sie gingen zu einem Coffeeshop in Shepherd Market. Candy brachte Goetzen auf den neuesten Stand. Bobbys Frau war unerwartet eingetroffen. »Ein Garnknäuel auf Zahnstochern, ein altes Weib mit schaurigem deutschem Akzent, mit einem Gesicht ungefähr wie Bugs Bunny.« Candy beugte sich zu ihm, entblößte die Schneidezähne, zog den Unterkiefer zurück und kniff die Augen zusammen. Ohne Frage Diotima. Sie hatte Dollys Koffer vor die Tür verfrachtet. »Der arme alte Bobby.«
Dolly hatte ihren Rausschmiß philosophisch genommen. Mal gewinnt man, mal verliert man. Sie hatte sich mit ihrem Agenten in Verbindung gesetzt, der ihr sofort einen Auftritt in Paducah, Kentucky, besorgt hatte, wo erst zwei Jahre zuvor die Scheherazade-Nummer ihr das silberne Band und den goldenen Verdienstorden der Handelskammer eingetragen hatte. Dolly und Sugar waren am Morgen zum Flughafen aufgebrochen.
»Aber Sie sind geblieben?«
»Mir gefällt's hier.« Die Bibliothek des Britischen Museums habe sich als eine ihre Erwartungen übertreffende Fundgrube erwiesen, die Briten seien erfrischend höflich, die Atmosphäre förderlich. Sie hoffte, den Rest des akademischen Jahres in London zu verbringen. Im Moment tue sie sich nach einer Wohnung oder einem Zimmer um, das für sie bezahlbar sei.
Goetzen fiel ein, daß er ja ein Haus in Hampstead besaß, das

bald frei sein würde, aber er sagte nur, er wisse vielleicht etwas. Wo würde er sie erreichen können?
Der gute alte Bobby hatte ihr Zimmer im Inn on the Park bis Ende nächster Woche im voraus bezahlt.
»Wie sieht's bei Ihnen aus, Marty?«
»Nicht Marty, Nicholas.«
»Nickleby, genau.* Wann geht's zurück in die Staaten?«
»Das ist eine lange Geschichte«, sagte Goetzen kleinlaut.
»Soviel Zeit haben Sie bestimmt nicht.«
»Kommt auf den Versuch an.«
In diesem Augenblick wurde Goetzen klar, daß er nichts lieber wollte, als den reizenden Ohren dieser schönen, gutwilligen und empfänglichen jungen Frau seine zahlreichen Sorgen anzuvertrauen.
»Sie wollten's nicht anders haben«, sagte er. »Aber nicht hier. Lassen Sie uns rausgehen.«
Sie spazierten gemächlich Hand in Hand durch Londons Straßen. Die warme Sonne lächelte ihnen. Er erzählte ihr, wie im Verlaufe einer einzigen Woche sein gesamtes Leben zur Ruine zerbombt und seine Zukunftserwartungen in tausend Splitter zertrümmert worden waren. Er erzählte ihr alles, rückhaltlos. Das sei doch letztlich Glück, sagte sie. Jetzt war reiner Tisch. Jetzt konnte er mit seinem Leben anfangen, was er wollte, schreiben, reisen, was immer. Und der geläuterte Goetzen begann in sich etwas von ihrem Optimismus zu spüren. Nutze den Tag! Warum nicht? Er würde wieder nach London ziehen. Er hatte seine nicht unbeträchtlichen Ersparnisse, die Früchte eines arbeitsreichen Lebens. Nicht nur das, er war jetzt, wie er erfahren hatte, der Blum-Erbe.

* A. d. Ü.: *Nicholas Nickleby*, ein weiterer Roman von Charles Dickens.

Und so erzählte er ihr, anfangs stockend, doch bald begeistert, von *Picobello*. Tinnef, sagte er. Anfängergestammel, Ausgeburten mentaler Masturbation, reine Fingerübungen. Doch sie enthüllten, so glaubte er, ein gewisses Talent, vielleicht nicht groß, noch schlummernd, aber wert, geweckt zu werden.
Sie standen auf dem Victoria Embankment, an der funkelnden Themse, gegenüber den Jubilee Gardens. Er nahm sie in die Arme und küßte sie überschwenglich. Sie wehrte sich nicht.

* * *

Sobald Tante Cicelys Professor für zwischenmenschliche Dynamik ausgezogen war, lud Goetzen Candy ein, das Hampstead-Haus zu besichtigen.
»Ziemlich düster«, sagte Candy unschlüssig.
»Ich werde das ganze Zeug rausschmeißen«, sagte er. »Das Haus von oben bis unten neu streichen, neu einrichten, neue Küchenausstattung, alles neu. Ich dachte sogar, vielleicht hast du Lust, dabei mitzumachen. Vorhänge, Tapeten, Teppiche aussuchen, so was. Die weibliche Note.«
»Die Sorte Frau bin ich nicht. Ist dir das noch nicht aufgefallen?«
»Trotzdem ...«
»Was hast du denn nun wirklich vor?«
»Ich habe vor, dich zu minnen, zu gewinnen und zu freien. Aber kurzfristig gesehen weiß ich, daß du eine Bleibe suchst. Warum ziehst du nicht hier mit mir ein?«
Sie runzelte nachdenklich die Stirn. »Kein Techtelmechtel, klaro? Hauswirt und Untermieterin?« Sie biß sich auf die Lippe, dann lächelte sie. »Okay, wir versuchen's mal.«

Für Goetzen erhellte ihr Lächeln das düstere Zimmer. Er widerstand der Versuchung, sie in die Arme zu schließen. Sie gaben sich mit gespielter Feierlichkeit die Hand.

* * *

Eines Nachmittags rief Fishbane an.

»Hier Perce. Dachte schon, du hast mich vergessen. Die Umstände zwingen mich zur Nachfrage, was aus unserem kleinen Abkommen geworden ist.«

»Wie? Ich verstehe nicht.«

Fishbane senkte die Stimme zu gräßlichem Flüsterton; Tante Cicely mußte in Hörweite gekommen sein. »Die Suche nach Miriam Pechvogel natürlich; die Suche nach Percy Fishbanes einzigem Sohn. Wie willst du von hier aus da drüben Nachforschungen anstellen, kannst du mir das mal sagen? Du wolltest doch in die lausigen Staaten zurückkehren.«

»Ach ja, das. Nun, wie du weißt, hat mein Leben seit unserem letzten Gespräch eine etwas andere Wendung genommen. Ich werde für absehbare Zukunft hier leben. Aber in ein paar Monaten, höchstens in drei, werde ich tatsächlich nach New York fahren. Ich habe dort einiges zu regeln, eine Wohnung aufzulösen. Dann kann ich mit diskreten Erkundigungen beginnen.«

»Die Zeit ist ein Fluß ohne Wiederkehr«, flüsterte Fishbane. »Zögere nicht zu lange. Wie er dir selbst gesagt hat, wer weiß, wie lange Perce noch zu leben hat?«

»Verlaß dich auf mich«, sagte Goetzen und meinte es ernst.

* * *

Sobald die letzten Handwerker fort und die allernotwendigsten Möbel und Haushaltsgegenstände an Ort und Stelle waren, nahm das Leben das Paares in Beauchamp Close Nr. 15 seinen angenehmen Lauf. Goetzen hatte begonnen, einen Roman zu schreiben, und verbrachte die Wochentage an dem Schreibtisch in seinem Arbeitszimmer. Candy verbrachte ihre Tage in der Bibliothek des Britischen Museums oder in ihrem Arbeitszimmer und schrieb ihre Dissertation. An den meisten Abenden erprobten sie die Restaurants von Hampstead und kehrten heim, um zu lesen und Musik zu hören.

Es kam ein Tag, da überreichte Goetzen, überzeugt, seine ehrlichen Absichten, ganz zu schweigen von seiner heroischen Selbstbeherrschung, hinlänglich bewiesen zu haben, Candy ein Gedicht, das er für sie geschrieben hatte, ein Gedicht mit einem *carpe diem*-Thema:

Jugend ist uns bald entschwunden,
Flüchtig wie die Morgenstunden,
Warten das Plaisir von Narren,
Die nur aufs Futurum starren.
Laß uns drum, eh wir vermodern,
In dem heilgen Feuer lodern,
Das uns Venus gütig spendet,
Uns für Mund und Glieder sendet.
Schluß mit züchtgem Trübsalblasen:
Auf ins Rasen der Ekstasen!

Er beobachtete erwartungsvoll, wie sie es las, den schönen Kopf über das Blatt gebeugt; er beobachtete, wie sie mit dem sonderbarsten Lächeln auf den Lippen zu ihm aufblickte und das Gedicht mit langsamem Bedacht erst einmal, dann noch einmal zerriß. Kein Techtelmechtel.

Die Wochen eilten dahin. Der Sommer stand vor der Tür, und Goetzen sprach davon, nach New York zu fahren, »um seine Angelegenheiten zu ordnen«. Sie hatten im Cherubino's gegessen, ihrem Lieblingsrestaurant in Hampstead, und waren in einer Stimmung zufriedener Schläfrigkeit nach Hause gegangen. Die Lampen im Wohnzimmer verbreiteten gedämpftes, warmes und sanftes Licht. Sie hörten sich Radiomusik an. Goetzen hatte sich mit einem Scotch on the rocks in seinem Ledersessel ausgestreckt; in den ihren gekuschelt, die Beine angezogen, wobei ihr kurzer Rock atemberaubende weiße Schenkel enthüllte und das Licht der Lampe hinter ihr auf ihrem üppigen, herrlichen Haar schimmerte, trank Candy einen Eierlikör mit Schuß.

Im Radio begann die Sendung »Fenster zu Spanien« eine Aufnahme von Ravels *Bolero* zu spielen.

»Die *Hamlet-Follies*«, sagte Candy lächelnd. »Erinnerst du dich?«

»*Hamlet*, dritter Akt, vierte Szene.«

Ihre Blicke trafen sich, und sie sahen sich unverwandt in die Augen, während die sinnliche Musik langsam, köstlich langsam an Tempo und Lautstärke gewann, ihre rhythmischen Wiederholungen ergriffen Besitz von ihnen, zwangen ihre Atmung in Einklang, trugen sie höher und höher, bis die Musik, immer lauter, immer schneller, ins Unerträgliche gesteigert, schließlich in einem dissonanten Ausbruch ihren Höhepunkt erreichte.

Candy sprang plötzlich auf. »Komm!« sagte sie und hielt ihm die Hand hin.

* * *

Er lag auf dem Bett und sah ihr zu, wie sie sich auszog, eine fabelhaft sinnliche Darbietung, erotisch, selbstironisch, köstlich langsam und aufreizend, geschmeidig und anmutig. »O mein Amerika, mein neuentdecktes Land!«* Majestätisch in ihrer Nacktheit und Schönheit, ihrem göttlichen Ebenmaß, kam sie zu ihm. »Nanu«, sagte sie, »was haben wir denn da?« und führte ihn an seinen Platz.
Danach kam ihm plötzlich eine Idee. »Candy Peaches, so nennst du dich bestimmt im Tingeltangel. Wie heißt du wirklich?«
»Candida«, sagte sie. »Candida Pechvogel.«
»Und deine Mutter?« fragte er eifrig.
»Miriam Pechvogel. Mimi. Wieso?«
Goetzen schloß sie abermals in die Arme. Er küßte ihre Wangen, ihre Nase, ihre Lippen. »Kikeriki!« krähte er, »kikeriki!«

* * *

Am nächsten Morgen stand Goetzen fröhlich auf, kochte Kaffee, so daß Candy ihn beim Erwachen vorfände, und begab sich dann zu einem Spaziergang auf die Heath. Er kam knapp zwei Stunden später mit einer Tüte Mohnbrötchen in ein leeres Haus zurück, und wurde von einem Brief begrüßt, der mit Tesafilm an den Flurspiegel geklebt war:

Lieber Nicholas,
ich kehre in die Staaten zurück. Nein, es ist keine plötzliche Anwandlung – ich bin seit einem Monat auf diesen Flug gebucht.

* A. d. Ü.: Das Zitat entstammt einem Liebesgedicht von John Donne, 1572–1631.

Es hätte sowieso nicht funktioniert. Mit Dir und mir. Dabei mag ich Dich sehr. Ehrlich. Die Zeit war schön. Gestern nacht war schön. Aber Du wurdest zu ernsthaft. (Oder hast Dich in die Rolle hineingesteigert – bei Dir ist das manchmal schwer zu unterscheiden.) Das Entscheidende ist, ich wollte immer nur Freundschaft. Nichts Festes, keine unnötigen Komplikationen. (Bedeutet »Nicholas« auch »Komplikationen«? Vielleicht die gleiche Wurzel im Sanskrit oder so was?)
Ich habe Pläne, die ich nicht ändern mag: nächstes Semester unterrichten und mit meiner Diss vorankommen, ein Beruf, den ich gerade erst anfange. Ich brauche Freiraum. Dabei wollen wir es belassen.

Candy

Seiner schlaffen Hand entglitt die für Candy gekaufte Brötchentüte und verstreute den Mohn über den Boden. Für einen Augenblick stand er bleich und sprachlos, dann lief er durch alle Zimmer, rief ihren Namen, in der vagen Hoffnung, sie zu finden. Er wühlte vergeblich im gemeinsamen Wäschesack nach schmutzigen T-Shirts, Höschen, BHs, einem Unterpfand ihrer fortgesetzten Gegenwart. Doch leider, leider: nichts. Verzweifelt rief er Heathrow an und ließ sie ausrufen: Wundersamerweise wurde sie gefunden und kam ans Telefon.
»Nicholas?«
»Geh nicht weg«, sagte er.
»Mein Flug ist aufgerufen. Ich muß los.«
»Ich komme nach New Haven. Dann reden wir.«
»Gib einem Mädchen doch mal eine Chance.«
»Gib mir eine Chance. Ich brauche dich, Candy. Außerdem habe ich deinen Vater ge–«

»Nicholas«, sagte sie freundlich, aber bestimmt, »werde erwachsen.«
Ein Klicken, und die Leitung war tot.

VIERZEHN

Zwischen der einen Seite des Hauses und der Mauer, die die Goetzens von ihren Harrogate-Nachbarn getrennt hatte, wuchs eine prächtige alte Eiche. Sie stand immer noch, obwohl sie die Umgestaltungen, die den Immobilienspekulanten vorschwebten, wahrscheinlich nicht überleben würde. Der Baum war schon belaubt und verbarg so das, was einmal Nickos allergeheimstes Versteck gewesen war. Goetzen bahnte sich einen Weg durch das hohe nasse Gras, stand, die Hände auf dem mächtigen verrunzelten Stamm, und schaute hinauf. Nein, nicht einmal von hier: das Geheimversteck war unsichtbar hinter dem riesigen grünen Schirm, verborgen von denselben Armen, die es bildeten.

In einer Höhe von etwa fünf Metern verzweigte sich der Stamm in drei starke emporstrebende knorrige Äste, die dann die Quelle aller weiteren Verzweigungen wurden. An ihrem gemeinsamen Ursprungsort formten diese drei eine Mulde, wie das Innere eines Fäßchens oder das Krähennest der HMS *Victory* und geräumig genug für einen kleinen Jungen. Nicko hatte sich sogar darin hinsetzen können, denn in halber Höhe wuchs innen ein natürlicher Sims, eine Art Baumkropf. Hier war sein Besanmast gewesen, sein Berggipfel, sein Festungsturm, sein Spitfire-Cockpit.

Etwa einen halben Meter unter dem Geheimversteck entsproß dem Stamm ein einzelner kräftiger Ast, ein Bankert, ein Bastardgewächs. Er hing herunter, beladen mit eigenen Sprößlingen, und bildete eine belaubte Brücke zwischen dem Stamm und der Mauer. Hier ruhte er sich aus, bevor er sich himmelwärts wandte. Dieser Ast, Zugbrücke, Fallreep, Bergpfad, war Nickos Zugang zu seinem Geheimversteck gewesen. Sobald er die Mauer erklettert hatte, war der Rest ein Kinderspiel.
Niemand hatte etwas von diesem Geheimversteck gewußt, auch nicht Marko. Goetzen streichelte den freundlichen Baumstamm. Vielleicht war dort oben im Bergfried immer noch die Schatzkiste. Er versuchte, sich ihren Inhalt ins Gedächtnis zu rufen. Eine Schleuder, verfertigt von Wipern-Willie (dem hochdekorierten Helden von Flandern im Ersten Weltkrieg, dem Goetzen-Gärtner und Heimatverteidiger im Zweiten) und laut Willie geeignet, ganze Bataillone von Nazis erbarmungslos zu vernichten; Vorkriegsmurmeln in einem Netzsäckchen, aus Ton und aus Glas, Bucker in allen Farben; ein *Wisden's Cricketer's Almanack* von 1938, ein Stapel Zigarettenkarten mit einem Gummiband drum herum und eine echte Polizeipfeife.
Er ging durch das hohe nasse Gras auf seinen eigenen Spuren zurück zu dem gepflasterten Weg. Er drehte sich um und schaute zur Eiche, zu ihrem alles überwölbenden grünen Dom. Vielleicht waren da oben auch immer noch Nickos Pfeile und der Bogen. Sie waren an jenem Morgen und an jenem Tag im Frühjahr 1941 dort oben gewesen, als die Bäume ausgeschlagen hatten und die Blumen in lebhaften Farben explodiert waren, und von seinem Geheimversteck aus hatte Nicko sorgfältig auf das Biest gezielt, und das Biest hatte sich plötzlich ans Herz gegriffen, während es die Hand

nach einer Rose ausstreckte, hatte sich zusammengekrümmt und war gestorben.

* * *

Goetzen war mit dem Zug nach Leeds gefahren und hatte sich am Bahnhof einen Mietwagen genommen. Er hätte auch umsteigen und mit der Bahn weiterfahren können, aber eine Ankunft im Auto schien irgendwie angemessener. Er hatte Harrogate als kleiner Junge verlassen; nun kehrte er als Mann zurück (in einem Ford Cortina). Warum er in den Norden gefahren war, hätte er nicht genau zu sagen vermocht. Candys plötzliche Abreise lieferte keine einleuchtende Erklärung. Er hatte Percy Fishbane angerufen, um ihm seine Entdeckung mitzuteilen.

»Ein Mädchen, sagst du?« Der alte Mann war entrüstet.

»Ja. Candida. Sie nennt sich Candy Peaches.«

»Ausgeschlossen, du mußt dich irren. Ein Mädchen! Und was ist mit ihrer Mutter?«

»Ein Irrtum ist ausgeschlossen. Miriam Pechvogel ist gesund und munter und hat einen Strip-Schuppen in Sausalito.«

»Donnerlittchen!«

»Deine Tochter ist Doktorandin an der Yale. Ein Brief dorthin müßte sie ohne weiteres erreichen. Willst du dir die Adresse aufschreiben?«

»Keine Eile. Das ist 'n ziemlicher Schock. Also kein Sohn? Da muß ich mich erst mal bedenken.«

»Aber du hast doch gesagt –«

»Ist doch scheißegal, was ich gesagt habe. Jetzt sage ich, überhaupt kein Grund zur Eile.« Und Fishbane hatte unvermittelt aufgelegt.

In London hatte es genieselt. Das Nieseln hatte sich zu Regen ausgewachsen und der Regen zu einem Wolkenbruch, während der Zug gen Norden eilte. Leeds schwamm. Er stand an der Bar vom Queens Hotel und schaute verdrossen über die Schulter des Barkeepers hinweg zum Fenster hinaus auf die Verkehrsinsel, kämpfte gegen die Willenslähmung an, die ihm ins Mark sickerte und ihn an seinen Ort fesselte. Um die Insel herrschte dichter Verkehr, denn hier trafen mehrere Hauptstraßen zusammen. (Hatte Nicko wirklich den Pfeil abgeschossen?) Auf der Insel selbst wurde Edward, der Schwarze Prinz, der Held von Crécy und Poitiers, der edle Sproß von Englands Ritterschaft, der Vorkämpfer für die Rechte des Volkes im Guten Parlament, hochherrlich zu Pferde, nasser und nasser. (Wahrscheinlich hatte Nicko den Pfeil gar nicht abgeschossen, und selbst wenn, die Entfernung zwischen dem Ansitz des Jungen und der Stelle im Garten, wo sein Vater gestorben war, übertraf bei weitem die Reichweite eines von einem Spielzeugbogen verschossenen Pfeils. Außerdem hatten Nickos Pfeile an der Spitze Gummisaugnäpfe gehabt!) Nicht weniger naß als Prinz Edward wurden vier ehrwürdige Lokalgrößen von Leeds, verdiente Söhne der Stadt aus allen Jahrhunderten vom sechzehnten bis zum neunzehnten, jeder in lobenswert schlichter Haltung, alle gemeinsam eine bändigende Nachhut für den vorpreschenden Plantagenet. (»Gut«, hatte Nicko gedacht, als das Biest fiel. Goetzen erinnerte sich genau daran, daß Nicko das gedacht hatte.) Als Vorhut und gleichsam Gegengewicht zu den vier Ehrenmännern tanzten halbnackte Nymphen in selbstvergessener Lüsternheit, jede fackelbewehrt, alle wild entschlossen, den Helden, edlen Sproß und Vorkämpfer auf dem süßen Pfad der Sinnenlust ins ewige Fegefeuer zu führen. Auch sie waren naß, aber in ihrem Falle schien eine gewisse feuchtglänzende Schlüpfrigkeit ganz an-

gemessen. (Ja, als das Biest fiel, hatte Nicko mit absoluter Sicherheit gedacht: »Gut, geschieht ihm ganz recht!«) Goetzen bestellte sich noch einen Whisky.
Vom Queens Hotel fuhr er zum Friedhof, aber das Tor war abgeschlossen, niemand erhörte seine Rufe, und so stieg er wieder ins Auto, naß und doch erleichtert. Er saß und überlegte, was er tun sollte. Also dann nach Harrogate. Der Weg nach Harrogate führte ihn zurück in die Stadt. In einer wandelbaren Welt lieferte die Häßlichkeit von Leeds ein seltenes Beispiel für Beständigkeit. Weit entfernt davon, die Stadt reinzuwaschen, hatte der Regen ihre charakteristischen verrußten Ziegel nur mit einer Schleimschicht bedeckt. Am Swinegate hielt ein Irrer zur Unterhaltung der Autofahrer ein Schild hoch, dessen krakelige Beschriftung im Landregen tropfte: »DEA HEAA BEHOTET UN8 AUF CANTEM WECE. Hos 3:22.« Goetzen fuhr weiter. Sein Weg führte ihn schließlich zur A 61, der Straße nach Harrogate.
Während Leeds ausdünnte und langsam mit der ländlichen Umgebung verschmolz, lichtete sich der Himmel. Stückchen von Blau tauchten auf. Die Sonne schien, anfangs zögernd hinter zerrissenen weißen Fetzen hervor, dann kühn von einem tiefblauen Himmel. Goetzen kurbelte im Cortina ein Fenster herunter und begann ein Summliedchen. Die Straße hob und senkte sich auf ihrem Weg durch die Ränder der herrlichen Yorkshire Dales.
In Harrogate führte die A 61 vorbei am West Park und dem Kriegerdenkmal – ach, armer Willie, ein Bursche von unendlichem Humor, voll von den herrlichsten Einfällen, inzwischen sicher tot, lange dahingegangen – die Parliament Street hinunter und die Ripon Road hinauf. Goetzen hatte halb vorgehabt, im Majestic abzusteigen, einem mächtigen Backsteinklotz mit vielen Giebeln und Grünspantürmchen

in einem weitläufigen Parkgelände, vier Sterne, sehr hochherrschaftlich. Aber er fuhr am Majestic vorbei und bog statt dessen kurz vor der Duchy Road links ab auf den geräumigen Vorplatz des Hotels zum Hünengrab. Das Hünengrab tat es gewiß auch, zwei Sterne, provinziell und solide. Es war in großzügigem viktorianischem Stil aus dem rußigen Graustein erbaut, der die Architektur von Harrogate kennzeichnete.

Er erhielt ein großes hohes Zimmer auf der Nordseite. Von seinem Fenster aus konnte er über die Tennisplätze und die begrenzenden Bäume hinweg die Duchy Road sehen. Damit nicht genug, stellte er fest, daß er direkt auf das ehemalige Goetzen-Haus schaute. Der plötzliche, gänzlich unerwartete Anblick verursachte ihm, was Tante Cicely gerne »Zustände« nannte. Ihm hatte vorgeschwebt, das Haus erst nach einem vorbereitenden Stadtrundgang in Augenschein zu nehmen. Doch schließlich, beruhigte er sich, hatte er lediglich das Dach und das oberste Stockwerk gesehen, und so verließ er das Hotel und begab sich auf seine Wanderung.

Harrogate hatte sich in dreißig Jahren nicht wesentlich verändert. Gut, der Bahnhof war neu, oder jedenfalls teilweise neu, denn sein steriles modernes Äußeres war nichts als eine dem forscheren Vorgänger übergestülpte Haut; aus dem Central Cinema war eine Bingohalle geworden, das St. James war gänzlich verschwunden. Farrah's Harrogate Toffee (seit 1840) wurde überall in der Stadt verkauft, nur nicht in dem ursprünglichen Geschäft aus dem 18. Jahrhundert, das jetzt als Touristenattraktion diente, »ein Blick in Harrogates bunte Vergangenheit«.

Niemand kam mehr her, um mit Hilfe der Heilquellen zu kuren, da der Mythos ihrer dem Organismus zuträglichen Schwefeligkeit sich offenbar in Luft aufgelöst hatte. Sogar der Pump Room war in ein Museum verwandelt worden! Die Kränkelnden aus Yorkshires besseren Kreisen suchten hier keine Genesung mehr. Doch andere kamen mit klingender Münze, die Spesenritter der Firmenkongresse von TUC, IBM, ITV und CPC, ferner die Heerscharen der Eine-Woche-England-Touristen. Was eigentlich nicht verwunderte, denn Harrogate – was Goetzen bislang nicht in den Kopf gewollt hatte – war schön.

Sein Weg führte ihn am »Kursaal« vorbei, dessen deutscher Name auf seine Entstehung in den prunkliebenden Tagen von Victoria und ihrem geliebten deutschen Prinzgemahl verwies und von dessen Stein- und Eisenfassade jetzt Blumen in Schmuckkörben herabhingen, dann vorbei an den Royal Baths und den Parliament Hill hinauf zum Kriegerdenkmal und dem Prospect Square. Überall waren Blumen und gepflegte Grünflächen, Bänke, wo die Müden sich erholen konnten, Ordnung und Sauberkeit. Den New Yorker, zu dem er geworden war, ergriff scheue Ehrfurcht.

Er ging die Montpellier Parade hinunter und betrachtete die Schaufenster der eleganten Markengeschäfte. War auf der Parade nicht früher ein Spielzeugladen gewesen? Ja, ein oder zwei Häuser neben dem Imperial. Sein Vater war mit ihm dorthin gegangen, auch Opa und Onkel Ferri. Der Spielzeugladen war verschwunden. Aber das Imperial verkaufte immer noch Kuchen und Torten und lud zum Tee, wenn es auch jetzt als Betty's firmierte, was ehedem eine weitaus weniger noble Adresse auf der anderen Seite des Platzes gewesen war: die Nagelstiefel hatten eine weitere Stufe erklommen.

Er überquerte das Floral Roundabout zur Cold Bath Road. Hügelan lagen seine Schule und das Klassenzimmer, in dem Miss Hudson geschaltet und gewaltet hatte – »Mis'uudsn«, wie ihre eingeschüchterten Zöglinge, darunter auch Nicko, sie genannt hatten, Gebieterin über eine Hakennase, eine scharfe Zunge und eine furchteinflößende Abc-Fibel. Die Schule stand noch da, eine grimmige, düstere Kinderquälanstalt, ihre toten Augen fingen das Sonnenlicht ein und gaben es dem Himmel zurück als blindes, gallig-gelbes Starren. Kinder waren heute weder zu sehen noch zu hören. Ihn schauderte, er eilte weiter.

Kurz hinter der Schule begann der Valley Drive, der kurvenreich zum Pump Room hinabführte und immer noch prachtvoll war: Haus um Haus in ungebrochener Folge, viktorianische Grausteinfassaden, ein Lobgesang auf jenes frühere und stabilere, irgendwie solidere und gewiß noblere Zeitalter. Die meisten waren jetzt in Wohnungen aufgestückelt worden oder nannten sich Hotels oder nahmen Pensionsgäste auf. Aber die Häuser standen noch, äußerlich unverändert, und das war immerhin etwas. Zwei ältere Damen von vornehmer Ärmlichkeit, Schattengestalten in uraltem Schwarz, flatterten Hand in Hand an ihm vorbei und unterhielten sich auf deutsch. Emigrantinnen, nahm er an, die hier wie Treibholz gestrandet waren, vielleicht zu seiner Zeit, und an fremden Gestaden ausgeharrt und allen Stürmen getrotzt hatten.

Er überquerte die Straße und wandte sich zu den Valley Gardens. Hier saßen alte Leute und wärmten ihr träges Blut im Aprilsonnenschein, hier schoben Mütter und Kindermädchen ihre Kinderwagen, hier bummelten Bummler und faulenzten Faulenzer. Hier in den Gardens trieb der Frühling verschwenderische Blüten, aber bei aller Vielfalt und Buntheit in schicklicher und geordneter Zucht, ein Lehrbuchbeispiel beherrschter Natur. Goetzen schlenderte genießerisch, strich vorbei an einer einheimischen Schäferin und ihrem

Schäfer, beide Arm in Arm, Hüfte an Hüfte, und fing etwas von ihrem bukolischen Taumel auf.

»An einem Donnerstag, weißt du noch? Und wir haben's mitten im Park gemacht.«

»Ja.«

»Weißt du noch?«

»Ja.«

Die verwobenen Strahlen ihrer Blicke reihten ihre Augen auf eine Doppelschnur. Goetzen merkte, daß er sich schmerzlich sehnte, nicht nach Candy, sondern nach dem an Liebe, wofür sie gestanden hatte.

Er verließ die Gardens und ging zum Old Swan Hotel, wo ein doppelter Whisky ihn dazu ermutigte, weiterzumachen. Aber womit? Und in welcher Richtung? Bis auf den Crag und ein oder zwei Winkel hatte er Harrogate erschöpfend besichtigt. Die Swan Road würde ihn nur zur Ripon zurückbringen, die Ripon zum Hotel, und das Hotel schließlich zur Duchy Road und dem Haus. Ja, ja, die Stadt war schön, na und?

Vor dreißig Jahren hatte er an einem Samstag vormittag mit anderen Kindern im Kino gesessen, den hüpfenden Ball verfolgt und mit allen anderen begeistert geschrien: »Ein kleines Stückchen Him-mel fiel runter mal ganz nah und blieb in Yorkshire lie-gen und sagte: ›Ich bleib da‹, und als die Engel's sahen, da fanden sie's sehr ›neett‹, bestreu-ten es mit Stern-staub und nannten's HAR-RO-GATE.« Für ihn hatte jedoch das Tun der Engel nicht mehr Bedeutung gehabt, als wenn Mami Salz in den Topf mit *farfel* streute.

Wo *war* jenes Kino? Das Odeon, oder? Ach ja, das lag hinter dem Bahnhof. Man mußte die Bahnhofsbrücke überqueren. Nicko hatte in dem Viertel nie viel Zeit verbracht, einem vergleichsweise neuen Teil der Stadt mit zweckmäßigen

Häusern, Ende der zwanziger und Anfang der dreißiger Jahre für die sozial immobile untere Mittelklasse erbaut, in jenen Jahren ein Ort voll unerklärlicher Feindseligkeit gegen jüdische Emigranten. Aber der inzwischen modernisierte Bahnhof selbst barg Erinnerungen. Zum Bahnhof nämlich hatte er sich mit einem leeren Koffer in der Hand geflüchtet, als er von zu Hause fortlaufen wollte. London war sein Ziel gewesen, London und sein Vater. Er war auf dem Bahnsteig von Onkel Koko gefunden worden, der gerade für ein Wochenende auf dem Lande angekommen war. Onkel Koko hatte seinen Plan gutgeheißen, allerdings vorgeschlagen, erst einmal zum Abendessen heimzukehren, da solche Unterfangen wie das von Nicko an sich löblich waren, aber klugerweise nicht mit leerem Magen begonnen werden sollten. Koko hatte auch darauf hingewiesen, daß eine Dreipenny-Münze Nicko nicht sehr weit bringen würde, höchstens eine halbe Meile vielleicht. Auf ihrem Weg durch Harrogate zur Duchy Road hatten sie sich einen angemessenen Teil ihrer Zeit mit Betrachtungen über die jeweiligen Vorzüge von Lancasters und Fliegenden Festungen* vertrieben. Dann hatte Koko ihm nahegelegt, daß es vielleicht ein wenig unehrenhaft war – ganz und gar nicht der Goetzen-Stil –, eine Dame, nämlich Mami, in der Zeit der Not zu verlassen, zumal ihre erste Verteidigungsbastion, nämlich Papa, an die Landeshauptstadt gefesselt war. Koko hatte zugegeben, daß er selbst nicht genau wüßte, was nun die beste Vorgehensweise sei, aber bestimmt würde Opa Rat wissen und Nicko sagen können, wie er es am besten anfinge.

* * *

* A. d. Ü.: Die Lancaster war ein britischer Bomber im Zweiten Weltkrieg, die B 17 Flying Fortress ein amerikanischer.

Eines Tages nicht lange nach ihrem Umzug nach Harrogate rannte Nicko aus dem Garten, den er immer noch erkundete und in dem er immer noch auf der Suche nach einem Geheimversteck war, zur Hintertür des Hauses, dem sogenannten Lieferanteneingang, wo seine Mutter mit Wipern-Willie, dem Gärtner, redete. Mit Willie verstand er sich zwar prächtig, aber jetzt hatte er für seinen Freund keine Zeit. Ihm war gerade eingefallen, daß Freitag war.

»Kommt Papa heute?«

»Ja, Schatz.«

»Darf ich –«

»Nicko, sei nicht so ungezogen. Du hast uns unterbrochen.« Sie wandte sich wieder Willie zu und beachtete den Jungen nicht, der ungeduldig mit dem Fuß aufstampfte. »Wo waren wir stehengeblieben? Das macht dann achtzehn Shilling und neun Pence?«

»Ja, gnä' Frau, und dann der Eimer Pferdemist für die Rosen, macht acht Pence, und ein Shilling und zweieinhalb Pence für die neue Düse vom Gartenschlauch. Das kommt dann auf, Momentchen ...«

»Ein Pfund und siebeneinhalb Pence«, sagte Nicko.

»Das Bürschchen ist helle«, sagte Willie.

»So, Willie, da haben Sie. Und morgen kommen Sie wieder?«

»Nach dem Manöver und einem Schlückchen, um mir die Kehle anzufeuchten. Drill ist harte Arbeit.«

»Mami, darf ich gehen?«

»Wohin?«

»Zum Bahnhof. Um Papa abzuholen.«

»Was denn noch alles! Das ist viel zu weit. So viele Straßen, die du überqueren mußt, und dann der Verkehr am Bahnhof! Vielleicht, wenn du ein bißchen größer bist.«

»Aber ich kenne den Weg, und ich gehe bei den gelben Blinklichtern rüber, und ich verspreche, ich bin ganz vorsichtig!«

»Ich nehm den Jungen mit zum Bahnhof«, sagte Willie, »auf meinem Fahrrad.« Das Fahrrad hatte ein kleineres Vorderrad und darüber einen großen Korb, dessen hinterer Rand gleichzeitig als Lenkstange diente.

»Wir möchten Ihnen auf keinen Fall Umstände machen, Willie.«

»Macht überhaupt keine Umstände, gnä' Frau. Der Junge kann im Korb sitzen, ganz gemütlich.«

»Ach bitte, bitte, laß mich mit.«

»Nun gut«, sagte Mrs. Goetzen unschlüssig. »Aber du mußt ganz still sitzen und artig sein. Vielen Dank, Willie. Wenn Sie ihn einfach am Haupteingang absetzen, er kennt den Bahnsteig.«

»Dann komm, Jungchen. Steh nicht so blöd rum, hops rein.«

Und ab ging es, anfangs wackelig die Duchy Road entlang, dann zügiger, als sie in die Ripon einbogen. Was für eine tolle Art, voranzukommen! Nicko, der nun in der Geschützkanzel einer Lancaster saß, suchte den Himmel nach der deutschen Luftwaffe ab. Hinter dem Hotel zum Hünengrab ging es steil bergab. Harrogate lag unter ihnen ausgebreitet. Hinunter sausten sie, die Luft pfiff in ihren Ohren, hinunter zum Kursaal und den Royal Baths.

Von dort ging es zum Stadtzentrum nur noch bergauf. Willie stieg vom Fahrrad ab und schob es die Parliament Street hoch. »Du bist ganz schön schwer«, sagte er. Er schwitzte und mußte bald eine Atempause einlegen. Mit zittrigen Fingern holte der alte Mann eine Woodbine hinter dem Ohr hervor und steckte sie sich an. »Kleinen Moment«, sagte er. »Zeigst du mir noch mal deine Wunde, die aus Wipern?«

Willie krempelte den Ärmel auf und zeigte Nicko seine Narbe. Sie war mindestens zehn Zentimeter lang, ein tiefer Einschnitt in dem weißen, vernarbten Unterarm. Dort wuchs kein einziges Haar.
»Darf ich sie anfassen, Willie?«
»Na gut, da.«
Nicko fuhr mit dem Finger darin entlang. Sie war unerwartet kalt und feucht, und etwas darunter puckerte. Nicko drehte sich ein klein bißchen der Magen um.
»Tut es immer noch schrecklich weh?«
»Nur, wenn ich lache«, sagte Willie grinsend. Er drückte die Woodbine sorgfältig auf dem Absatz seines Stiefels aus und verstaute den Rest hinter dem Ohr. »Weiter geht's.«
Willie schob das Fahrrad die ganze Parliament Street hoch, bog vor dem Kriegerdenkmal links ab und stieg hinter Betty's Tea Shop wieder auf. Wunderbar wackelig nahmen sie Fahrt auf. Schließlich waren sie am Bahnhof. Vor dem Haupteingang hob Willie Nicko aus dem Korb.
»Soll ich mit dir warten, Junge, nur bis der Papa kommt?«
»Ich komm schon zurecht. Vielen Dank fürs Mitnehmen, Willie.«
Nicko rannte in den Bahnhof. Der Zug aus Leeds war schon eingefahren. Er sah seinen Vater durch die Sperre kommen. Er hatte eine Frau dabei, eine Marinehelferin. Sie sah genau aus wie Deanna Durbin! Sie klammerte sich an Papas Arm, und beide lachten und redeten. Vielleicht kam sie übers Wochenende zu Besuch. Nicko hoffte es jedenfalls.
Der Junge versteckte sich hinter einem Kiosk. Sein Plan war, ihnen aus dem Bahnhof nachzuschleichen und sie im richtigen Augenblick zu überfallen. Er schlang die Arme um sich, konnte seine Erregung kaum im Zaum halten. Ein tolles Abenteuer!

Aber sein Vater half der Dame am Stand in ein Taxi. Sie kurbelte das Fenster herunter und streckte lächelnd den Kopf heraus. Sein Vater küßte sie innig. Offenbar kam sie doch nicht zu Besuch. Wenn Nicko die beiden überfallen wollte, dann jetzt.
»Papi! Papi!«
»Nicko!« Felix Goetzen war wirklich überrascht. »Ist Mami auch da?«
»Sie ist zu Hause. Ich bin allein hergekommen, mit Willie. Der hat mich auf dem Fahrrad mitgenommen. Ich hab seine Wunde anfassen dürfen, die aus Wipern. Wir sind ganz dicke Freunde.«
Felix Goetzen wirkte alles andere als erfreut. Auch die Dame hatte ihr Lächeln eingebüßt.
»Ist das Ihr kleiner Junge?« Mit einem sehr seltsamen Gesichtsausdruck schaute sie vom Vater zum Sohn. Vielleicht, dachte Nicko, mag sie keine Überraschungen.
»Ja, Angelica.« Felix Goetzen seufzte. »Das ist Nicholas.«
»Freut mich, Nicholas.«
»Freut mich auch.«
Warum wurde sie so rot? Sie war bestimmt sehr schüchtern.
»Das wär's dann wohl«, sagte sie.
»Es tut mir schrecklich leid, Miss Crawford. Ich hätte es Ihnen gesagt, aber es war keine Zeit.«
»Jetzt ist es ein bißchen zu spät. Auf Wiedersehen, Mr. Goetzen.« Sie drehte sich um, dann wieder zurück. »Und auf Wiedersehen, junger Mann. Bring deinen Papa heim zu deiner Mama, wie ein guter Junge.« Das Taxifenster schoß hoch. Felix Goetzen zuckte die Achseln.
Hatte Nicko zu der Zeit die Bedeutung des Zwischenfalls am Bahnhof verstanden? Was immer er verstanden haben mochte, er war klug genug, seinem Vater nichts davon zu sa-

gen. Und obwohl die Dame Deanna Durbin, einer der Lieblingsschauspielerinnen von Victoria, zum Verwechseln ähnlich sah, sagte er auch zu seiner Mutter nichts davon.

Felix hatte auf dem ganzen Heimweg schlechte Laune gehabt und nur mit Knurrlauten auf das Geplapper seines Sohnes geantwortet. Das Abendessen wurde von Trübsal geprägt, Felix beklagte sich über die Verdunkelung und die Rationierung und die Luftangriffe und darüber, wie anstrengend es war, alle paar Tage nach Yorkshire zu fahren und dann wieder zurück nach London. Victoria versuchte vergeblich, ihn aufzuheitern. Opa erzählte zum tausendsten Mal die Geschichte von seiner ersten Begegnung mit Sarah Bernhardt, doch auch das verschlug nicht. Nicko blieb still. Er wurde früh zu Bett geschickt.

Der Samstag war nicht viel besser. Papa wollte nicht im Garten mit Nicko spielen, er wollte nicht mit ihm spazierengehen, er interessierte sich nicht für Willie und Wipern. Er saß nur grantig in seinem Sessel im Frühstückszimmer und las seine blöden Zeitungen, beschwerte sich bei Opa über dies und jenes, brummelte, daß der Krieg schlecht lief, daß Hitler praktisch schon vor der Tür stand und daß er und Koko die Kinder vielleicht nach Amerika hätten schicken sollen. »Sarah Bernhardt hatte großen Erfolg in Amerika«, sagte Opa. Der Samstag war ein totaler Reinfall. Am besten ging man Papa aus dem Weg.

Zum Glück war Felix am Sonntag morgen wieder fast der alte. Nicko wußte, alles würde gut, als Papa versuchte, sein weichgekochtes Ei aufzuklopfen und entdeckte, daß es nur eine umgedrehte leere Schale war. Er zeigte sich riesig überrascht und beglückwünschte Nicko zu diesem schlauen Trick. Das war einer von Nickos alten Tricks, aber einer, auf den Papa jedesmal hereinfiel. Opa kniff Nicko in die Wange.

Nach dem Frühstück nahm Papa Nicko mit auf eine lange Wanderung bis hin zum Crag, und diesmal nahmen sie den Bergsteigerpfad runter, nicht den Weiberweg an der Seite. Papa wußte alles über Berge. Er hatte die Alpen und die Anden bestiegen. Eines Tages würden er und Nicko auf den Gipfel des Mount Everest klettern, dem höchsten Berg von allen. Das würde ganz schön anstrengend werden, und heute übten sie schon ein bißchen dafür. Da sie die ersten auf dem Gipfel sein würden, würde König Georg persönlich ihnen Orden anheften und sie in den Adelsstand erheben. »Was halten Sie davon, Sir Nicholas?« fragte Papa in seinem sorgfältigen Englisch. Aber natürlich mußten sie das Ende des Krieges abwarten, und daß Nicko noch ein bißchen größer wurde.

Sie kamen rechtzeitig zum Sonntagsessen zurück, eine köstliche Mahlzeit trotz der Lebensmittelrationierung und eine von Nickos Lieblingsspeisen: Quetschkartoffeln und Bratwürste und gebratenen Kohl mit Zwiebeln, oberlecker, und als Nachtisch Mamis weltberühmten Restekuchen. Was gab es Besseres? Mami räumte den Tisch ab und trug das Geschirr in die Küche, während Papa und Nicko über Kricket redeten und Opa einnickte. Sonntags hatte Gladys frei, und sie war mit ihrem Soldatenschatz nach Pine Woods gefahren. Sie sagte, sie liebe den Kieferngeruch.

Nach einem Weilchen gingen Papa und Nicko zu Mami in die Küche. Papa gab Mami einen sanften Klaps auf den Popo und küßte sie auf den Nacken. Er habe etwas bekanntzugeben, sagte er.

»Nicko und ich, wir sind nach unseren Strapazen von heute vormittag sehr, sehr schläfrig. Keine Dame kann je ermessen, welcher Anstrengung es bedarf, um den Bergsteigerpfad am Crag nicht nur hinunter-, sondern auch hinaufzusteigen.

Eine Aufgabe für Helden. Und deshalb sind wir selbstredend müde. Aber wir verstehen, daß auch du müde bist. Folglich werden wir heute alle ein Nickerchen machen, nicht nur Opa.«

Mami wurde rot und kicherte. Nicko stöhnte. Er hatte sich schon darauf gefreut, am Nachmittag das Jägerspiel zu spielen, mit Papa in seiner üblichen Rolle als Schröckliches Biest.

»Aber nachdem wir uns ausgeruht haben und wieder voll auf dem Damm sind, wird vor meinem Zug gerade noch Zeit genug für uns bleiben, um ins Kino zu gehen.«

»Hurra! Und Opa auch?«

»Wenn er mag. Aber Betty Grable ist nicht Sarah Bernhardt.«

* * *

Goetzen riß sich aus seinen Betrachtungen über den Baum und ging zum Haus. Ein in den Boden gerammtes Schild verkündete, daß sich bald ein prächtiger Block mit modernen Luxuswohnungen auf diesem reizvollen Grundstück erheben würde. Unterzeichnet war dies mit Dobbs und Glissando, Architekten, Wigan, Beirut und Los Angeles. Goetzens italienische Schuhe, elegant, leicht und sportlich, in einem Kaufrausch auf der Madison Avenue erstanden, um das Ende des vorigen akademischen Jahres zu feiern, aber bislang für zu teuer erachtet, um getragen zu werden, waren klatschnaß und zweifellos ruiniert. Das hatte der Gang zur Eiche angerichtet. Pflanzenteile und Erde klebten an ihnen, und sie waren mit gelbweißen Pollen bestäubt. Er spürte, wie die Nässe um seine Zehen kroch. Seine Hose war ebenfalls naß, bis zu den Knien. Er fror plötzlich und stopfte die

Fäuste tiefer in die Hosentaschen. Was tat er hier? Er begann zu frösteln.

Die Haustür war mit Brettern vernagelt. Das Haus schien in den letzten Stadien des Verfalls zu sein. Die meisten Fensterscheiben waren verschwunden; Glasscherben und -splitter bedeckten den Boden zu seinen Füßen. Das Wetter vieler Jahreszeiten hatte dem Inneren des Hauses zugesetzt. Es mußte seit über zehn Jahren leer stehen, in Erwartung der Abrißbirne.

Er spähte durchs Fenster in das, was in den Goetzen-Tagen das Herrenzimmer gewesen war, damals ein vornehmer Raum, holzgetäfelt, eingerichtet mit bequemen Polstermöbeln in weinrotem Leder, Bücher des vorherigen Besitzers säumten die Wände, ein edler blauweißer chinesischer Teppich lag auf dem gebohnerten Boden; er spähte vorsichtig wegen der scharfkantigen Glasscherben im Fensterrahmen und des angehäuften Vogel- und Mäusekots; spähte und wich entsetzt zurück. Zwei riesige Wölfe mit gefletschten Zähnen und glitzernden roten Augen sprangen durch den Raum auf ihn zu. Nein, keine Wölfe, zwei Wachhunde, deutsche Schäferhunde. Sein Mund wurde schlagartig trocken, er wollte auf vor Schreck weichen Beinen davonlaufen, aber die Beine verweigerten sich dem Befehl des Gehirns. Die Hunde hatten keinen Laut von sich gegeben. Mit klopfendem Herzen zwang er sich, wieder in den Raum zu schauen. Die Hunde waren immer noch mitten im Sprung, erstarrt auf ihrem Weg zur Halsschlagader. Es war nur ein Hund. Sein Spiegelbild sprang in etwas seltsamem Winkel in einem ovalen Spiegel, der an einer zertrümmerten Packkiste lehnte. Überall lagen Schmutz und Schutt. Die Worte SCHEISS AUF LEEDS UNITED waren krumm und schief an ein verrottendes Paneel gemalt. Eine verstaubte Spinnwebe spannte sich von der Nasenspitze des Hundes zum Fußboden. Der Hund war ausgestopft, konserviert in wütendem Angriff, stummem Knurren, tödlicher Beutegier. Er sprang von einem niedrigen Eisensockel, der sich als Baumstamm über Farngestrüpp ausgab. Da lediglich seine Hinterbeine mit dem Sockel in Berührung standen, vermochte er sich nur mit Hilfe einer Eisenstange aufrecht zu halten, die sich vom Baumstamm aus in seinen After bohrte. Kein Wunder, daß das arme Geschöpf mißgelaunt war. Goetzens Herz kehrte zu seinem normalen Rhythmus zurück.

Dazu also war das Herrenzimmer verkommen. Hier hatten sie für seinen Vater *schiwe* gesessen, auf niedrigen Schemeln sieben Tage lang Trauer gesessen, während draußen die neue Frühlingssonne schien und die Geräusche wiedererwachten Lebens zu den Fenstern hereindrangen. Hier hatten sie *schiwe* gesessen für Tante Carlotta und Tante Erica und Onkel Gusti, die zusammen mit dem Luftschutzbunker im weit entfernten Hampstead am Ende des gleichen schlimmen Jahres in tausend Stücke zerrissen worden waren, Opfer einer Zufallsbombardierung, unerklärlich, eine der vielen Ironien des Krieges, und für die Beerdigung hatten sich nur wenige Überreste von ihnen gefunden. Onkel Ferri hatte danach drei Monate in einer Zwangsjacke zugebracht, hatte geschrien, bis ihm die Stimme versagte, und danach stumm weitergeschrien. Als er schließlich entlassen wurde, war er mit siebenunddreißig ein alter Mann, aber gelassen, philosophisch und bereits der Haupttrauerträger. Zu dieser Zeit hatte Opa schon seinen Rückzug aus der Welt begonnen. Der erwies sich als ein langsamer Prozeß, aber mit Hilfe der göttlichen Sarah bewältigte er ihn in acht Jahren.

Die Sonne war verschwunden. Es drohte bald wieder zu regnen. Das bleierne Gewicht des Himmels wurde drückend.

Hatte es noch irgendeinen Sinn, die Nacht in Harrogate zu verbringen, hier unter seinen Gespenstern? Er hatte alles gesehen, was es zu sehen gab. Wenn er wollte, konnte er mit dem Auto nach London zurückfahren und brauchte sich nicht um den Zug zu scheren. Das waren gut zweihundert Meilen, mehr nicht. Er sah auf die Uhr: es war erst fünf. Ein kalter Wind rauschte durch die Bäume; das Haus knarrte und klagte, rief nach ihm. Er verspürte den Drang, durchs Fenster des Herrenzimmers hineinzuklettern, sich auf dem schuttbedeckten Fußboden zusammenzurollen und zu schlafen. Entsetzt kehrte er dem Haus den Rücken, durchquerte rasch den Garten und trat auf die Straße hinaus. Er konnte heute abend in London sein: er *würde* heute abend in London sein.

Der Regen setzte ein, anfangs noch langsam. Goetzen fing an zu laufen, aber innerhalb von Sekunden goß es. Das Licht verschwand aus dem Himmel. Er wurde naß bis auf die Haut. Rennen nützte da auch nicht mehr viel. Keuchend verlangsamte er seine Schritte. Das Hünengrab lag gleich um die Ecke.

»Brauch Sie wohl nich zu fragen, ob's regnet?« sagte der Portier anbiedernd. Er besaß das runde, rosa Gesicht und das kurzgeschorene Haar eines englischen Hauptfeldwebels, aber er stand wie ein Fragezeichen, nachlässig, kein erfreulicher Anblick.

Goetzen hatte platschend den Weg zur Rezeption zurückgelegt und stand jetzt in einem selbsterzeugten Tümpel. Das Wasser entströmte ihm, aus seinen Haaren, den Hals hinunter, über die Augen, die Wangen; es tropfte von seiner Nase, seinem Kinn, seinen Fingern. Seine Sachen klebten kalt und naß an ihm. Feuchte Wolle hatte ihm den Schritt wundgerieben. Er war höchst ungehalten.

»Ich hätte gern meinen Schlüssel. Und veranlassen Sie bitte den Kassierer, mir die Rechnung auszustellen. Ich möchte ein heißes Bad nehmen und mich umziehen, dann reise ich ab. Sagen wir, in einer Stunde.«

»Das war doch bloß ein Witz, Sir«, sagte der Portier alarmiert.

Sollte das auch bloß ein Witz sein? Goetzen vermochte es nicht zu entscheiden. »Meine Pläne haben sich plötzlich geändert.«

»Man wird Ihnen die vollen vierundzwanzig Stunden berechnen.«

»So sei es.«

»Und Sie verzichten auf das Frühstück, das im Übernachtungspreis inbegriffen ist.«

»Wollen wir das nicht lieber dem Kassierer überlassen?«

»Gewiß doch, ich dachte nur, Sie wüßten's gern.«

Goetzen begab sich platschend zum Fahrstuhl und drückte auf den Knopf. Die Tür tat sich auf, und Goetzen ging hinein. »Brauch Sie nich zu fragen, ob's regnet«, sagte der Liftboy fröhlich. Das mußte ein einheimischer Witz sein.

Im Badezimmer stand eine ausladende viktorianische Wanne auf Löwenfüßen. Sie diente allen Gästen auf Goetzens Ganghälfte. Ein Schild neben dem Lichtschalter forderte die Badegäste auf, die Wanne nach Gebrauch freundlicherweise auszuspülen. Zu Goetzens Glück hatte sein unbekannter Vorgänger sich an die Bitte gehalten. Goetzen drehte den Hahn auf und tauchte bald unter, entdeckte wieder den sinnlichen Genuß eines heißen Bades, ein Vergnügen, das zehn Jahre Duschen in New York ihm aus dem Gedächtnis gespült hatten. Dampfwolken stiegen auf, an Decke und Wänden schlug sich Kondenswasser nieder und rann tränend zu Boden. Weinende Wände, das war der hiesige Aus-

druck dafür, so hatte Gladys die Wände der Spülküche genannt. »Das sind weinende Wände«, hatte sie ihm geantwortet, als er sie gefragt hatte, wo das viele Wasser herkam. Nicko hatte das komisch gefunden, aber Gladys nicht. »Ich muß sie nämlich alle abwischen, du Schafsnase.«
Ach, die arme Gladys, die dralle, muntere Gladys, eine junge Frau so häßlich wie eine alte Kartoffel. Sie hatte eine liebenswerte Art, die Nase hochzuziehen, wenn sie Billigung oder Mißbilligung ausdrücken wollte. Sie hatte Sex verströmt, sogar ein Kind hatte das gespürt. Goetzen kam eine flüchtige Erinnerung in den Sinn, nichts als der Kitzel einer Feder in einem Winkel seines Hirns, und er hätte unmöglich sagen können, ob es sich wirklich zugetragen hatte. Er war in ihrer Dachkammer zu Gladys ins Bett geklettert. Es mußte ein Sonntag morgen gewesen sein, denn sonst wäre sie längst ihrer Arbeit nachgegangen; an den anderen sechs Tagen stand sie auf, wenn es noch dunkel war. Sie lag auf dem Rücken und hielt ihn zwischen ihren Beinen, wo es feucht und warm und kitzelig war. Ihm gefiel es da. Ihr Flanellnachthemd war bis unter ihre Brust hochgerutscht. Sie hielt seinen Kinderkörper unter den Armen und bewegte ihn zwischen ihren Beinen rauf und runter, rauf und runter. Sie hatte glücklich aufgestöhnt. Sie roch auch gut, ein Geruch, der ihm seitdem bei keiner Frau begegnet war. Er dachte an Heu und frischen Schweiß und warme Milch. »Das darfst du nicht deiner Mami sagen, Schafsnase, sonst setzt sie mich auf die Straße.« Er hatte auch ohne ihre Mahnung gewußt, daß er das nicht sagen durfte, aber hatte er auch gewußt, warum nicht? Und war es überhaupt passiert?
Gladys wäre jetzt sechzig, eine alte Frau, falls sie noch lebte. Großer Gott, die quirlige Gladys sechzig! Er vergoß eine Träne für sie, während er ausgestreckt in der Badewanne

lag, für ein Mädchen, dessen bloße Erinnerung ihn nach all den Jahren immer noch zu rühren vermochte: ein himmelwärts aus dem Wasser ragender Masttopp. Es war eine aufrichtige Huldigung, die vom Goetzenschen Hang zum Bittersüßen zeugte. Inzwischen hatte das warme Wasser seine einschläfernde Wirkung entfaltet. Träge seifte er sich ab.

Am nächsten Wochenende, an dem Felix Goetzen Zeit für die Fahrt nach Harrogate gehabt hatte, war keine Marinehelferin bei ihm gewesen. Vater und Sohn spielten den ganzen Samstag nachmittag lang im Garten. Felix war der Löwe gewesen, ein »wildes, wüstes, wütendes Biest«, und Nicko war der Weiße Jäger gewesen, auf tapferer Pirsch durch Busch, Dickicht und Dschungel nach seiner gefährlichen Beute. Manchmal hatte das Biest Witterung aufgenommen und den Jäger angegriffen (»Grrrrr!«), der daraufhin stolpernd, lachend und kreischend in Deckung gestürzt war. Das Spiel hatte sich über Stunden hingezogen. Hin und wieder hatte sich Opa beteiligt, sich aus dem Küchenfenster gelehnt und seinen Stock wie ein Gewehr gehalten. »Paß auf, Jäger, paß auf!«

Die Zündplättchen des Jägers, Mangelware in Kriegszeiten, waren ins feuchte Gras gefallen (»Verflixt!«) und wollten nicht knallen. Aber da waren ja immer noch der Bogen und die Pfeile. Unbemerkt vom Biest, das zum Glück gerade die Liegestühle in den Geräteschuppen brachte, war Nicko in sein Geheimversteck geklettert. Er hatte den Bogen aus dem heimlichen Waffenarsenal genommen und einen Pfeil ausgewählt.

Goetzen stand mit einem Handtuch um die Hüfte und einem weiteren um die Schultern an seinem Hünengrab-Fenster, sein Körper verströmte noch die Badewannenwärme. Der Regen hatte kaum nachgelassen, aber der Himmel war etwas heller geworden, was vielleicht Gutes für das Wetter verhieß. Das Haus war nicht zu sehen, verschwunden hinter den windgepeitschten Bäumen, dem Regenvorhang, in dem immer noch spärlichen Licht dieser naßgrünen Dämmerung. Er wandte sich vom Fenster ab und kleidete sich an.

»Jetzt kommt endlich rein, ihr zwei«, rief Mami aus dem Küchenfenster.

Das Biest kam aus dem Geräteschuppen.

»Felix, wo ist Nicko?«

Das Biest schaute sich um. »Komm schon, Nicko, Abendbrot.«

Mist! Gerade jetzt, wo das Spiel spannend wurde. Der Weiße Jäger blieb stumm in seinem Geheimversteck. Es war noch zu früh zum Aufhören. Es war nicht fair.

»Nicko, das Spiel ist aus«, rief das Biest ein wenig schärfer. Es schaute in die falsche Richtung, ha-ha!

»Gebackene Bohnen auf Toast«, rief Mami, »und für alle, die brav sind, ein Setzei.«

Stille.

»Nicholas, das ist kein Scherz mehr.« Papas Laune konnte sich im Handumdrehen ändern. »Antworte gefälligst, wenn du gerufen wirst.«

Aber antworten hätte das Geheimversteck verraten. Nicko blieb stumm.

»Ach, Victoria«, sagte das Biest, vorübergehend abgelenkt, »schau mal, eine vollkommene Rose. Bestimmt um Wochen zu früh.« Er warf sich in Pose, die rechte Hand auf dem Herz, die linke zu Mami im Fenster ausgestreckt, und sang: »Die erste Rose des Sommers ...« Mami warf ihm eine Kußhand zu. Und er beugte sich vor, um die Rose zu pflücken, indes Nicko mit Pfeil und Bogen sorgfältig zielte. Papa sah plötzlich entsetzt aus, griff sich ans Herz, schnapp-

te nach Luft und fiel mit dem Gesicht voran ins Rosenbeet. Mami schrie.
»Gut«, dachte Nicko. »Geschieht ihm ganz recht.«
Danach war er aber aus seinem Geheimversteck heruntergekommen.
Goetzen knöpfte sein Hemd zu und betrachtete die Gegenwart. Seine Sündentafel war endlich reingewischt. Hatte er also nicht Grund genug zur Freude, zur Freude im Übermaß? War er nicht aus den Trümmern seiner Vergangenheit heil hervorgegangen? Doch, doch. Wiederum allein, würde er noch einmal von vorn anfangen. *Quand même!*
Beim Sockenanziehen auf dem niedrigen Schemel in seinem Hünengrabzimmer merkte Goetzen, daß er weinte. Er weinte haltlos, seine Schultern zuckten, und die Tränen strömten ihm über die Wangen. Er schluchzte lange Zeit. Er saß auf dem niedrigen Schemel und trauerte – vielleicht nicht so sehr um das, was er verloren, als um das, was er gefunden hatte.